三浦しをん

あの家に
暮らす
四人の女

孤独东京

[日]三浦紫苑——著
陆求实——译

北京联合出版公司
Beijing United Publishing Co.,Ltd.

CONTENTS

目录

孤独东京

孤

gū

独

dú

东

dōng

京

jīng

生活在牧田家的四个女人，平时习惯早上七点钟围坐在餐桌旁吃早餐。

早餐的制作是轮流制的。这个星期轮到佐知当值。昨天晚上，她做刺绣做得一时兴致难收，心想着再做一会儿再做一会儿，结果不知不觉忙活到了天亮。这会儿佐知困得不行，她一边搅动着浓浓的咖啡，一边用菜铲翻动平底锅里的鸡蛋。

透过餐厅的地脚窗①，看到早晨的阳光照射进院子里的菜园。虽然称为菜园，但眼下这个季节，园里只有几株大葱高高地蹿出地面，其中有的梢头已经爆出了漂亮的球状葱花。只因为暖锅早已吃厌，再说

① 地脚窗（掃出し窓）：日本传统住宅中开设于房间墙脚处的低矮窗子，多为排窗形式，下缘与地板或榻榻米齐平，最早是扫灰或排出屋内垃圾用的，现早已不再具有这一功能，有的住宅的厨房或餐厅仍留有此设施，则是出于采光兼装饰的考虑。——译者注，以下同。

也吃不了这么多葱，所以它们只能落得个白白枯烂在地里的命运。

菜园里稀稀拉拉地插着些一次性筷子，看着像金鱼或者独角仙的坟头前插着的标记似的。这是秋天将收获的马铃薯埋入地里时做的标记，冬天陆续挖出来一些端上餐桌吃了，但淀粉似乎也摄取得差不多到了极限，照此下去，估计有些就要长埋在地里成为马铃薯种了。

总的来说，虽然时下菜园看上去一片灰褐色，十分煞风景，幸亏有佐知母亲鹤代的精心照料，从春到夏，这儿就变成一片生机勃勃的绿圃了，毛豆、茄子、番茄等全都肆无忌惮地开花结实。四个女人哪里吃得了那么多蔬菜呀，佐知只得时不时地提醒鹤代适可而止就行啦，可是鹤代就好像中了魔似的，一门心思地又是打虫，又是为蔬菜浇水施肥，从不偷懒。到了收获时节，高高兴兴地摘下来吃了没几天却又马上吃厌了，张口“我想吃烧肉”，闭口“天气热得补充营养”，这是鹤代的常态。

眼看春意渐浓，今年鹤代照例又开始起劲地翻土播种了，看来夏天又要遭受无休止的蔬菜的轰炸了。佐知叹了口气，将视线从菜园收回到手底下的平底锅，锅里的西式炒蛋[①]已经稍稍炒过头了，她赶紧将蛋铲起，装入四只盛有樱桃、番茄和脆脆的培根的盘子里。

或许是看到盘子里的鸡蛋，又或者是看到早晨的太阳的缘故，她

---

① 西式炒蛋（scrambled eggs）：也称牛奶黄油炒鸡蛋，将搅匀的鸡蛋加入少许牛奶、盐和胡椒粉，用黄油在平底锅里翻炒而成。

只觉得视界中满是黄灿灿的一片。常听人说，疯狂做爱的翌日早晨，看太阳会感觉特别灿黄。遗憾的是，佐知至今尚无做爱的体验，眼前一片发黄纯粹是出于昨晚过于专注刺绣的缘故。至于为什么疲劳和睡眠不足会导致整个世界黄化，佐知搞不懂其中的原委。她只知道，除了长时间地埋头刺绣之外，还从来没有因为其他事情产生过这样的感觉，在感到充实和满足的同时，不免也会感到一丝无聊。最终，她一方面对自己的生活状态心存不安和焦虑："难道就一直这样下去吗？"另一方面又因为"反正没有什么事情值得去追求啦，再说就这样子也没有什么不满的呀"而自我肯定，当然这肯定也含有万念俱灰的意味。

在餐桌上摆好四只盘子，将面包分两次放进烤面包机里烤好，又往各人的杯子里倒上咖啡，另外再备上几只杯子，供每个人按照自己的口味倒上牛奶或橙汁喝。一切准备完毕。就像是计算好了时间似的，鹤代、谷山雪乃、上野多惠美几乎同时来到了餐厅。

互道着"早！"在餐桌的固定位置各自落座后，佐知以外的另外三人齐声向她打招呼："那就开吃啦！"

"嗯，吃吧！"

佐知按照各人的要求，分别给鹤代和雪乃倒上牛奶，给多惠美和自己倒上橙汁，然后和她们三人一块儿开始吃早餐。

"盐放多了！"

炒鸡蛋送入口中，鹤代立即嘟囔起来。

“是吗？”

“哪有啊，”多惠美笑容满面地打圆场，“和面包一起吃的话感觉刚刚好啊。”

“又通宵了？”

雪乃一边嗅着自己杯子里咖啡的香气，一边将视线转向佐知。雪乃和多惠美已经做好了上班的准备，化妆和着装都已就绪。就连无班可上的鹤代也像往常一样，将一头白发干净利落地梳成了个丸子状，穿了件灰色开襟衫，下身则是一条黑色长裙。

只有佐知素面朝天，头发乱蓬蓬的，一身运动衫打扮，藏青色的运动衫大概已经穿三天了。

“嗯。”

“太辛苦了吧！”

多惠美对佐知表示了同情，看上去性情文静却有着一条毒舌的雪乃说出来的话一点都不客气：“自己一副邋里邋遢的样子，能做出那么漂亮的刺绣作品来，要是知道真相，你的学生怕是要笑出声了吧。”

“不会的！”

没等佐知张口，多惠美马上回敬道，随即又加上一句：“至少我不会。反正我来到这儿，心里只有感动：‘老师为了完成一件作品竟然如此辛苦啊！’”

“多惠美，你真会体贴人，谢谢！”

佐知忙不迭地谢过多惠美，同时若无其事地闻了闻运动衫肩部的味道。其实不用雪乃说她心里也很明白，再不洗澡身上都快有味了。

“看看，就是这个样子，都给她戴高帽子，所以她才会被莫名其妙的男人纠缠啊！”雪乃稍稍吃惊地说道。

“不是戴高帽子，我只是讲事实呀。”多惠美噘了噘嘴，做出一副可爱的样子。

“好啦，再不走，就要赶不上电车了！”

被鹤代这么一催，雪乃和多惠美急忙将面包塞进嘴里，喝干了杯子里的咖啡。然后跑进盥洗室内又是漱口又是检查妆容的，忙活了一阵，两人终于同时喊了声“我们走啦”，这才拉开玄关门。

“折叠伞带了？好像从今天傍晚开始要下雨呢！”

鹤代的关心，大多不外乎“伞带了？”“饭吃了吗？”之类，要说世上的母亲一多半都是如此倒也没错，不过佐知委实替她着急。雪乃和多惠美都不是鹤代的亲生女儿，再说两人早已经是成年人了，鹤代的瞎操心想必会让她们觉得烦，不承想雪乃和多惠美完全不顾在一旁急得心里发痒的佐知，两人欢快地应道：

“唉，带啦！”

“我一直都放在包里的。”

在玄关目送两人离去后，佐知和鹤代穿过还有些昏暗的走廊，回到餐厅。餐厅窗外，恰好雪乃和多惠美两人从菜园旁经过。隔着玻璃，四个人互相挥了挥手。

“雪乃和多惠美两人住在这儿这事，不用跟山田先生说吧？”

“说了也没关系啊。”

鹤代在厨房洗涮着用过的餐具。“反正怪麻烦的，再说后门离车站也近，她们住着不是蛮好的嘛。山田先生应该也会觉察到的。”

“是吗？”

鹤代从无外出工作、自己挣钱的体验，是个不折不扣的“闺秀”，如今已年近七十，无论碰到什么事情她都很少会主动出主意，而是尽量避免口舌或是非，等着对方觉察到。换言之，她是个嘴拙的人。但这并不表示她话少，而是她欠缺与人沟通的能力，或者说她压根儿就缺少将自己的想法明明白白告诉对方的意识。

有时候，鹤代会把看过的电视剧讲述给佐知听。佐知听得再用心，到头来还是弄不清剧中的人物关系，故事情节也是零零散散的，完全串联不起来，一小时长的电视剧剧情讲述起来至少要花上一个半小时，到最后还是讲不清这个剧到底讲了个什么故事。这种情况并非偶尔发生。

“您讲的根本不叫故事梗概啊！”佐知不禁生气。

鹤代不以为然地正色说道：“我明明跟你讲得很清楚啦，是你的理解能力差。”

因此，佐知已经不再要求鹤代先厘清自己的思路，然后再用语言清楚地表达出来了。尽管如此，鹤代绝不是一个毫无价值的会话对象，这才是叫人不可思议的地方，因为鹤代嘴里偶尔也会冒出一些很有趣的说辞。

比如前些时候，佐知常常待在自己屋子里很晚才睡，鹤代便提醒她“开门关门要轻轻地呀”，她当时的说法是：“你老用拆门的力气开门关门，吵得人睡不着觉，也会影响雪乃和多惠美她们啊。”

佐知听了之后当然深刻地自我反省了一番，同时也不得不暗暗佩服，“原来如此呀，‘拆门的气力’这个说法真的妙不可言哪”。

这些暂且不提。现在鹤代又是这样，不愿将事情挑明，而采取随着时间过去由对方慢慢地自己去觉察的“打哑谜战术”。“这样不大好吧？”佐知稍稍有点担心，根据以往的经验，她知道若是说出口，势必导致事态更加复杂，于是打定主意就依母亲所说。

“昨晚没怎么睡吧，佐知？衣服什么的就交给我来洗吧，你到上面去躺一会儿。”

“嗯，谢谢啦！”

“今天刺绣课还开吗？”

“这星期只有周六开。您不是要去买东西吗？”

“天晚了会有点凉，差不多三点之前就得去了。”

“我陪您去！待会儿如果我睡着了，您叫我一声啊。”

佐知走过玄关，上了装有笨重的木制扶手的楼梯。被数不清的居住于此的人的手摸过的扶手，长年累月下来，变得纹理光滑，还带着光泽，就像是被涂上了一层清漆似的。

浴室在二楼。浴室的清洁也是轮班制的。谁洗完澡，就将换衣处墙上挂着的自己的名牌翻过去，最近几天佐知一直忙于工作，顾不上洗澡，所以她的名牌仍是朝里的。这星期当值的是多惠美，昨天晚上最后一个洗完澡后，多惠美将浴室的边边角角都擦拭干净了。

这个家里到处都保持着老旧的模样，只有厨房和浴室前几年重新装修了一下，换上了充分考虑了移动路线而设计的组合式橱柜、银色的大冰箱，以及双脚可以舒适地伸直浸泡全身的大浴缸，这是有着高高的天花板的西式房子内仅有的与“现代”两个字相符的功能性十足的家具。佐知在墙面上贴着瓷砖的浴室洗去身上的尘垢，她已经几天没有这样洗过了，然后站在莲蓬头下冲净，又用刷帚将浴室匆匆抹了一遍，这才走出浴室。

将有些许汗味的运动衫塞进洗衣机，再换上干净的居家服后，佐知已经没有气力举起吹风机将头发吹干了。她推开位于二楼尽头的自己房间的门，顾不上收拾一下散乱在桌上的刺绣工具，便一头倒在床上。佐知的房间西面和南面有窗，太阳渐渐升高，光从南面的窗户射进来，照得屋子里亮堂堂的。佐知连窗帘都没拉上，很快就入睡了。

用浴巾裹着湿漉漉的头发，趴在床上睡着了的佐知，看上去像一个巨大的圆头圆身的木偶，所幸只有恰好扑扇着翅膀从窗外飞过的乌鸦一睹这副丑态。

鹤代与佐知是母女俩，雪乃和多惠美同她们则没有血缘关系。四个女人组成这样一个奇妙的家庭，在一起共同生活，已经有一年了。

佐知和雪乃五年前因偶然的机缘相识，并成为闺密。佐知是一名刺绣工艺家，居家工作；雪乃则就职于位于西新宿的一家保险公司。佐知生于此地，从小就和母亲鹤代一起生活，从未离开过家乡。雪乃出生于新潟县，自上大学起，一直到住进牧田家来之前，一直是一个人生活。

职业和家庭环境截然不同的两个人，同为三十七岁的独身女人，加之都不喜干涉他人、介入他人的私人领域，自然性情相合、意气相投。

佐知和雪乃的初识缘于一次误会。那天，佐知与客户约定带着已完成的刺绣作品前去交付。对方经营着一家小小的精品杂货店，希望在五厘米见方的布面上绣一些教堂、马车的变形图案或者花朵，刺绣作品会被装裱在镜框内，再挂在墙上或置于展示柜内，作为一种装饰品。佐知的刺绣作品朴实自然，很受顾客的欢迎。

佐知将装裱好的刺绣小心地包好，放入挎包，前往约定地点。杂货店位于涩谷，因为店堂狭小，所以两人便约在涩谷车站大楼的八公[①]雕像前碰头，然后找一家茶餐厅，双方当面确认一下。

虽说是工作日的午后，但毕竟是人们约会碰头的“胜地”，八公雕像四周人头攒动。佐知大概因为自己是东京人的缘故吧，对于去往类似八公雕像这种人来人往的标志性场所实在头痛。她一般都是通过

① 八公：对忠犬小八的爱称。八公每天来到涩谷车站前等候主人下班归来，在主人死后仍痴心不改地每天准时等候，这样一直持续了十年之久，故被誉为“忠犬”。

电话或短信与客户联络的，但和今天的这个客户只见过一面，对其容貌仅有很模糊的记忆，没办法，只得硬着头皮挤入八公雕像旁的人群中，观察起四周的人来。

没错，和我差不多的年纪，五官清秀，略带点古典气质的美女。佐知凭着记忆，在八公雕像旁发现了那个像是约定客户的人。

佐知向她走去。这当口儿，对方几度将视线落在佐知身上，但是并没有做出任何反应。佐知至此若是意识到自己可能认错人了便也罢了，她竟径直走到对方面前停下，招呼道："杉田太太！"她叫了声后继续说道："让您久等了，真不好意思。"

"呃——"对方嗫嚅着，似乎想解释什么。

"啊！"此时，佐知方才仔细打量了一下对方的脸，到底是不是杉田太太，她依旧没把握。也许是自己的袜子跳线了，杉田太太想提醒自己却又不好意思说出来；也许对方根本不是杉田太太，但是被人错认为杉田太太，因而感到困惑——这两种情形都有可能。

究竟是哪种情形呢？佐知一边琢磨，一边下意识地迅速朝自己脚下以及裙子瞥了两眼，同时等着"杉田太太"（姑且这么称呼）的下一句话。这时候，她蓦地注意到，"杉田太太"一只手抓着八公的尾巴。

为什么搭在狗尾巴上……？

正疑惑不解，忽然有人在背后叫她：

"牧田小姐！"

她转过头去，只见一位五官清秀、略带点古典气质的美女微笑着站在眼前。莫非这位才是正牌的杉田太太？

佐知急忙向手搭在八公尾巴上的“杉田太太”鞠躬致歉：“啊，认错人了，对不起！”

“没事的，不用介意。”“杉田太太”很大度地回了一句。

佐知跟着正牌的杉田太太走进星巴克，将装裱好的刺绣交给对方。杉田太太拆开包装端详了一阵，非常满意，当即表示马上会将货款汇入佐知的账户，同时又向她订了几件作品。

两人隔着一张小小的桌子对话，趁这机会，佐知仔细打量了一下对方。不得不承认，正牌的杉田太太和之前被误认的那位女性都称得上美女，但正牌杉田太太更给人一种亲近感。这样想着，另外那位女性的姿颜开始渐渐淡漠，像行云一般飘逝而去，在佐知的脑海中只留下了一个“美女”的印象。

在星巴克待了不到十五分钟，杉田太太便将刺绣装进随身带来的购物袋，走出车站大楼，沿着坡道往上，返回店里去。佐知则穿过交叉路口，向涩谷车站走去。

因为打算到站内的东横线地下街买些食材，佐知没有走向 JR 线的检票口，而是从八公雕像前穿了过去。她不经意地朝雕像看了一眼，不想之前那位女性竟然还站在原地，一只手依旧抓着八公的尾巴。不，其实是因为她的手抓着八公尾巴，所以佐知当即确定，这个人就是之前那人，至于她的脸，佐知早就不记得了。

稍稍迟疑了片刻，佐知朝她走了过去。

“刚才真的是太失礼了！”

那人醒悟过来，意识到面前的人就是刚才认错了人、冒冒失失上前来打招呼的人，连忙礼貌地轻声应道：“啊，没关系！”随即又说，“我经常被人认错呢。”

“我太不礼貌了。”佐知实在按捺不住好奇，终于问对方，“您为什么抓着八公的尾巴呀？”

“还不是因为跟客户约好了在这儿会面嘛，可对方是位大妈，她说，‘八公雕像我是知道的，不过您的样貌我不记得了呀’。我只好跟她说，‘要不您就找一个抓着八公尾巴的人吧，那个人就是我’。可是，她大概把日子搞错了，到现在都还没来。”

说到这里，她才将手从八公的尾巴上收了回来。

“对方有手机吗？”

“年纪大了，不用手机的。但愿她不会在路上跌倒什么的，那样可就糟了。”

说不清为什么，佐知一下子对这位女性产生了好感。她明明穿着正牌的杉田太太不会穿的素地西服套装，刚才自己怎么会搞错呢？佐知自己也感觉莫名其妙。

“您刚才说经常被人认错，大多数时候被错认为是谁呀？”

“也不是具体的某个人啦。”

约定的会面既然不了了之，她顿时就有了空闲时间，便不厌其烦地向佐知解释起来。

“有时候对方会冲我叫出一个我毫无印象的名字，可能是因为我跟他认识的一个朋友有点相像吧。甚至有时候对方上来和我说上一大段话，最后才发现认错人了。还有的时候，朋友对我说‘昨天在某某地方看见你了’，而我自己完全不记得去过那个地方……总之，这类事情发生过好多次了！”

“是不是像生灵[①]飞出去那种啊？”

“我可没有那种灵异能力，脸也只是极其普通、不大会给人留下什么深刻印象的脸啊。”

“那倒挺适合当间谍的哦。”

“也许吧。”

两个人打消了拘束感，一同哈哈地笑出声来。佐知不是一个擅长与人打交道的人，此时突发奇想似的思忖道：能跟这个人进一步交往倒是挺好的啊。于是给了这位女性自己的名片，名片上印着电子邮箱、手机号码，以及展示有自己刺绣作品的个人网页地址。

“有兴趣的话，欢迎上我的网页去看看。”

对方手足无措地接过名片，然后仔细看了看。

“我是头一次碰到一位刺绣工艺家啊！”

“我在自己家里开了一个刺绣课程，您如果感兴趣的话请跟我

---

① 生灵：与死灵相对，日本的一种迷信说法是，生灵是会缠住别人作祟的活人的冤灵。

联系。”

这是佐知和雪乃的第一次见面。当时，佐知并没有真的期待雪乃跟自己联系，等回到家里独自一人的时候，她甚至有些后悔：这样做会不会让人家觉得我是在到处发名片，为刺绣课程拉人头啊？很快，她便把名片这事给忘记了。

雪乃虽然并不反感，但心里还是免不了嘀咕，这个人也太自来熟了吧。这么想着，将佐知的名片放进包里，也就不再去想它了。周末整理提包的时候，名片掉了出来，她心想，不如看看喽，于是她随意地打开家里的电脑，点击进入佐知的网页浏览起来，只见满屏都是漂亮的刺绣作品，纤巧可爱。

她不知不觉就被吸引了，试着写了封邮件发过去，很快收到佐知的回邮。在你来我往的邮件交流中，两人渐渐发现她们在读书和看电影方面的偏好也完全合拍，数次会面后终于成了朋友。

佐知一开始怎么也记不住雪乃的容貌，站在约好碰头的地点东张西望，暗中观察的雪乃见了不禁好笑。如此这般数次之后，雪乃作为一个重要的朋友，她的容貌无论如何都不会再被混淆，已经深深刻印在佐知脑子里了。一旦刻印方才发现，在雪乃那陶瓷一般宁静的外表下面，也包藏着她特有的刻毒劲儿和坚强劲儿。

多惠美是雪乃公司的后辈同事，比佐知和雪乃小将近十岁，大约三年前被分配到雪乃所属的部门。她身材纤小，显得非常可爱，加上工作努力，业绩不错，很快便在同事和客户中都赢得了良好的人气。

雪乃知道多惠美喜欢手工艺，便将她介绍给佐知。佐知每周在自己家里开办一到两次刺绣课程，多惠美本来是和雪乃前来参观教学的，结果当场就决定报名学习，成了佐知的学生。佐知不仅技术过硬，品味也佳，她的刺绣作品非常能够打动女人心。

刺绣课结束后，佐知和鹤代又招待大家喝茶，又是红茶又是点心的。六七个学生坐在客厅的沙发上，一色的女性，大家不拘年龄，谈笑风生，一起度过了一个欢快的下午。每个星期六都来上刺绣课的多惠美，很快就和这儿的所有人熟稔起来，也受到那些太太的喜爱。雪乃虽说每次也来，但她没有学刺绣，别看她外表端庄贤淑，却极其手拙，刺绣这类精细的活计她完全上不了手。每次聚会，她大多是在一旁翻翻杂志，或是给鹤代打打下手帮着烘焙饼干什么的，在牧田家里待着倒也自得其乐。

几年下来，佐知、雪乃、多惠美的交流不断深入，后来鹤代也加入了她们，四个女人成了无话不谈的闺密。后来，雪乃和多惠美也搬进这个家来，四个女人过起了同居的生活，这是当初谁也没有想到的。个中的原委，后面还会讲到。总之，四个女人决定大家轮流做家务，共同生活，就这样过了一年。

强烈的太阳光照在脸上，中午过后，佐知终于睡醒了。她扯下裹在头上的浴巾，顿时一股洗发液的香味四下弥散开来，仍略带潮气的头发披垂在脸颊上。佐知来到二楼的盥洗室，三下五除二地将头发梳扎起来，描了眉，又抹了点腮红和口红。

居家工作，难免会慵懒、懈怠。“这样可不行。”佐知自我告诫道。往往还是临了一阵抓瞎，顾不上换上外出的衣服，套着居家服便出门了。一条运动裤，外加一件起了球的毛衣，反正就是上车站前去买东西，这样子也未尝不可吧？

在这样的自我安慰下，佐知经常是穿一件睡衣兼居家服兼外出服就解决了。如今，即使要到新宿去，她也会冒出一种自甘堕落的想法：反正就是同一条线路上的车站，就这副样子怕什么呀？照她这样的逻辑，将来不管去纽约也好，去里约热内卢也好，反正都在同一个地球上，脸都不用拾掇，一身穿旧的运动衫就可以上路了吧？

回到自己房间，佐知将散在桌上的绣布和绣线等随便划拉了一下，便走下楼梯。鹤代正在餐桌前，就着煎三文鱼、豆腐酱汤和马铃薯烧牛肉吃午饭。

雪乃和多惠美下班回家的时间总是不一致，因此平日的晚饭一般是两人按照各自喜好在外面解决。包括伙食费在内的生活费每月月头缴入四人共同的“资金袋”，用来购买必要的生活物品。购物则由大多数时间待在家里的鹤代和佐知两人承担，至于个人出资购买而又不情愿和其他人分享的物品，则用记号笔在包装袋上写上名字。

所幸，四个人的口味喜好大致相同，煮饭烧菜倒也不怎么伤脑筋，再加上四个人都不是大手大脚乱花钱的人，因此，从未因为“资金袋”的使用以及制作的零食点心等的分配而产生过摩擦。

平日的晚饭大多由鹤代掌勺，鹤代总会特意留下一些煮好的菜、咖喱等，或者是半成品的汉堡，用保鲜膜包着冷藏在冰箱里。如果雪乃和多惠美在外面没顾上吃晚饭，她们回到家后简单热一热便可以吃，拖着疲累的身子回到家的雪乃和多惠美高兴还来不及呢。说不上是为了回报，但周末的晚餐基本上由雪乃或多惠美包了。佐知则主要负责洗涤之类的，以及不属于轮流当值范围的其他家务活儿，比如屋子的打扫啦，院子的打扫啦。

不过，这些毕竟只是大致的原则。一方面，鹤代的性情飘忽不定；另一方面，兴许是雪乃和多惠美外出工作，佐知自觉心虚，所以到最后便常常主动将所有家务活儿都揽下了。

当佐知的视线投向餐桌的时候，鹤代已将煎三文鱼和马铃薯烧牛肉吃得所剩无几，于是佐知站在煤气灶前，在单柄锅里加水煮了点拌面汁，然后放入冷冻的乌冬面，又搁了些菠菜和油炸豆腐，最后再打入一个鸡蛋。

乌冬面煮到稀糊烂，她连锅带面一起端到餐桌，垫了张报纸后，便将锅子放在桌子上，然后将含在嘴里的一次性筷子取下来，啪的一声一掰为二。

“拿个垫子垫一垫哪。”

在一旁看电视的鹤代皱起眉头嘟囔了一句。

“没事，没事。”

“煮得有点过了吧？”

“不要紧，我就喜欢吃烂一点的乌冬面。”

“怎么跟个老太婆似的。”

“妈妈，您可不要说我哦。”

佐知一边吃面一边用眼角的余光瞥着电视里无聊的午后“肥皂剧”，吃完漱了漱口，洗好碗，母女二人这才出门购物去。

来到玄关前，佐知忽然感觉今天天气有点凉，便从壁柜兼鞋柜中拿出一件外套。

“妈妈，只穿件毛衣不冷吗？”

佐知边穿鞋边回头望了望母亲，只见鹤代早已有备无患地在肩上披了条厚厚的披肩。

“我可不像你，我看过天气预报啦。”

鹤代说罢从佐知旁边擦肩而过，拉开重重的木头大门。

没错，鹤代能够准确地说出哪个频道几点钟播报天气预报，几乎让人怀疑她是不是个天气预报的爱好者。她每天准点收看，并且会为晴雨冷热等一惊一乍。佐知是根据外出需要来决定穿什么、要不要带伞的，鹤代看不惯女儿这种事先不准备、到时乱抓瞎的做派，有时候忍不住，便会将以前的陈年旧账翻出来将她数落一顿：“你接刺绣活儿也是，临到要交货了才急急慌慌地说什么‘哎呀，我还没有绣好’。小学生的时候就是这样，暑假作业规定的配画日记总是拖了又拖，到头来还不是麻烦大人帮你弄？说起来，你从出生那会儿开始就是这个样子，预产期过了好几天一点也没动静，等几乎都要忘记的时候突然开始阵痛了，结果可把老妈弄惨了！”

鹤代没有径直走向正门，而是从菜园旁边穿过，绕着屋子几乎转了半圈朝后门走去。菜园一旁的晾衣竿上，晾着四个人的内衣等东西。因为佐知中午在睡觉，今天是鹤代晾出去的。

四个女人一起生活的这幢带独立院子的老宅子，位于东京的杉并区，在善福寺川像条蛇一般左蜷右曲的那一段。河边是个公园，周围则是密集的住宅，这儿给人的印象是绿荫非常多。

这一带早先都是农田和杂树林，大概是从战前开始，人们从东京和其他地方跑来在郊外建起了这么一片市街。在战争结束后的经济高速发展时期，东京人口爆发性猛增，郊区的边界也不断地向外拓展、拓展。

杉并区这地方，如今既不再是郊外也称不上是市中心，处于一个难以定位的位置。车站前一带是鳞次栉比的店铺，而稍稍远离车站的地方则是密密麻麻的住宅区，没有像样的产业，对它最贴切的描述大概也只能是人们工作一天回来睡个觉的地方了。然而，从这儿乘坐电车，只消十来分钟便可到达新宿，有些地方人们上下班路上要花费两个小时呢。如此一想，单从距离上来说，这儿又完全可以划入市中心的范畴。

佐知总觉得，这是片暧昧不明、模棱两可的市街，仿佛一座沉沉睡去的城市。花大约二十分钟，从牧田家步行到距离最近的车站阿佐谷站时，这种感觉尤其明显。要说闲静的确闲静，因为它老像是在打吨儿，没有半点与众不同，就只是一片闲静的住宅区。

即使你觉得“不管怎样我就是想在大都市生活”，倘若你在这片区域出生长大的话，你连“好想退休后回故乡再去过那种悠闲的日子”这种想法也不可能萌生，因为都市近在咫尺，而故乡就是你现在生活的地方。这就是一个无论何时都处于精神休眠状态的地方。闲适、安宁，闲适、安宁得令人窒息。土生土长的东京人，想必从小就对这种氧气稀薄、呼吸不畅，无处可去又哪儿都不想去的感觉十分熟悉。

在和雪乃的接触中，佐知有时会为雪乃身上散发出的某种耀眼的东西而感到惊讶，就是那种野心，或者叫进取心吧。雪乃经常表示，要想独自一人在东京生存下去，就绝不能放弃工作，她不光是这样说的，实际上也是朝着这个方向勤奋努力的。雪乃的故乡没有任何令人为之昂奋的地方，除了政府部门外，也没有什么吸引人的职场，“我宁愿死也不愿意在那种地方生活”。

“三十七岁的独身女人，在那儿就是彻底废掉啦。如果不趁着还没到那个地步赶快结婚的话，等待你的不知道会是什么样的灾难啊，那种地方想想就让人讨厌，对吧？”

佐知心想，是啊。但是，“不知道会是什么样的灾难”究竟是什么样的灾难，她实在无法想象。

“因为佐知你一直生活在东京啊，自己有房子，鹤代妈妈也不会催你结婚什么的。”

雪乃想说的是，佐知之所以能够完全依照自己的愿望生活，是因为生活在东京这个地方。按照她的说法想想看，佐知还真是个幸运儿呢。鹤代从不对佐知说“快点结婚”这样的话，因为她对女儿结婚早已不抱任何期待和希望。而且要理论起来，鹤代本身也很让人哑然，她似乎打心底里对女儿的婚姻大事就觉得无所谓。

雪乃嘴上将故乡贬斥得一无是处，出人意料的是，其实她非常爱自己的故乡，每年中元节或正月总是乐此不疲地挤在返乡的人潮中，回到父母和哥嫂生活的那个家。每当这种时候，佐知便会感到失落和羡慕。跟小学生那会儿暑假结束后在教室里和晒得黑黢黢的同学重逢时一样，在兴奋地讲述如何回到乡下的祖父母家度过一个愉快的暑假的他们面前，没有故乡可回的佐知有种仿佛被抛弃的感觉。

每当触及雪乃的野心，或者叫进取心，甚至自己感觉像触及的时候，佐知就会不由自主地退缩。“大概就因为这个我才永远出不了头吧？”这让她终于明白自己缺少这种争强好胜的素质，并因此而自惭形秽。从小蓄积的那份失落和羡慕，稍稍变味成了嫉妒，于是她会在心里略带虚荣地自我安慰道：“不争强好胜才是江户[①]人的美德呀。”虽然杉并区压根儿称不上是江户。

当前一阵子读到关于一度引起不小社会反响的反社会性阿飞团伙

① 江户：今东京，原为武藏国丰岛郡江户乡的一个村庄，旧江户氏的领地。1457 年，太田道灌在此筑江户城。1590 年，德川家康入城，后建立武家政权江户幕府（这一时期也被称为“江户时代”）。庆应四年（1868 年），江户改称“东京”。

的报道，得知这类阿飞团伙的主要成员居然多出生于杉并区和世田谷区一带时，佐知大为惊讶。

曾经在六本木[①]闹出过暴力事件，成员中有的还是事业有成的创业家，这到底是个什么样的团伙呢？被莫名其妙的遐想激起强烈好奇心的佐知，在书店觅到了相关书籍。虽说是在东京土生土长的，但佐知从未去过六本木，只是大略地晓得那是个灯红酒绿的繁华之地，据说，到了夜晚随处都是嗑药的。这样的认知当然属于误解，但东京的地域实在太广了，对于居住在杉并区、成天宅在家里埋首刺绣的佐知而言，电视上的报道几乎就代表了她有关六本木的全部认知。

然而，书上明明说，在六本木豪横一时的团伙的重要成员，多出生于杉并区。这是怎么回事？佐知百思不得其解。他们与佐知年龄相近，当佐知还在懵懵懂懂地度过青春期的时候（她有没有过思春期不好说），他们已经野心勃勃、摩拳擦掌地将目光从不值一提的杉并区投向了六本木。想到他们早已挣大钱、开好车、搂着漂亮的姑娘，佐知心里不禁翻腾起来。

杉并区。这个似睡非睡的住宅区，唯一算得上优点的便是宁静，或者说慢节奏。

当懵懵懂懂地埋首于刺绣艺术的时候，佐知猛然醒悟，发现自己

① 六本木：位于东京港区中部，集中有众多外国使领馆等驻在机构，以及写字楼、高级俱乐部等。

“活着却和死没什么分别”。过着这样的生活并非她在东京杉并区出生和长大的缘故，而是有她自身的原因，是她本身的性情所致。野心，或者叫进取心，往大了说叫格局，她缺少的是这样的东西，这不是东京的特征，而是佐知的个人特征。然而这是一个多么残酷的事实啊，懵然无知才好呢。

或许他们生长的杉并区和自己生长的杉并区是相似但平行的两个宇宙吧。佐知运用她那少得可怜的科幻知识来为自己开脱，对不利于自己的事实只当看不见。

在慢慢悠悠地往阿佐谷车站走去的路上，在车站前的商店街挑选蔬菜和猪肉的时候，她不由自主地展开想象：“这么悠闲的街区怎么会养育出那样粗狂强悍的性格？”“大概这儿既远离市中心又不属于郊外，这种找不到自己位置的焦灼和不安让他们无法忍受，因而催生了他们那种带有暴力倾向的野心吧？”沉浸在漫无边际的空想中，佐知的灵魂仿佛是在阴沉的天空中遨游一般。同行的鹤代发现，在一截围墙根的茶梅树下蹲坐着一只猫：“瞧这家伙目中无人的神态，跟佐知一模一样。”她自言自语着，不一会儿又看见商店街一角有家门面正在装修，便自说自话道，“会是什么样的店入驻啊？我希望最好是家茶餐厅。”

这个那个的，当佐知终于收回浮游在天空的魂儿回过神来的时候，偌大的购物袋的手提处已经紧紧勒入她肩膀了。鹤代手里只拿着一个钱包，步履轻盈地走着。

“白菜有必要买这么一整棵吗？还有葱，家里院子里不是还有好些吗？”

“今天晚上吃火锅。”

又是鸡同鸭讲。永远都是这样。在买完东西回家的路上，佐知就像个脚步打飘的圣诞老人，不停地将袋子在肩上左右来回倒，二十来分钟的路程竟然感觉长出来好多。

这一带有不少都是狭窄的单行道。道路两旁尽是齐肩高的垒石围墙或绿篱，独栋房子、公寓、停车场仿佛是从吃角子老虎机[①]中跳出来的似的，一遍遍反复出现，其中不乏有着气派门洞的古旧大宅，里面住的都是战前便已经在此地经营农业或者战争刚结束便购地造房子搬来此地居住的人们的后代。

佐知家的房子，连同土地，都是鹤代名下的产业，四周有垒石围墙围着，占地共一百五十坪[②]，这样的占地面积，在市中心的话称之为豪宅也一点不为过。这幢由鹤代的祖父于战后建造的房子，外观大气，用现在的话说，属于怀旧风格的西洋式建筑。毕竟年代久远，地板“嘎吱嘎吱”地响、墙壁漏风、过道昏暗，加上院子缺少修整，一棵巨大的楠树活生生地长成了铺天盖地、杂乱无章的怪模样。一到夏天，佐知便感觉房间密不透风，憋闷得喘不过气来。

---

① 吃角子老虎机：一种赌博机器，投入硬币或特制的金属筹码（角子），扳动扳手，就会出现不同的图案或数字组合。组合不同，掉出来的筹码数量也不相同。

② 坪：日本丈量土地面积时使用的单位，一坪约等于 3.3 平方米。

换句话来说，豪宅的真相其实就是一幢陋屋，故而也被附近的小学生们称为“鬼屋”。听到这样的称呼，佐知的同感竟远远超过所受到的打击：是啊，住在这儿的人都快成幽灵了。

鹤代是家里的招赘女儿。牧田家从江户时代起就在这里经营农业，到了鹤代的祖父那一代，不知什么原因，一族中英才鼎出，至今有一支远房亲戚还代代都出外交官呢，不过佐知从未见过他们。

鹤代的祖父是本家[①]，战前似乎是通过证券和期货交易赚取了一大笔财富，于是放弃农业，不劳而食起来。不承想鹤代的父亲是个蠢蛋，牧田家的财富在他手上一路缩水，到了战后不得不将名下的土地陆续卖掉，再用这笔钱在仅剩的土地上建造公寓和出租屋，靠租金收入来维持家计。

到了鹤代这一代，房屋出租总算逐渐走上正轨，加上在经济腾飞时期成功地将房屋卖了个好价钱，现在，牧田家的资产包括：一百五十坪的土地、在这块土地上建造的西式老房子，以及足够鹤代这辈子吃穿无忧的现金储蓄。作为鹤代的女儿，佐知毕竟还没有到也可以吃穿无忧的程度，眼看着年纪一点点大了，所以她每天都在拼命刺绣，以抵御日渐强烈的老后恐惧。

牧田家迄今延续了多少代不得而知，但是，只要佐知练不就单性繁殖的技术，居住在这幢老房子里的牧田家本家就要在她这一代断

① 本家：指一门或一族的嫡传正支、中心家系，一般为长房。

根了，而牧田家的资产也接近跌至谷底，所以佐知时常感叹，世间的事情就是被安排得如此精妙。没有了下一代，土地房子也好，金钱也罢，自然都不会去操心了，如此一来，更加快了牧田家的破落。

转过拐角，前面已经看得到牧田家的围墙了。这时候天空忽然转暗，预报中的雨没等到傍晚便淅淅沥沥地落了下来。

“伞呢？”

“在白菜和卷心菜的下面。”

还买了卷心菜？难怪这么沉呢。看来翻开蔬菜找伞还不如加快脚步，于是母女二人脚下一用劲，迈开步子往回走。鹤代盲目听信天气预报，结果弄得自己被雨淋或着凉或热得大汗淋漓是常态。在佐知看来，这就如同被算命的糊弄得团团转结果反遭霉运，实在是愚蠢至极。

推开生着褐色铁锈的后门，鹤代走在前头先进了院子。早就感觉要下雨嘛，被阴冷的雨点淋到的佐知心里一边不悦地想着，一边跟在鹤代后面。她想快步走到屋檐下躲雨，奈何肩头的购物袋太沉了，没办法，只好转了个念头停住脚步，卸下袋子就地放在湿湿的地面上。旁边正是萧条的菜园，还有晾衣架。

咦，晾在架子上的衣服不见了？佐知正在疑惑，就听见从玄关传来鹤代的声音：“哎哟，山田先生，衣服您帮着收回来啦，谢谢啊！”

佐知赶忙拎起袋子，向玄关走去。屋檐下，山田先生正将两手捧得满满的衣物交到鹤代手上。

山田一郎住在门房。门房位于牧田家正门进来的地方，是间外屋，外观就像一间铺着茅草的工棚屋子。那是鹤代的祖父建造这幢房子的时候一块儿建的，开始是作为储藏室兼书房，数年后，当时尚未去世的山田先生的父母住了进去。

说起山田先生的父亲，是鹤代的父亲雇来帮忙干农活儿和管理资产的，相当于雇工兼管事。山田先生小时候与父母一道生活的家毁于战争，战后山田一家便在中野区的亲戚家寄住了几年，总不免临深履薄。就在他们举目无亲、无处投奔的窘困之际，鹤代的祖父展现出了大丈夫气概，对他们说："不如就住到我家院子里的外屋来吧！"于是山田一家便住进了牧田家的院子。

自那以后，六十多年过去了。山田先生的父母均已去世，山田先生自己也年逾八十。他从未结过婚，这些年就一直静观着人世沧桑，始终住在牧田家大门旁的门房里。

"门房"这个称呼，只是鹤代和佐知这么叫的，事实上山田先生并不是牧田家的门卫，只不过住在牧田家的院子里罢了。这层关系对外人解释起来也颇费脑筋，总之，就是一个谜一般的存在。至于"山田一郎"这个名字，佐知总觉得像个假名，却不折不扣就是他的真名，还真拿它没办法。

山田先生退休前在一家小型贸易公司工作，那时候差不多每天早上六点钟走出门房去上班，到傍晚六点钟才回家。用鹤代的话来说，他的生活就像是被一枚大印敲出来似的古板单调。究竟是不是真的就职于贸易公司，个中详情就不得而知了。

假如鹤代没有记错的话，即使是泡沫经济那阵子，山田先生每月要缴纳的房租也只有区区两万日元。每月第三周的星期天下午，山田先生必定准时来交房租。退休后，房租减为一万日元。山田先生依旧在每月第三周的星期天下午，将装有一万日元现金的信封交到鹤代手上。尽管年龄不饶人，夏草的生长速度让人束手无策，但他还是会不时地帮着干些院子里的杂活儿，而且全是义务的。

既非门客，又不是佣工，也不是家人，身份如此微妙的山田先生，却总以鹤代和佐知的监护人自居，占据着大门旁这块有利位置。山田先生目睹了鹤代的幼少时期，目睹了佐知的出生，目睹了各色人等在牧田家进进出出，这些全都被他看在眼里。他视鹤代就如自己的妹妹，而视佐知如孙女一样，对她们两人怀着一种使命感：“我要是不把她们照顾好……”尽管没人请求或者托付过他。

对佐知而言，没有比这更加糟心的了。学生时代，有时在外玩到早晨才回家，进门看到山田先生在门房前做着姿势古怪的体操，一副魂不守舍的样子。原来因为“佐知小姐没回家”，山田先生放心不下，一整晚都守在门口。他一方面的确是个踏实认真的老头，另一方面又常常会使人不悦，这也是不可否认的。

此刻，山田先生将满满一摞衣物交到鹤代手上，同时朝它们投去怀疑的一瞥。也难怪，这些是四个女人换下来的衣服，其中还有雪乃和多惠美的衣物。雪乃和多惠美一块儿住进来这事还没有对山田先生说起过，假如知道家里多了两位妙龄女性，山田先生估计会更加来劲，把大门盯得更紧的。一来是怕山田先生唠叨“门禁”什么的；二来仔细想想，这种事情为什么非得向山田先生报告解释呢？多烦人哪，出于这样的考虑，母女二人到底没有把这件事情告诉他。

看着四人份的内衣、内裤之类的东西，佐知莞尔一笑解释道：“哦，换下来的衣服积在一块儿洗啦。”

说罢，她从口袋里掏出钥匙打开了玄关门。山田先生没有作声，点了点头，反身走回门房。跟他的年龄比起来，他的步履显得十分稳健。

佐知让鹤代先进家门，然后自己也踏进玄关，随后背过手去将玄关门带上。

“你对山田先生态度要温和点，”鹤代走向与餐厅相连的客厅，将手上的衣物放在沙发上，同时说道，“他又没有亲人，孤苦伶仃的就一个人哪。”

妈妈要是死了，我不也是孤苦伶仃的就一个人吗？佐知在心里反驳道。她顾不上将食材放进冰箱，先接过鹤代抛过来的毛巾在头发和衣服上擦拭起来，然后在厨房洗完手，将肉放进冷冻室。这时候，鹤代走了过来，用烧水壶烧起开水来。

“您还别这么说。说起来，山田先生是怎么住到我们家里来的？”

“什么怎么的？”

“他既不是我们家里的人又不是我们的亲戚，正常来讲不会住到同一个家来的，对吧？而且几乎跟白住没什么两样。”

“小气。”鹤代将一顶帽子扣过来，“洗的衣物都帮我们收进来了，他可是个好人哪。再说，山田先生住在这儿，也没给我们增加什么麻烦哪。”

“我们进出不是都使用后门了吗？还不是因为山田先生的眼睛叫人不自在。”

“我倒是不怎么介意，”鹤代往茶壶里装入茶叶，“后门进进出出的方便，所以才使用后门哪。”

要真是这样，雪乃和多惠美的事情告诉他又怎么了？说到底，鹤代也是因为搞不定山田先生，所以才敬而远之的。

当今日本，连住家的佣工都很少见了，这个用语言很难定义究竟和牧田家是什么关系的山田先生居然一直住在牧田家的院子里，这一事实总归让人杌陧不安。原本倒没怎么往心里去，一旦介意了，就像鞋子里掉进颗小石子似的，总感觉有些窝心。即使想马上将石子弄出去，但是又不能停在人来人往的马路中间脱鞋。再说，硌来硌去的真的是鞋子里的小石子？说不定是某个尚不明其真相的东西呢。

对佐知来说，山田先生就是这样的一种存在。佐知回想起来，她小时候跟山田先生还算比较亲近的，休息天他会陪自己在院子里玩，有时候鹤代和山田先生会带自己一起上井之头公园玩儿，或去新宿的影剧院看电影，自己几乎把他当成父亲一样。

不知道从什么时候起，佐知与山田先生便渐渐疏远了。

佐知从未见过父亲。此中委细就不得而知了，只是听说，入赘牧田家的佐知父亲在佐知刚一出生便离家出走，在佐知还在上中学的时候就死了。佐知怀疑这事会不会与山田先生有点干系，因为她觉得鹤代对常年待在身边的山田先生的信任和依赖似乎多过对父亲。

现在，佐知当然意识到鹤代与山田并不是男女那种关系，不过她觉得，至少山田对鹤代是怀有好感的。不然，为什么他至今不婚，一直就这么住在门房，关心和守护着鹤代和佐知两人呢？

这种猜度始终无法拂去，于是佐知对待山田的态度变得越来越刻薄。她甚至直言不讳地诘问鹤代与山田的关系，鹤代的回答则是“哼！”

“不是你想的那样子啦。我小的时候，山田先生还替我换过尿布呢，我们差了差不多整整一轮，他就好像哥哥或父亲一样。”

“可是，安德烈和奥斯卡[①]还是青梅竹马呢……”

“阿苏家的？谁？你说的是谁？”

显然，由于发音相近，鹤代听岔了。佐知不想再解释。母女二人无论何时何地总是这样，根本无法顺畅地沟通。

“那为什么山田先生还不结婚呢？”

“那谁知道啊，这种事情。你就当山田先生是这个家里一个附体

---

① 安德烈和奥斯卡是池田理代子创作的漫画《凡尔赛玫瑰》中的人物。《凡尔赛玫瑰》以法国大革命前夕的凡尔赛宫为舞台，描写了男装丽人奥斯卡和安德烈抛弃贵族身份投身大革命，以及波旁王朝覆灭的故事，是基于真实历史背景创作的虚构作品，后被搬上银幕。

的幽灵或者守护神好了，置之不理就行啦。”

这话着实有点刻薄，原来在鹤代眼里，山田只不过是个有没有都无所谓、有也不会觉得别扭的存在，就像空气一样。

佐知没心情坐下来和鹤代一块儿喝茶，她将买回来的食材放进冰箱，随即跑上二楼自己房间，拉上窗帘，打开灯，坐到桌子前。

她从五彩缤纷的绣线中挑出深红色线，穿入绣针，在白兔的眼睛部位绣起一对杏核形的红眼睛来。这是为出版社绣的，出版社计划用来做童话集的装饰。

绣针上下翻飞起来，她的脑海里冒出一个念头：我和雪乃没啥两样啊。对于工作永远不会放手，当然是为了生计。除此之外，更是因为脑海里浮出的图形和色彩从绣针尖一点点移植到绣布上的这个过程，也就是对刺绣本身无法舍弃。她从小就是这样。在她脑海中萌发出的种种感受和情绪，不是通过语言，而是通过她的手，通过绣针，通过柔韧的绣布，向外界传达出来。

红红的兔子眼睛渐渐成形，像是被它吸引似的，佐知一边舞动着绣针一边将思绪渐渐收拢，全情集中在绣布上，脑子里俨然是一片空白。

将海带熬到出汁，加入猪肉、豆腐、葱段和大量白菜的火锅煮好了。鹤代郑重其事地将热气腾腾的锅子端上餐桌，架在电热炉上。

碗里刚刚盛上米饭，正准备开吃的当口儿，雪乃和多惠美进门了。

两人似乎是在后门口碰上的。还不到八点钟，难得两人这么早回来。

四个人围着火锅坐下。对于习惯了两个人生活的鹤代和佐知，像今晚这样坐满餐厅的椅子、热热闹闹吃火锅的场面，让她们特别高兴。不过，想到雪乃和多惠美早晚还是会离开这个家，还没来得及高兴，似乎便先有了一丝失落的感觉。

雪乃是个肉食主义者，跟她纤秀的外表完全不符。只见她将肉搛到碗里，然后便豪爽地大口吞嚼起来。优雅且性格温婉的多惠美最喜欢的是豆腐，将豆腐放在柑橘醋汁[①]里略略蘸一蘸，一大块豆腐就已经独自落肚了。

鹤代从厨房又端来豆腐，和白菜一起丢入锅中，盖上盖子继续加热。此时，四个人都停住了筷子，用急切的目光望着透过盖子上的小孔冒出的热气。

“然后呢，”雪乃说，“你怎么就叫出租车回来了？”

“出租车？！”

佐知吃惊地看着多惠美。

“多惠美，你不舒服吗？”

瞧她刚才大口吃豆腐的样子，不像是有什么不舒服呀。

鹤代也有些不放心地看着她。

---

① 柑橘醋汁：日式料理中较为常见的一种调味料，在柠檬、酸橙、苦橙、柚子、酸橘、瓯橘等柑橘类水果的果汁中加入食用醋而成，是吃火锅或凉拌食品时所用的蘸料。

多惠美苦笑了下：“没什么，真的没什么，就是下班走出公司的时候，刚好看到宗一在马路对面。”

宗一是多惠美的前男友，全名是本条宗一，比多惠美小一岁，今年二十六岁，两人是去年分的手。

“我心想哎哟，就急忙往车站赶。可那会儿正好是下班高峰，电车里挤得要命，再说我也不知道宗一是不是跟在后面，万一他跟在身后的话就讨厌了，所以乘到高圆寺就下了车，换乘出租车回来了呀。”

在后门外下出租车时，雪乃刚好从阿佐谷站往回走，于是两人不期然地碰上了。

“真烦人，纠缠不休的。”鹤代皱起了眉头。

“他不会也乘出租车跟踪过来了吧？”佐知有点担心。

“马路对面那个人真的是宗一吗？”雪乃表示疑问。

“绝对不会认错的。”多惠美斩钉截铁地答道，身子还微微发颤，就像在演剧一样。

“猫着背，头发蓬乱，一副磨磨叽叽的样子，就是宗一。不过，在高圆寺乘上出租车之后，我可以肯定他没有跟上来，一路上东拐西拐地故意绕了好大的圈子回来的，而且也没看到后面有车灯，连司机都说，‘放心吧，后面没有可疑的车子’。”

“你跟司机也说啦？”佐知怯生生地问。她想起了那些只能在电视剧中听到的对话：追上前面那辆车子！我们被跟踪了，甩掉后面的车子！

“是啊，我跟他说，‘感觉后面好像有人跟着我’。结果司机一下子来劲了呢。”多惠美真是单纯可爱。

“还是报警的好。”鹤代一边揭开锅盖查看豆腐熟没熟，一边这样咕哝着。

“但是没证据呀，”雪乃眼疾手快地举起筷子伸向了锅里的肉，“又没有打电话或者发短信什么的。就拿今天来说，也不过就像多惠美说的，只是‘看到’了呀。”

“说得好像我有妄想症一样。”多惠美用长柄汤勺扤着豆腐，不满地嘀咕道。

总之，眼下只能走一步看一步了，还有就是家里要把紧门。假如实在担惊受怕，多惠美随时可以跟家里联系，让佐知上车站去接一下。四个人就以上事项达成了一致。

佐知想，四人合住的事情还是跟山田先生打声招呼比较好吧，因为那样一来，山田先生也会为多惠美的安全出些点子。虽说是八十岁的老人，但多个男人帮把手，总比光靠四个女人来应对，更加让人心里有胆气嘛。

牧田家的常住人口多了起来，此事非但没有让周围邻居知道，甚至对山田也没有告知。佐知心想，反正大家自然而然就会慢慢觉察到的。但嫌麻烦并不是唯一的理由，还有就是担心这个消息不知道会从谁的口中泄露出去。

说起来，多惠美住进牧田家来，就是为了躲避本条的纠缠。

本条是多惠美的大学后辈，两人在读书的时候开始交往，后来本条因为就职不顺利，或者说他也许根本没想就职，所以毕业后一直无工作，经常跑到独自生活的多惠美的家里蹭日子，换句话说，是多惠美倒贴养着他。尽管如此，他大言不惭地表示，想开一家咖啡馆，提供高档咖啡，并且在店堂一隅售卖高品位的家居杂货。这种完全没影子的“理想”就连爱做梦的少女都不敢想。本条每次死乞白赖地从多惠美手上拿到钱，便以考察市场为名，跑去咖啡馆吊儿郎当地混过一天。

起初，多惠美心想两人交往时间也不算短了，再说对方毕竟不是坏人，所以本着向前看的想法尽量试图去理解他，最终不得不规劝他：“这样一直下去怎么办？”本条要么眼泪一把鼻涕一把地哀求，要么就是气势汹汹的，总之，会想尽种种办法继续哄骗多惠美。多惠美放在家里的现金他也自顾自地拿了去花，多惠美责怪几句他便一声不吭，有时候则冲上来将多惠美殴打一顿。

忍无可忍的多惠美将本条赶了出去，并且将房门的钥匙换了，结果本条半夜三更上门来拍门，还打电话、发短信恳求复合。“但愿他快点把我忘了吧。”多惠美一厢情愿地想。某次不知怎的，在公司跟前辈雪乃说起了这事。

“不，绝对不可以！”

雪乃的回答仿佛警方打击吸毒犯罪的海报上的口号那样坚决。用雪乃的话来说，本条就像毒品一样，是个后患无穷的祸害。

“他又是打你又是剥削你，你对他居然还抱有‘但愿他快点把我忘了’的想法，你就等于是沾上了这种叫作‘本条’的毒品啊！”

雪乃苦口婆心地开导多惠美：“他对你早就没有感情了，只是需要你的钱才不想和你分手，才表示要回到从前罢了。你如果狠不下心来的话，就会陷在永远无法同他一刀两断的泥坑里爬不上来了！”

“难道是我还对宗一余情未了？难道宗一对我早已没有感情了？”多惠美终于动摇了。然而，毕竟是在平素冷静理智、工作起来大胆泼辣的前辈面前，多惠美不想显露出自己凄惨的一面，于是她竭力装出平静的样子。

“可是，就算狠心……”

“你马上就从现在住的地方搬出去，住到我这里来吧。”雪乃说，“但是不能让那个本条什么的察觉到，我帮你一起搬。”

雪乃说的“我这里”并非指她自己的家，而是指牧田家，那时候雪乃已经住进了牧田家的二楼房间。再多一个人同住，餐费、水电费和煤气费等费用还可以分摊得更便宜——在“热心亲切的前辈”的外表下，雪乃也打着自己的如意算盘。因此，不等征得鹤代和佐知的同意，她便热心地劝诱起多惠美来。

而雪乃住进牧田家的原委，则要从下面这个故事说起。

自就职于保险公司起，雪乃始终住在同一个出租公寓里，过着独居生活。出租公寓位于小田急线沿线一个叫和泉多摩川的地方，建造至今已经有四十个年头了，是幢木造的两层公寓，名曰“白百合庄”。但那儿哪里有一点白百合花的影子，只是幢破旧不堪的老朽建筑，外壁上的褐色油漆早已斑驳脱落，屋外的扶梯上则涂满了橙红色的防锈油漆。此外，因为西晒，屋内的榻榻米总会被晒得发烫。尽管如此，雪乃对白百合庄还是很满意，从那儿到车站步行只需要五分钟，而且壁橱宽敞，租金也便宜。

大概这样想的人不少，以至于总共只有六套出租房的白百合庄几乎永远是租罄的状态。租客大多是学生，对它的老旧和狭小并不介意。另外还有一个独身老人，租住在二楼的尽头，就在雪乃的楼上。换句话说，有固定工作和固定收入的上班族，对白百合庄这样的出租公寓是不屑一顾的。

雪乃向往的是一种极简的生活方式，因此对房屋狭小这一点毫不在意，至于老旧，她没怎么留意，毕竟她在白百合庄住了已将近十五年。当初雪乃住进来的时候，公寓已然是一幢老房子了，随着居住年头的增多，到处发出“嘎吱嘎吱”的异响，不过雪乃视它为日常生活的一个场景而已。如同和父母生活在一起，天天照面，就不易觉察到父母渐渐衰老一样。雪乃每年回老家两次，对于父母不可逆的变化感到十分吃惊，但对白百合庄这些年来的变化毫无感觉。

就这样，雪乃在白百合庄愉快地居住了将近十五年，和住在附近的房东一家也都十分熟稔了。这年冬天的一个晚上，结束一天的工作回到家的雪乃，刚刚打开屋门，就发现屋子里到处是水。

雪乃站在门口惊呆了。她所站着的仅能放下三双鞋子的三合土进口处已经积满了水，并且水正在向屋内溢去，两叠[①]大小的厨房间地面上全是水，再往里，六叠大小的卧室里的榻榻米也已经是湿答答的了。

原因再清楚不过了。靠近玄关处的组合式卫浴房漏水了！白百合庄在三十多年前进行过一次改建，各个屋子都安装了组合式卫浴房，也就是从那时候起，以卫浴房所在的位置为中心，经常会有水从天花板上往下滴。

雪乃顾不上脱掉浅口轻便鞋，走进家里，来到卫浴房查看，水龙头关着。这说明漏水的部位是同一位置楼上的屋子。她立即转身出门，踩着生锈的扶梯登上二楼，敲响了那位独身老人的房门。

“对不起！”

叫了好几声一直没有反应。大概是老人忘记浴室的水龙头放着水，稀里糊涂地就出门了。雪乃又试着转动了一下门把手，门没有锁，拉开门的同时，大量的积水一泄而出。

雪乃脑海中生出一种不祥的预感。她踏进比楼下自己屋子积水还严重的屋子，虽然感觉有点不妥，但还是没脱鞋便进了门。一方面，穿着丝袜的脚直接踩在地上会不舒服；另一方面，万一碰上什么事，

---

① 叠：日本传统的和式住宅以“叠”为单位表示居室面积，一叠即一张榻榻米大小，尺寸是长 180 厘米、宽 90 厘米，面积为 1.62 平方米。

穿着鞋拔腿就能跑啊。

跟住在这间屋子的老人有过寒暄，但雪乃叫不出他的名字。

“呃，不好意思，您在家吗？”

雪乃喊了一声，屋里依旧没有人回应，也没有任何动静。确定六叠的屋子里没人，雪乃转身，拉开了组合式卫浴房的门。

在雾蒙蒙的水蒸气中，老人全身赤裸地瘫倒在便桶前，水哗哗地从浴缸中满溢出来。

“哎呀，不得了！”

雪乃伸手搭在老人肩头，轻轻摇了摇：“您没事吧？”

老人像是昏迷过去了。由于他的肌肤在水蒸气的浸润之下变得热乎乎的，无法判断他是活着还是死了。雪乃从随身携带的包里掏出手机，拨打了 119 电话求助。她一边简要地告知情况，一边单手关紧水龙头。对方在电话中指示，一定要确保老人呼吸通畅，于是雪乃使出全身气力想将老人扶起拖出卫浴房。虽然老人样子精瘦，但一方面老人四肢瘫软，另一方面卫浴房内又是浴缸又是盥洗台又是便桶的，场地非常狭小，身子根本转不开。

怎么办？雪乃几乎崩溃得想哭，但她还是横下了一条心，将包往满是积水的地上一放，两手穿过老人的腋下在他背后握紧，然后使劲一点点地拖，终于将老人拖到了厨房。这时候不经意间老人的阴茎闯入了她的眼帘，但此刻她早已顾不上了，按照电话里的指示，让老人仰面躺下，并将他的下巴抬高。

要不要给他做人工呼吸？正在踌躇，急救人员赶到了。几名急救人员迅速查看了老人的情形，然后用毯子将他裹起，抬上担架。雪乃这时候才注意到，老人后背上有很大一幅刺青，刚刚发生的一切仿佛是一场梦，眼前看到的信息她还来不及传达至大脑。

这位平时待人和善的老人，难道以前曾是黑社会分子？雪乃迷迷糊糊地想着，给房东打了个电话。房东闻讯后立即赶了过来，和雪乃一同目送载着老人的急救车疾驰而去。这时其他租客也纷纷跑了出来："出了什么事？出了什么事？"

银色的星星在天空闪烁。雪乃此时方才感觉到身上发冷，赶忙将大衣的纽扣全部扣上。

"这下要麻烦了……"房东大婶查看了下雪乃家的情况，又查看了老人的屋子，叹着气道，"重新装修得花费好多呢！"

她是指钱和时间两方面吧。事已至此，房东似乎仍没有将白百合庄彻底推倒重建的打算，这让雪乃不由得惊讶和感慨。雪乃屋子里的榻榻米已经被水泡得像靠垫一样绵软不堪了，从旧货店淘来的写字台总算没有受损，这是雪乃唯一在意的家具，也算是不幸中的万幸吧。拉开壁橱，挂在里面的衣物也都湿了。雪乃从收纳在塑料箱里因而幸免于难的衣服中挑了几件，装在房东给的纸袋里。今夜先在酒店住一晚，至于以后怎么办只能再说了。雪乃乘电车抵达新宿，找了一家商务旅馆过夜。

第二天是星期六，雪乃和佐知约好了在新宿喝茶。穿着逃过一劫的黑色毛衣和牛仔裤、外面披了件大衣的雪乃，拿着上班用的挎包，朝纪伊国屋书店走去。

已经等在那里的佐知惊讶地问："怎么了，你的包？"她一眼就察觉到了异样。

两人在位于大楼地下的饮食店里吃着咖喱，雪乃对佐知说起了前一天晚上发生的事情。佐知一惊一乍地在旁附和着："哎呀，太吓人啦！老人后来怎么样了？"

"干脆，在重新装修完之前，就住到我家来吧！"佐知建议道。

不出所料。在佐知主动说出这话之前，雪乃就暗暗抱着一丝期待。雪乃手头的钱不足以支撑她连续多日住商务旅馆的开销，而她的朋友和公司同事，或是结婚有了家人孩子，或是独自一人租着一间屋子住，她不好意思跑去人家那里避难。

但佐知就不一样了。佐知家不仅宽敞，还有院子，有空余的房间，缺点是房子老旧、距离车站较远，但住着心情舒畅，足以让人忽略掉这两点。每次雪乃到佐知家来，总难免酸溜溜地想：在东京，而且是在市中心二十三区之内拥有这样的宅子，当然用不着忙忙碌碌地工作，完全可以优哉游哉地待在家里玩刺绣啦。等真的住到一起，目睹了佐知的劳作之后，她不由得为自己之前的艳羡而感到愧疚。

雪乃匆匆赶回白百合庄，将衣物和日用品等统统塞进箱子，叫了快递送到佐知家，随后赶往阿佐谷车站。星期六当晚便住进了牧田家的二楼，开始了同居生活。

一如雪乃所想象的那样，在牧田家的生活十分惬意。唯一不太满意的是，为了避开住在同一个院子里的怪老头山田的眼睛，只能从后门进出。不同于之前从公司下班回家后，天天只有自己一人默默地享用晚餐，这个家里从早到晚始终都有人，心血来潮时可以走进佐知的房间，坐在她身边随兴聊到很晚。不知是因为工作疲劳还是因为被水浸淹受了点凉气，雪乃搬进佐知家后不久便感冒了，鹤代熬了粥给她喝，半夜还悄悄爬上楼来帮她换退热贴。

放在以前，雪乃对于和别人共同生活总是感觉心有郁结。自从进了大学，雪乃便事事只靠自己，她觉得自己已经是个大人了，这是理所应当的。事实并非如此，经济独立、独自一人生活，不是一个人成人的证明，没有任何一个人可以真正与世隔绝地独立生活。至于金钱，那只是身外之物，充其量只是付出劳动之后从他人那里获得的报酬，并不代表雪乃自身的价值。

相互包容、相互碰撞，在这样的两难之中依旧能够保持与人共处的能力，这样的人才能称为大人——雪乃开始意识到这一点。

“大概是一把年纪了的原因吧。”雪乃自嘲道。她想起了倒在浴室里的那位老人。雪乃打电话询问房东公寓重新装修的进展时，被告知，装修要两个星期后才能完成，还有，被抬上急救车送往医院的老人死了。

老人当时应该是心脏病发作，雪乃进入浴室的时候就已经死亡。雪乃本来担心，万一是自己手忙脚乱的搬弄造成老人死亡那该如何是好，现在知道了老人的死因，在深表哀悼的同时也终于放下心来：“还好不是我的责任。”

蓦地，老人背上的刺青又浮现在眼前，不知房东知不知道此事，所以雪乃没敢打听。老人年轻的时候是黑社会分子，还是只是个古板老派的手艺人，又或者是位刺青爱好者？总之，真相永远是个谜了。他为什么会独自一人住在和泉多摩川的这幢老旧公寓里？他还有家人吗？这些也都无人知晓。

老人的一生，没有以一则完整故事的形式呈现给雪乃，留下的只有在公共空间偶尔遇见时的简短寒暄和微笑，这些零星记忆像一幅幅摇曳的影像，时不时地在雪乃脑海中出现。

雪乃通知了房东，表明自己准备搬出白百合庄。房东表示很遗憾，但也非常理解，于是说定将会尽快返还押金，并负担雪乃搬家的费用。

就这样，雪乃正式从白百合庄搬到了牧田家，搬家是在漏水事故后一星期的周末进行的。顺便说一句，直到这时候，彻底搬进牧田家这件事才得到了鹤代和佐知的同意。

数月后，为躲避跟踪纠缠的前男友，多惠美也跟着雪乃走进了牧田家。无论是对雪乃还是对多惠美，鹤代和佐知都表示了欢迎。雪乃之前就已经同佐知成了好朋友，多惠美则每周都来上佐知的刺绣课，两人都已然是牧田家的熟人了。

“嘿，你们发现没有，”开始了四个女人的同居生活后，有一次佐知忽然说道，“我们跟《细雪》[①] 中的四姐妹名字一样呢！”

那是四个人晚上齐聚在客厅的时候。鹤代一边抓起油炸地瓜条往嘴里送，一边看着电视；雪乃穿着睡袍像个稻草人似的站立不动，号称在做拉伸运动；刚刚洗完澡的多惠美只穿了条短裤，正用镊子在拔小腿上的毛。本来趴在餐桌上描着刺绣图案的佐知抬头望了望她们，不由得叹了口气：“可是，你们瞧瞧，我们就这副样子。”

“哦，我没读过《细雪》。其实我本来就不怎么看小说的。”多惠美爽朗地笑了。

“我也是，我基本上只看电影。幸子好像是佐久间良子演的，你把自己比作佐久间良子，真不是一般的自信哪。”鹤代从鼻子里发出一声嗤笑，说道。

“用不着叹气嘛，我们不也过着《细雪》里那样的生活吗？”雪乃仍旧像个稻草人似的，一动未动，只是歪了歪头。

“哪里像？”

“鹤代妈妈活得超凡脱俗，佐知是个不懂世故的劳碌命，我是个没有男人缘的女人，多惠美在男女关系方面热情奔放……”

“你等等！”多惠美握着镊子的手举在半空，忙不迭地插嘴道，“我哪里热情奔放啦？就说眼下，我每天提心吊胆的，生怕遇上宗一，

① 《细雪》是日本唯美派作家谷崎润一郎的代表作之一，其中莳冈家四姐妹的名字分别为鹤子、幸子、雪子和妙子，与本书中的四人名字只是发音相近，但不相同。

根本就没法和其他男人交往啊。”

“你就嘴上这么说而已，实际上还是在交往吧？”

佐知望着多惠美俨然是一片不毛地带的小腿，又叹了口气。每到冬天，佐知就懒得护理，属于“身上体毛随它长去好了”的那一派。

“雪乃也是的，你敢坦坦荡荡地宣称自己身边没有男人吗？”

“反正就是，”雪乃改变了姿势，由稻草人变为一根枯木，同时仍坚持着自己的结论，“我觉得《细雪》呀，不知道是应该说它细腻生动呢，还是该说它太过写实了，反正就有一股子现实生活范本的味道。安心啦！”

什么事情安心啦？佐知虽然没弄明白，但她仍像往常一样很容易就被人说服，情不自禁地在心里暗想：是啊，安心吧。

吃完火锅，四人有的洗碗，有的刷牙，有的洗澡，然后各回各的屋子。

佐知回到房间继续做了一会儿刺绣，她心里总有种不安拂不去，于是放下绣针，来到走廊上。雪乃似乎还没睡，多惠美的屋子里不透一点亮光，站在门外就能听到安稳的鼻息声。消停了一阵子的前男友如今又开始跟踪纠缠，她居然能睡得如此安稳，这得有一颗多么强大的心啊！那个本条也是的，到底是什么契机让他忽然生出“多惠美现在在干吗呢？”的念头，已经分了手的女友，彻底忘掉不好吗？

佐知走下楼梯，到底楼再次确认了一下门窗是否关紧。地脚窗外侧安装有百叶护窗，但由于年代久远关不严实，所以只要不刮大风，平时也就不怎么关。佐知将窗帘拉开一条缝，一边确认窗户有没有关上，一边向院子里望了一眼。山田似乎已经睡下了，大门旁的门房被夜幕笼盖着，呈现出模糊的轮廓。

虽说从节气上来说已进入春天，但这幢老旧的房子，一旦关掉暖气还是让人感觉阴冷阴冷的。客厅、和客厅相连的餐厅以及紧邻餐厅的厨房，一切无异常。接着，佐知又朝隔着走廊、位于客厅对面楼梯口旁边的鹤代的屋子走去。无须拉开这间日式房间的房门，狼嗥一般的呼噜声就已经响彻走廊了。即使有毛贼试图闯入，也绝对不会选择从这间屋子的窗户爬进来。

佐知的视线扫向走廊尽头的一间空屋。这间屋子平常是不打开的，也不是储藏室，用鹤代的话来说是放置一些长期不用的破烂儿的。自佐知懂事以来，就从未看到过鹤代走进这间屋子，房门上着锁，也看不见里面的样子。据鹤代说，房门钥匙早就不知丢哪儿了，里面放置的又都是不用的东西，所以就一直没去管它了。

换句话说，这扇门将近四十年没有被打开过了，里面不知道是什么样的光景啊，想想就汗毛直竖。屋子对着后院的窗户，也垂有早已褪了色的带点红色的天鹅绒窗帘，所以里面的样子根本无从查看。

这间屋子用不着确认。倘若有朝一日房门被打开，那么不等毛贼闯入，屋里的积尘、老鼠、蟑螂等早就窜遍全家各个角落，牧田家也该迎来它倾覆的那一天了。天哪，糟糕糟糕，这一天滚得越远越好。

回到二楼，佐知又走进浴室看了一眼。同样是用水的地方，为什么一楼被指定为厨房，二楼则是浴室呢？佐知时常想，真想问问设计这幢房子的曾祖父当初是怎么考虑的。二楼共有三间卧室，大概曾祖父不想让他未来的孙子孙女洗完澡出来受凉，所以将浴室和卧室设计成挨在一起的吧。不承想，下一代只有鹤代一人，而鹤代现在只在一楼活动。多亏曾祖父想得周到，佐知才能每次洗完澡都热乎乎地钻进被窝，雪乃和多惠美也才能拥有各自的房间。

些微的湿气，还有甜甜的香波味。四个女人洗完澡的浴缸，被多惠美清洗得干干净净，独自蹲踞在寂静的黑夜中——浴室的窗户留了一道缝，凉飕飕的风正通过窗缝吹进来。

尽管窗户外装有栅栏，但还是太不小心了。想必多惠美是怕水汽锁在屋里会使物体生锈，所以特意打开窗放放水汽。但白天差一点被人纠缠，晚上照旧窗户大开，这心得多大呀。佐知无奈地走进浴室，关好窗子，扳下窗把手。地砖上残留的水沾湿了她的袜底，让她感觉很不舒服。

佐知隔壁是雪乃的房间，屋内灯光还没熄，于是佐知轻轻敲了敲门，同时问了一声：“可以进来吗？”

她拉开了门。

“怎么了？”

雪乃坐在床上，一边双腿绷紧在做着拉伸运动，一边在看杂志。佐知心想，又是大叔看的玩意儿。其实都是上司看完后丢掉的，雪乃每个星期象征性地翻看一遍，里面都是些娱乐圈的八卦啦，经济新闻啦，养生信息啦，等等。雪乃说过，别看这些都是面向大叔的读物，但在与公司同事的交流方面还是挺有帮助的。

佐知反手将门带上，在浅粉色的床尾巾上坐了下来。雪乃的屋子里东西很少，无论什么时候进来总是干净整洁。屋内陈设的色调显得小女人味十足，和她工作时的那种滴水不漏的严谨作风恰好形成对比，床罩是感觉很高档的玫瑰色，化妆台兼写字台是猫脚式的西洋仿古式台子。

而多惠美，本人特别女性化，她的房间却杂乱得一塌糊涂。衣服不挂起来，随意地堆在椅子上；她搬来这里已经一年了，买来的化妆品仍装在纸板箱里；靠床边的墙上还贴着外国足球选手的海报。佐知曾追问多惠美是不是他的球迷，回答却是不知道海报上的人是谁，只是喜欢他肌肉发达的威猛样子。

尽管如此，多惠美还是很有男人缘，跟男人交往得不亦乐乎，甚至到了同居的地步。想到这儿，佐知方才想起来自己进雪乃房间来的理由：对了，是想跟她聊聊多惠美的事。

“唉，这个多惠美呀，打扫完浴室居然把窗户开着没关。”

“哦。”雪乃将她摊在床上的杂志往旁边一扒拉，伸长了双臂，捏住脚指头，“可是，这话你怎么跑来跟我说……”

“多惠美已经呼呼地睡着了呀。”

“真是的。”

雪乃像只猫似的，柔曼地扭动身体，拉伸着筋肉。“嗯，我也会跟她说，让她注意点的，嘻嘻——”

“咦，干吗这么笑啊？”

“怎么感觉我像父亲似的。”

“可不是嘛，雪乃，你是个靠得住的人。”

佐知带着信赖和感谢认真地说道，可雪乃一瞬间觉得这话像是在揶揄自己，但很快意识到这是佐知的真心话。在佐知心里，父亲是什么样的形象呢？雪乃想着，却没有追问下去。虽然没有详细问过，但在牧田家，“父亲”这个角色缺位是显而易见的事实，甚至不妨推测，佐知压根儿不知道“父亲”究竟是什么样的存在。

“不对，”雪乃说，“假如像父亲的话，应该会很有分寸地说，‘嗯嗯，我会说说她的’，不会让小事变大。”

“嗯？怎么个有分寸法呀？”

“哎呀，反正我会跟多惠美说就是了！”

“拜托你啦。”

看到佐知露出安心的样子，雪乃坐在床上将腿盘了起来。

“佐知，你就像个母亲，样样事情都不放心，半夜了还在家里到处转悠。”

“是吗？这么说，多惠美就像我女儿？”

“还是不要吧，那么叫人不省心的丫头。”

“你太损了！那照你说，我妈妈呢？”

“像多惠美的奶奶吧。”

“看你把她说得那么老，当心她杀了你！”佐知笑了起来，“多惠美的事是挺让人操心的。雪乃，你自己呢？”

“我自己？你指什么？”

“你待在我家里的话，就算想和男人交往也不方便啊。”

牧田家有条不成文的规定，就是男人禁入。虽说是为了防范痴情带来的各种麻烦于未然，但这也使四个女人得以平安无事地共同生活在一起。在雪乃和多惠美住进来之前，家里的母女二人几乎就像修女一样，每天过着清心寡欲的日子。

佐知在学生时代曾先后同几个男人交往过，每次约会或是在对方家里，或是在旅馆，从未带回家里让鹤代见一见。即使引见的话，鹤代顶多也只会哼一声外加乜斜着眼一瞥了事，而在对方离开后则这个那个地品评一番。想想就让人害怕，佐知情不自禁地浑身打战。母亲攻击起女儿来，话语之刻毒俨然是一把利剑，并且剑刃上还长着倒刺。

为了避免不必要的受伤，佐知只能采取对男人敬而远之的对策，现如今一心埋首于自己喜爱的工作，并且还在家里开办刺绣课程，因此连跟男人邂逅的机会也几乎彻底失去了。最近三个月，一本正经说上几句话的异性只有山田一个。

至于鹤代与男人的交往，无论是过去还是现在，都像被钢铁面罩遮住一样，掩藏得严严实实。佐知一方面没什么兴趣去了解，另一方面想到一旦揭开面罩去检视原本模糊空漠的背后，可能会被冷不防地告知，“其实呀，前前后后换了一百来个年轻男人吧”，那将是多么可怕的事啊！

“你是说，我最好还是搬走？”

听到雪乃的声音，佐知猛然回过神来。

“啊，不是这个意思！”她连连摇着头，“我只是觉得雪乃是个上班族，免不了和男人交往的，既然这样，还是一个人住比较方便。”

“唉，”雪乃叹了口气，“在外上班就会邂逅到男人，这只不过是你的幻想而已。”

“是吗？”

“你这么想我当然能理解。不过，一个没有男人缘的人，无论是独自宅在家里还是和很多人待在一起，到头来终究还是孤身一人啊。”

“那样不是太残酷了吗？”

“这就是现实。你想想看我们多大岁数了，基本上我们觉得还不错的人，即使有也都已经结婚啦，要不然就是比我们要小十几岁，当小三儿，或者向比自己小那么多的人撒娇，你有这股子劲头吗？”

“没有。”

“我也没有。所以是不是一个人生活，对我来说没什么两样。”

原来如此。佐知深有同感。她看到多惠美作为一个独身女性，时常踏入恋爱或是身处由恋爱引起的小风波中，而自己全然没有这类体验，便产生了些许不安：会不会是自己不正常？然而现在，她发现雪乃和自己是同类，自己并没有被抛弃，不是剩女，这让她顿时大大地安下心来。有同党，就是会让人坚强。

雪乃终于明白，原来佐知一直将恋爱理解为“只要下场参与游戏，就一定会找到另一半”，不禁为她的天真单纯感到惊讶。佐知的言下之意竟是：我这样子也就罢了，雪乃你还有的是机会呢，待在这样的家里很不值呀。她根本没想到佐知是这样的心理，本来还以为，佐知窝在家里一门心思只知道刺绣，大概都没有意识到自己的青春在渐渐地逝去吧。

我们已经成了恋爱场中没人光顾的落脚货，虽偶尔也会有人想来捡便宜，却只会是那种一边有家庭，一边又想着偷偷玩一玩恋爱游戏，却无魅力又无财力，对年轻女子毫无吸引力的中年大叔。至于年轻男人呢，这世上年轻貌美的女子多的是，他们又怎么会看上我们呢？——要不要把这个残酷的现实告诉佐知？雪乃犹豫再三，想想还是算了吧，于是将话咽了回去。反正只要有绣针、绣线和绣布，佐知就满足了，她才没心思去和男人交往呢。

说到底——雪乃暗自寻思——佐知和我，对别人都缺少那么一点宽容吧，追求也好被追求也好，宽恕也罢被宽恕也罢，都会觉得很麻烦，而且有种个人领地被侵犯的感觉。这样的人，除了孤身一人过完一辈子外，别无他法。

若是放到在白百合庄独居那会儿，半夜突然有朋友来，未经同意就推门进来唠唠叨叨聊上一阵子的话，雪乃肯定会极度不快：“你这是想干吗？！”和那时相比，现在的雪乃已渐渐培养出了宽容之心，对于佐知的夜访和闲聊由衷地感到欣快。在牧田家和其他人的共同生活，对于雪乃来说，就像是一种康复治疗，令她回想起二十多年前，每天和父母以及哥哥又是谈笑又是吵闹的情景。那时候，靠自己的经济能力根本无法按照自己的节奏生活，缺少自由，不能享用自己心仪的家居陈设。那是成天被酱油和陈旧的柱子散发出来的气息包围的生活，唉，是爱恨相间却又充满温馨的日子啊。

“雪乃肯住到这个家里来真是太好了。”佐知说。

“怎么突然说这个……”

雪乃微笑着道。此刻她想起夏目漱石《心》中的一段话：“我们出生在这个充满自由、独立、自我的时代，作为代价，我们不得不学会品尝孤独的滋味啊。”然而佐知毫不造作地向她表达亲昵，让她又不得不感觉到，能够帮助自己超越孤独的唯一依托，既不是异性，也不是家庭，而是不知何时就会突然扯断的、松散的连带关系。它就存在于眼下这种无法解释透的共同生活之中，这种连带关系或许比那绣线更纤细、更脆弱吧。

孤独就像地狱。但是，曾经人们就是生存在天国了吗？想到这里，雪乃又偷偷地笑了，但没有让佐知看到。

接着，两人又谈论起“万一本条跟踪到这儿来了怎么办”“找个什么样的机会将四人同居的事情跟山田挑明呢”。

前一个问题，佐知建议应该去警署咨询一下，雪乃则认为那样说不定会刺激到本条，反而不利。一番商议下来，两人最后达成一致：假如看到本条在附近出没，就记下来，等收集到了一定的证据后就去报警。以防万一，生活在一起的鹤代、佐知和雪乃应当尽最大努力保护好多惠美。

至于后一个问题，雪乃坚持："你就去跟他挑明了又能怎么样？"佐知却显露出一丝难色："为什么要我去说？还是我母亲去说比较好。"

"山田先生就像是我母亲的哥哥，或者是监护人一样啊。"

听佐知这样说，雪乃立即敏锐地察觉出，佐知的话里话外似乎透着一种嫉妒和赌气的意味。是觉得山田抢走了她母亲，还是正好相反？难道佐知对山田抱有男女之情？或者鹤代与山田是那种恋爱关系？这两者似乎都无法想象，但雪乃还是从她的话音里感觉到，这三人之间存有相互绞缠般的复杂联系。看来最好还是像之前一样，从后门进出，尽量避开山田的视线，假如被山田碰上，就说是来找佐知玩的。

佐知放下心来，同时对雪乃的体贴周到表示感谢。

四个女人的警戒似乎是白费工夫了，本条太平安生了好一阵子，于是四人也安安稳稳地过了一天又一天。天气渐暖，春天快要来了。

准确地讲，本条大约每个月都会在雪乃和多惠美工作的保险公司大楼外伏击一到两次。有时候，多惠美下班刚走出大楼门厅，就看见本条的身影混杂在马路对面的人群中；有时候，雪乃和多惠美结伴踏上回家的路，本条则会藏在行道树后面偷偷窥视。

本条到底想干什么呢？他既不上前搭话，也不会站得特别靠近。假如他天天跟踪的话，当然马上就可以报警，可是本条似乎并不想那样做。每当多惠美快要忘记他的时候，他就出现了，这也怪烦人的。

佐知看着记有本条出现的日子和时间的记事本，叹了口气。

“完全没有规律呀。”

二月四日，十九点左右；二月二十五日，二十点四十五分左右；三月十九日，十九点三十分左右。就像“反复无常的西表山猫[①]”一样，行动毫无规律性，光看罗列出来的这些日期和时间，只能猜测他是一时兴起，心血来潮便跑到公司附近盯上一会儿吧。

“我要是跟他一起组个什么乐队的话，肯定早就炒了他了，再上杂志去登个广告，‘急招鼓手！’”雪乃气鼓鼓地说。因为考虑到本条有可能发现自己和多惠美住在一起，雪乃在回家的路上时时警惕着后面是不是有人跟踪。

“可是，也有可能只是偶然的，”多惠美即使到现在仍不以为意，甚至对本条心存姑息，“他说不定正好就在我们公司附近打零工呢。”

“多惠美，你太老实啦，”鹤代忍不住插嘴道，“不中用的男人，再怎么天变地异，他也不会变勤快的。”

① 西表山猫：被认为是最接近猫类始祖的一种原始山猫，体长约 60 厘米，尾长约 25 厘米，肉食性，夜行性。1965 年发现于日本冲绳县西表岛，数量极少，非常稀有，被日本政府指定为自然保护动物。

好像很有感触啊。佐知与雪乃的视线交会在一起，随后两人会心地选择了不吭声。自找没趣，让母亲对自己从未谋面的父亲喷吐恶语，这种事情不能让它发生。

总之，本条的行为可以说就像啤酒跑了气，或者一个劲儿地放空枪却不射向猎物一样，让人非常闹心。想必是被在多惠美之后交往的女子甩了，又不想好好工作攒点钱，这时想到之前那个有可能哄骗得手的女子，也就是多惠美，于是时不时地在多惠美面前露一露身影。

四个人决定，等记事本上再多几条记录就去报警。本条这种死样怪气的跟踪行为，不能就这么置之不理，否则住在牧田家的所有人都将面临财政危机：本条出现在公司附近时，多惠美和雪乃为了防止跟踪，两人都在离家很远的地方便下了电车，再打出租车回家。即使没有看到本条的身影，也养成了经常回头觑探的怪癖，活脱脱像个通缉犯似的。

“不过，也有让人开心的事哦。”有一天，当一顿晚饭演变成了“本条对策作战会议”的时候，多惠美一边用筷子扒拉着碗里的马鲛鱼，一边说道。其余三人对于多惠美不走寻常路的乐观性格已经习以为常了，在心里暗暗嘀咕着“又来了”，但谁都没有说话，而是用无声示意她说下去。

“乘出租车的时候，不是可以跟司机聊聊天吗，聊起来特别带劲呢。”

“是吗？我可从来没有和司机搭过话。”

由于不得不支出一笔预算外的花销，雪乃心里的气正不顺哩。这时佐知赶紧将话头接过去，尽力使会话愉快地继续进行下去："都聊些什么呀？"

"前几天乘坐的出租车的司机呀，"多惠美没有在意雪乃的不悦，她将马鲛鱼送入嘴里，慢悠悠地说道，"把他从东京的巴士司机那里听来的笑话说给我听，他和那个司机是朋友。他说，巴士乘客当中怪人也多的是呢。"

"比方说呢？"

"最让我感到惊奇的是，有个大爷一整天都坐在往返于涩谷和池袋两地之间的巴士上。不是有那种敬老乘车卡吗？就用那个，从头班车一直坐到末班车，一动不动地坐在司机背后的位子上，每天都坐哦！"

"太闲了吧？"鹤代咕哝道。

"是啊。"雪乃附和着。

佐知关心地追问道："那位乘客和司机都成老熟人了吧，他们应该会聊些什么吧？"

"我也是这样问出租车司机的，但他说什么也不聊。池袋到了就换乘开往涩谷的，涩谷到了就换乘开往池袋的，好像就盯着那条线路来来回回地乘个不停。"

感觉就像是附体在那辆巴士上的幽灵。

"又没有目的地，这么乘不是浪费公共交通资源吗？""估计是老年痴呆了吧？”“既然有敬老乘车卡，干脆换几条线路，到稍远的地方出去转转不好吗？”鹤代、雪乃、多惠美几个人七嘴八舌地评论着那个老人不可思议的举动，唯独佐知没有作声。每天坐在摇摇晃晃的巴士上，漫无目的地消磨时光，不知道是不是透过车窗在欣赏车外的风景。然而，佐知似乎从中感受到了老人内心那种强烈的无为意识，以及只有无为才能自然而然流露的最真实的某种自觉，这使得佐知内心被触发了一丝说不清是羡慕还是失落的情绪。

这可不是与己无关的事啊——佐知痛切地想。一旦老眼昏花、拿不动绣针了，我不也变得无所事事了吗？母亲那时候大概已经过世，雪乃和多惠美大概也搬走不再与自己同居于一家了，只剩没有家人、没有“以前的同事”的我独自一人，无事可做，也没有人可以说说话，仿佛被世间抛弃了一样。那时候自己能做的，也只有拿着国家发的敬老乘车卡，每天坐在巴士上消耗余生吧。

问题是，当佐知老去时，敬老乘车卡还存在吗？那时，人们会不会全然不顾旁人的白眼，堂而皇之地抢占老人座呢？

一想到老了之后的惨景，佐知几乎都要昏厥过去了。不过，也可能自己未老先死，所以现在想七想八的简直就是愚蠢嘛。身处冲突地带，每天暴露在危险中的人，哪有闲工夫去想什么老后的事情呢？

下一个瞬间就可能被突如其来的大变故砸在脑壳上死于非命，却别过脸去视而不见，难道是自己缺乏对死的想象力？每当想到老后的情景并为之忧心忡忡的时候，佐知就会感觉心情很糟。而分析一下心情糟糕的原因，对于衰老的不安和恐惧倒还在其次，更重要的是她始终坚信衰老是一定会到来的，这种泰然的态度让她感到愧疚，因而心情也就变得糟糕起来。

她觉得那个老人最终会死在东京的巴士上，于是展开想象：巴士载着老人的尸体继续往返于涩谷至池袋的路线上，除了老人外，乘客上上下下。这是多么悲楚的一幕啊！

这天晚上，佐知在自己房间描画刺绣的草图。行驶在夜晚街道上的暗绿色巴士，乘客是熊、狐狸还有松鼠，在它们中间有一位老人，他坐在被鲜花簇拥着的座位上……这宛如一番可爱的地狱景象，同时也是一幅凄凉的离世图。绣出来也不会有人要的。于是又将它“枪毙”了。不过画得真不赖，她舍不得扔，便将草图收入专门保存刺绣稿的蓝色公文袋，然后才就寝。

梦中，载着老人尸体的巴士仍在街道上行驶着。

樱花枝梢冒出了花骨朵儿，一颗两颗，像爆米花似的。

这么一来，生活在牧田家的几个女人可就坐不住了，四人围坐在一块儿，一边看着天气预报中的赏樱速报，一边对照记事本上的日程安排，商议着该什么时候去赏花。

“就下个星期天吧，再下星期的话，估计花都谢啦！”

对于佐知的提议，鹤代和雪乃表示赞同：“还是早点去好，等樱花盛开的时候大都会下雨的。”

“多惠美，你不会有约会安排吧？”

被雪乃这么一揶揄，多惠美隔着口罩（她有花粉症）急忙辩解道：“约会是没有啦，不过确实跟人约好了有个聚会。我想，趁这个机会认识几个异性也不错啊。”

“这不就是约会吗？”

“你改一下时间吧！”

佐知也患有花粉症，此时，她鼻孔里塞着纸巾，脸上戴着口罩，全副武装，倘若不这样，鼻子就会像水龙头坏了似的不停地流清水。多惠美也好不到哪里去，况且被跟踪的事情还没消停，她却仍想着跟人约会。这让佐知觉得仿佛受了屈辱。她不由得暗暗称赞要求多惠美改期的雪乃，同时对于悠悠然自顾自地喝着茶的鹤代心里生出了几分恼怒。

鹤代和雪乃不像脑袋昏昏沉沉的佐知，她们对于小小的黄色花粉这东西毫无感受。这天下午，佐知和鹤代刚为了扫地这件事情而发生过争执。鹤代执意说扫地时应该打开窗子，让空气流通，佐知则强烈抗议，认为这样不啻自杀。最后佐知还是拗不过鹤代，在打扫客厅和厨房的时候将地脚窗敞了开来。结果，一直到晚上，她都难受得无法摘下口罩。

“那么，便当就由妈妈和我准备，”佐知眨着眼睛说道，“雪乃和多惠美，你们两个负责点心和饮料。”

去年的赏花也是四人一起去的，因此分工十分明确。于是，各自开始了准备工作，只等星期日这一天的到来。

鹤代和佐知到商店街采买所需的食材，雪乃和多惠美则在下班后顺道前往新宿的百货商店，挑选法式小圆饼、年糕片、白葡萄酒等。

赏花的前一晚，多惠美在客厅的窗户上挂了一只用面巾纸折的放晴娘[①]，又打开冰箱，确认买回来的罐装啤酒和白葡萄酒是冰镇着的，然后从自己房间堆得像小山一样的纸板箱中找出一个银色的便携式保温包。

厨房里，鹤代和佐知正在炖菜、煮肉。佐知一边用亚麻线将肉块扎起来，一边盯着正煮着东西的锅子。鹤代揭起锅盖，尝了一下咸淡，芋头已经完全入了味，呈现出琥珀般的颜色。胡萝卜还用模子镂出了花的形状。

“妈妈，之前我就一直在想啊，您说这个是不是不像樱花而更像梅花呀？”

“这么说起来倒也是。”鹤代用筷子搛起一块胡萝卜，仔细端详起来，“一边赏樱花，一边吃着‘梅花’，是不是很高雅啊？”

佐知点头称是。鹤代不再理会她，开始煎鸡蛋，镂出花形后剩下的胡萝卜边角料也稍稍焯过一块儿丢进了鸡蛋里。

“嗯？这个还要？”

“当然要啦，扔了多可惜。煎鸡蛋加上一点橙色，就像樱花在飞

① 放晴娘：日本一种纸偶人，挂在屋檐下用来祈求天晴。

舞一样，多漂亮啊。”

“不是樱花飞舞，是梅花飞舞。”

“你呀，就是在这种细小的地方特别仔细，这大概就是你老是小心谨慎地刺绣养成的习惯。”

“瞧您嘴贫的。”

这边的餐桌上，雪乃一边翻弄着平底锅里的三文鱼，一边听着母女二人的对话。屋子里弥漫着一股烧煮食物的暖暖的香甜味。牧田家的菜肴，尤其是鹤代做的，雪乃总觉得有点偏甜。煎鸡蛋里居然还放糖，一开始雪乃煞是吃惊，她煮任何东西都不放糖，而用甜料酒来着味。

看到鹤代与佐知有一搭没一搭地闲唠着，雪乃一下子想起了老家的母亲。雪乃和母亲之间的情感距离似乎要远一些，她离开老家上东京来读书、工作有些年头了，对母亲的记忆渐渐淡漠，而每次回老家省亲时，相互间总免不了客套和互相试探，这大概给两人都造成了心理压力。上一次两人还吵了一架，雪乃带着一肚子火离开老家返回东京。

鹤代和佐知母女二人的感情很好，至少雪乃是这么认为的。她跟佐知说起时，佐知连连否认：“才不是呢！”说着还做出一副厌恶的表情。事实上，母女二人经常为些鸡毛蒜皮的琐事争吵，雪乃在一旁看了不免担心，心想，怎么办才好。那两人倒好，没过一会儿便亲如往常了，也没看见谁向谁认错，甚至谈不上有什么转折，两人便言归于好了。

真奇怪呀。雪乃想。也许这是因为鹤代和佐知一直是两个人一起生活的缘故，两人的距离感与众不同吧。又或者，这样才是正常的家人关系？

和他人的共同生活让雪乃明白了一个道理，每个家庭的形态是各有不同的。就像踏进各家的玄关，闻到的气味就各不相同一样，每个家庭家人与家人之间的关系、相处习惯以及距离感都是不一样的。因为很少有机会深入别人的家庭一睹究竟，所以人们往往认为自己所体验到的家庭关系才是正常的家庭关系，实际上每个家庭的构成人员有所不同，结成的家庭形态也是不胜枚举的。

“家”这个词能够毫无理由地让人感到安心，并且认为别人家的家庭生活和自己的是一样的。其实并非如此。假如将鹤代和佐知两人的关系视为标准距离的话，雪乃出生和成长的那个家的家庭成员之间则可以用“客客气气”这样的词来描述，家里人都喜欢站在他人的角度说话行事，互谦互让。

即使有人喜欢在家里赤身裸体，即使有人喜欢在长长的厕纸上写字来传言和沟通，雪乃现在也不会感到惊讶了。她知道，天底下不存在“定型”或者“典型”这样的东西。这才是家庭。

鹤代将锅子从煤气灶上端下来，冲雪乃问了声：“雪乃，你那边怎么样了？”

雪乃用指尖挑出三文鱼的骨头，回答道：“好啦！”

“谢谢啦！好了，全部准备齐当。”

鹤代和佐知站在煤气灶前，眼角有着相似的鱼尾纹，她们都满面笑容地在望着雪乃。

雪乃站起身来，手上端着盛有煎好的三文鱼的锅子，回之以灿烂的笑容。

孤 gū 独 dú 东 dōng 京 jīng

孤独东京

星期日一早，四个人齐齐上阵做起了饭团。馅料有两种：鳕鱼子和雪乃煎的三文鱼。

佐知和多惠美两人怕烫，看着眼前热气腾腾的米饭连连叫道：“不行不行不行！太烫了！”

“戴着手套抓也不行吗？”

没办法，鹤代和雪乃两人只好三下五除二地抓起米饭捏成一个个三角形的团子。多惠美一边还在嚷嚷“烫！烫！”一边给饭团裹上海苔，然后装进托盘，同时用报纸呼呼地扇着。在等待饭团冷却的同时，鹤代和佐知将昨晚煮好的食物也装进托盘，摆放得漂漂亮亮的，雪乃则将白葡萄酒、点心以及塑料垫子一同装进一只大袋子。

“多惠美，啤酒呢？”

“装在保温包里，放在玄关了。”

“好，可以出发了！”

雪乃一声号令，四个人出发赏花去也。雪乃提着大袋子，佐知提着保温包，装着饭团的托盘没有装在包里，就捧在多惠美手上，鹤代则两手空空，什么也没拿。

出了玄关，为了不让山田发现，四人像特种作战部队似的，悄悄地快速转过屋角，从后门出去，直奔善福寺川而去。

天气和暖，也没有风，是个风和日丽的星期天。家家庭院里都樱花绽放，整个街市被笼罩在一片浅浅的粉红烟霭之中。真是个绝好的赏花天。

佐知和多惠美都戴着口罩，另外还戴了眼镜。佐知平时就是隐形眼镜和普通眼镜并用，多惠美戴的则是没有度数的平光镜，只在花粉季节才戴。

“瞧你们两个这样子，一会儿便当怎么吃呀？”

“没事的，只要喝点酒，症状就会缓解的。”

“你这个花粉症倒是挺会挑场合的嘛。”

说话间，就已经来到了善福寺川。

依河而建的公园内植有好多樱花树，散步道也是樱花夹道，来了许多赏花的人，十分热闹。要说这儿的樱花密度，完全可以这么形容：透过烟霭看去，就仿佛一簇簇粉红色的云团，人们在樱花树下铺上垫子张开筵席，来来往往攒动的人头，就像是在云下穿梭的燕子，人群叽叽喳喳、不慌不忙地移动着。

“花全开啦！”佐知兴奋地叫道。她和雪乃两个人一起迅速地在公园一隅铺展开垫子。最近五天，她关注天气预报的劲头一点儿也不亚于鹤代。

“才开了大概八分吧。”

鹤代当头给了女儿一瓢凉水。这在她是常有的事。她将托盘在垫子上排开，然后坐了下来。

“我们老板说啊，开起来的时候才是最美的，花是这样，女人也是这样。”多惠美说着发给每人一个纸杯喝酒用，“瞧他一副大叔德行！这算是性骚扰吧？”

雪乃给了每人一双一次性筷子和一罐啤酒，问道：“这是谁说的，冈田部长？”

“嗯，就是他。”

佐知不屑理会职场内那些乱七八糟的事，她举起手机拍起樱花来。这些花可以用作刺绣的素材。

大概每五年一次，佐知会痛切地感到，春天是多么美的季节，美得高贵、灿烂，美得简直让人想哭。为什么不是每年都生出这样的感受？这是个谜。今年正值这样的“好运年”。然而根据以往的经验，她知道即使是“好运年”，在自己身上好事坏事也都不会发生的。因此她忍住了感慨的眼泪，装作没事一样，用手机不停地拍着枝头盛开的樱花。

拍完，四个人举起啤酒干杯，然后各取所需，将筷子伸向饭团、菜肴。多惠美一口肉、一口小圆饼，交替送入口中。

“到这把年纪了，还能赏几回樱花啊。”鹤代给自己斟了一杯白葡萄酒，独自喝着，忽然感慨起来。

“妈妈，您哪，我估摸着至少还能赏三十回吧。”

“我小学的时候也想过，我还能赏几回花呢？”多惠美爽朗地说道，却把其余三人吓了一跳。

“多惠美，你是有什么慢性病吗？”佐知小心翼翼地问。

“不是，什么毛病也没有啊，”多惠美笑着摇了摇头，“我小学、初中一直到高中都拿过全勤奖呢。”

“那你的健康状况简直达到了异常的水平呢……”佐知更加吃惊了。

雪乃毫不客气地表示疑问：“那样健康的人怎么会从小就想‘还能赏几回’这种问题呢？”

“你小的时候难道没有想到过死？一想到死吓得晚上睡不着觉，没有过吗？”

听多惠美这么一说，佐知立即想：是啊，还真的有过呢。

“大概是那时候形成的习惯没有彻底抛掉，我一看到樱花，就会条件反射地想：还能赏几回呀？过正月的时候也会这样想。不可思议的是，圣诞节我就完全不会这么想。”

“看不出来，你倒是个很细腻的人呢。”雪乃又不客气地丢出这么一句。

“是啊，前辈，你一直没有注意到？”

“除了这个，还有什么有关细腻的故事？”

“嗯，现在回想起来，一直到念小学为止，我好像都有点失眠倾向。”

什么？！佐知仿佛受到意外一击，每天总是最早一个睡、一直睡到开饭前才磨磨蹭蹭起床的多惠美竟然……人可真是千变万化啊。

“每天睡觉前，我会自己搞个仪式，躺在被窝里，仰面朝上，向神祈祷。”

“多惠美，你信仰什么宗教？”

“什么也不信仰，这就是我自己的一个仪式。我在脑子里念叨，‘神啊，佛祖啊，五谷之神啊，石神啊……’这也是我自己想的。”

“石神……？”佐知比先前更加吃惊了。

“就是我们家附近的一座石像，好像叫道祖神吧。还有五谷之神，也在我家附近的祠堂中。”

“然后呢？”

“然后，把祈祷的具体内容在脑子里念一遍：‘父亲母亲不要吵架。明天上课被老师叫到的话，但愿我能回答上来。今天脚崴了一下，希望快点好。’从类似这样的个人愿望，一直到世界和平什么的，反正脑子里冒出来的愿望都可以拿来祈祷，多的时候我要许下一百来个愿望呢！”

“一百个？！”

“是啊，所以睡不着觉嘛，记挂的事情不停地冒出来，但愿什么什么、但愿什么的，每天晚上都一个劲儿地祈祷。”

是不是脑子不大正常啊？佐知心想，可是少男少女有哪个不是疯狂的呢？所以到底脑子正不正常不好判断。看到眼前这个开朗、健康的多惠美，似乎是每晚从不祈祷的自己有那么点不正常哩。

“没错，小孩子嘛，总是害怕这个害怕那个的，处于不安的状态中。”雪乃不知道佐知心里在想什么，她点着头赞同道。雪乃觉得，自己能理解多惠美小时候的心情。虽然没有说出明确的话来祈祷，但雪乃每到夜晚也会被某种莫名的恐惧折磨得睡不安稳，尽管她连向谁呼救都不知道，也不知道究竟要从什么可怕的东西手里救出自己，但她还是会在心里默默地呼救，救救我！

雪乃想，那究竟是怎么回事？为什么后来就将那种感觉忘却，心安理得地过起了大人的生活呢？也许，死亡和暴力的阴影曾经企图将自己吞噬掉吧。它们从太古的时候起就在觊觎人类了，感觉它们一直躲藏在自己房间的衣橱背后，躲藏在隔壁房间说着话的父母身后的黑影中。

鹤代呢，她与雪乃脑海里复苏的那种难以用言语形容的感受注定是无缘的。怎么说呢？她是个极为信奉实用主义的人，或者说是功利主义。

“那么大人气啊。”她像是对多惠美的话深有感触似的说道，“我小时候，除了学校的伙食以外其他什么都不想，比方今天要是有龙田油炸鱼[1]就好了，怎么才能把脱脂奶粉剩下来带回去呢，等等。”

“您这菜名一听就有战后那会儿的一股子霉味。”佐知冷冷地顶了一句。

“真没礼貌！”鹤代往自己的纸杯里又倒了点葡萄酒，继续说道，“你妈妈我上小学那会儿，战争的残迹早已经都没啦。”

“好了好了。这个吃吗？”多惠美打开装年糕片的袋子，递给大家。各人伸手从袋中抓了一撮年糕片，嘎巴嘎巴地嚼起来，声音在半空中响了许久。

一片樱花飘落到了佐知的纸杯中，宛如一叶花瓣之舟驶入云雾朦胧的月宫。以这样的图案绣一幅刺绣作品怎么样？佐知为了把这个构思深深地印记在脑海里，将杯中的白葡萄酒连同漂浮在上面的花瓣一饮而尽。

一如鹤代所预料的那样，下一个星期天果然下起雨来了。真是花季寒天。

佐知上午将屋子里的公共空间打扫了一遍，和鹤代一起用过午餐后，便把自己关在房间里做起了刺绣活儿。她又接了一批活儿，有夏季用的手帕和穿的衬衣上的刺绣缀饰、藤制手袋的布包纽扣等。

---

① 龙田油炸鱼：是一种日式料理，将鱼肉用盐、酱油、料酒腌好后，再撒上淀粉油炸而成。因其色红，故以红叶胜地龙田川的名字来命名。

房间里很冷，似乎不穿毛线袜，只在膝盖盖一块小毛毯的话就冷得不行。就在这样阴冷的环境下，佐知绣着暖意洋洋的作品，海鸥、五颜六色的冰激凌、游泳圈、西瓜，让人联想到大海的东西好像有点多了，佐知不太满意。再加上一点山的图案吧？还有云彩……在白色手帕上绣浅色的云彩，大概没人会喜欢吧？

听着雨水有节奏地敲打房顶，她忽然想：知了怎么样？她停住了握着绣针的手，从书架上取下一本昆虫图鉴。嗯，知了好像土了点。

不经意间，佐知忽然感到屋顶的雨点声中似乎夹杂了一点异样的声音。她将视线从图鉴上移开，抬起头来。好像是猫喝水的声音。她侧耳细听，没错，确实听到了一种异于屋顶雨声的声音，那是从隔壁雪乃的屋子传来的。

雪乃和多惠美像平常一样上班去了，屋子里应该没人啊。会是什么声音呢？除非雪乃饲养了一只妖怪猫……

佐知将图鉴放回书架，匆匆来到走廊上。二楼的房间本来就是设计成儿童房的，所以房门没有锁，佐知急火火地拉开了雪乃的房间门。

漏水了！雨水从天花板滴漏下来，发出“啪嗒！啪嗒！”的声音，地上已经积了一大摊水，连浅粉色的床尾巾也湿了一大片，正向四下洇染开来。

“啊！妈妈！”佐知一边喊一边奔下楼去，却不见鹤代，她大概冒着雨出门买东西去了。雪乃房间正下方的位置，摆放着客厅沙发，佐知抬头看了看，水幸好还没有漏到楼下来。佐知从厨房的橱柜中找出一捧抹布还是什么的，跑回二楼，将雪乃房间地板上的水拭掉，又从浴室拿来水桶放在地上盛水。

这当口儿，雨势更猛了，漏水的区域也扩展到了床四周，而先前漏水的地方已经漏得像从莲蓬头喷洒下来似的。佐知以最快的速度跑到一楼，找出大大小小各种锅子抱到楼上接水。床上还算好的，屋子正中一块地方一口大锅接在下面，不到三分钟水便溢了出来。

这是漏水吗？还是不知什么时候屋顶被风掀翻了？佐知看着锅子里的水越涨越高，急得快要哭出来了。大锅积满了，赶紧换上小锅，再将大锅端到浴室去把水倒掉，然后再换上大锅，端起小锅跑向浴室。不一会儿，床上的水桶也盛满了，佐知不停地替换着盛水容器、移动位置、端水倒掉，像只仓鼠一样在雪乃房间和浴室之间匆匆地来回跑。

大约过了一个小时，佐知已经累得开始大声呻吟了，她心想，照这样下去自己非得累死不可。恰在此时，一声“我回来啦！”从门口传来。母亲鹤代回到了家。

“妈妈，不得了啦！您快来呀！”

“做什么呀，大呼小叫的？”

走上二楼的鹤代，先慢悠悠地走进佐知的房间张望了一下。“不，在雪乃房间哪！”听到佐知的声音，才踱向隔壁房间。

“哎哟哟！”

她看到女儿正眼疾手快地将大锅小锅放下又端起交替着盛水。鹤代情不自禁地想，这孩子平常动作慢吞吞的，唯独玩起敲不倒翁游戏来特别棒。

“怎么办？！”

佐知带着哭腔向鹤代询问道，说话间，又急急忙忙地将手中的大锅端到浴室去倒掉。等到她急火火地回到雪乃的房间，只见鹤代抱着胳膊，站在门口在朝天花板张望。

“这样的漏法可是不得了啊。”

“老用锅这么接水也不是个办法呀，我累得气都快喘不上来了！”

“不赶快采取应急措施肯定是不行的了，还是请山田先生来帮忙吧！”

“那雪乃她们的事情不就穿帮了吗？”

“这不正是个好机会吗？也用不着再瞒着他了。”

“要知道这样，妈妈，您早点跟山田先生说了不就更好了吗？”

请山田过来帮忙应急修理一下漏雨的屋顶，四人同居的事实就会被发现，山田会不会生气呢？佐知还是有点担心的。毕竟这么些年来，山田一直以监护人自居在关注着母亲和自己，时刻留心牧田家是不是发生了什么意外，万一他觉得自己根本没有被当回事，很可能会发脾气的。

“就说是你的房间好了。”

“这个这么小姑娘气的、古里古怪的房间？山田先生可是知道我的屋子里除了刺绣的东西以外，空落落的，什么也没有啊。”

就在母女二人说道的时候，屋顶又漏下雨来，“啪嗒！啪嗒！哗哗！”和着有节奏的雨滴声，母女二人也争论得越来越起劲。

“妈妈，您平时总是觉得多一事不如少一事，现在可好，雪乃的房间成这样子了，又慌忙要我去门房求助，推过来搡过去的，倒霉的还不是我！”

“又不是我让它漏雨的呀。只能怪你的朋友，你的朋友就是个遭水害的命不是？既然这样，那就只好向山田先生磕头，央求他帮忙啦，做什么都可以啦！别说可以了，那是应该的！”

没想到，这竟然演变成了一场“麦霸赛”。不过，唾沫横飞归唾沫横飞，佐知和鹤代还是一同将盛满雨水的锅端到浴室去倒掉。最终两人达成了共识：“不行了，这样下去不是个办法，还是找山田先生帮忙吧！”

多一事不如少一事、但求无事的代价是，鹤代不得不打着伞，冒着大雨朝山田住的门房跑去。佐知则一边抱着胳膊、踏着脚等在玄关门口，一边继续关注着二楼的情况。

山田来了。他披着一件黑色雨披，手里提着工具箱。鹤代站在山田背后，自顾自优雅地撑着一柄红色的雨伞，脸上的表情似乎在说：瞧瞧，你老妈我呀，真要做起事情来也是不含糊的，这不是把山田先生请过来了吗？小事一桩啊。

佐知心里不高兴，她没有理会自矜自夸的母亲，眼睛看向山田。

雨越下越大了，从门房到正屋这点距离，山田身上的雨披已经被淋透了，变得像一张黏黏糊糊的黑色黏膜。山田仿佛蜕皮似的脱下雨披，正在犹豫将雨披放哪里，佐知从一旁的鞋柜兼壁橱中拿出衣架，将雨披撑起挂在玄关的门把手上。雨披的下摆拢在一起垂悬下来，一串黑水顺势滴落，渐渐散作一摊。

鹤代和身穿作业服的山田脱了鞋子进入家门。

“哪间屋子？”山田问。

“二楼的屋子。”佐知在后面答道。

山田的身高和佐知差不多，虽然步入了老年但双眼依然炯炯有神，目光中自有一种说不出的威严。山田一贯少言寡语，这也是佐知见了他心里会发怵的原因之一。佐知平日成天窝在房间里刺绣，兴许是出于一种逆反心理，当她见到雪乃和多惠美时就会这个那个地聊个不停。而像山田那样，默默地在院子里干活儿，默默地一个人啃着酱菜看电视然后睡觉，要是成天那样子生活，佐知真担心他两颊的颞下颌关节会生锈。

不过佐知始终怀疑，山田的沉默寡言会不会是故弄玄虚，是一种表演？有一次，佐知在大门外和山田不期而遇，当时山田手上拎着一只“茑屋[①]”的袋子。发现佐知在凝视自己，山田似乎有点不好意思地

① 茑屋：指茑屋书店（DaikanyamaT-Site），这是一家位于日本东京代官山的书店，由三栋建筑组成，有书、DVD 和 CD 出租。

搭讪道："佐知小姐，高仓健的电影你看过吗？这个《网走番外地[①]》系列真的很好看哪。"

佐知没有看过《网走番外地》系列影片，她只能从这个地名中，得出"因为实在太冷了，主人公只能闭口不说话"这样一星半点极其可怜的认知来。那些喜爱高仓健高大形象和硬朗气质的人听了，准保会抡起录像机朝她身上砸过来。

不过，也有弄明白的事情：佐知由此知道了山田非常喜爱高仓健，并企望着自己也能像高仓健一样英俊潇洒。

不知道究竟是颞下颌关节不适，还是下意识地模仿高仓健的样子，山田一声不吭地爬上楼梯，佐知和鹤代也悄没声儿地跟在后面。山田顺着滴水的声响，准确地来到雪乃住的房间，稍稍观察了一下，立即又转身走下了楼梯，佐知和鹤代两人则站在二楼走廊上发愣。

楼下传来玄关门开闭的声音，山田似乎到屋外去了，不一会儿又是玄关门的开闭声，山田顶着湿漉漉的白发和淋湿的双肩返回二楼。

"我去把水管阀门关上了。"

这时，雪乃房间的漏水量似乎变小了。

"难道不是漏雨？"鹤代望着天花板问。

"一般漏雨的话不可能漏成这个样子的。"山田答道。

① 网走：位于日本北海道东北部，濒临鄂霍次克海。番外地：原意指没有行政区划编号的地方，后一般形容人迹罕至的荒僻之地。

听了两人的对话，佐知十分吃惊地问道："正常来说，天花板上不会排一根水管在里面吧？"

"这幢房子啊，当初是你曾祖父自己设计的，莫名其妙的地方多着哩。"鹤代叹着气解释道，"门外汉硬要玩票，真是害死人哪！"

佐知听了不禁哑然，牧田家建造至今差不多有七十年了，就这么个弄法居然挺了七十年！

虽然知道了漏水的原因，但接下来该怎么办还是没个头绪，母女二人仍呆呆地站在那里。这时候，山田拉开了镶嵌在墙内的壁橱门，里面收纳的是雪乃的东西，一看就是上班族穿的素色西服套装、领口缀着褶边的私人衣物……整整齐齐地吊挂着，透明的塑料箱里则摆着叠起来的内衣、内裤等，五颜六色的，透过箱子也能看到，好多内裤上都带有蕾丝花边。

哎呀！就在佐知心里慌乱之际，山田已经钻入壁橱上方的顶柜。工作裤的裤脚卷了起来，因此能看到山田穿着一双质地和女式连裤袜类似的藏青色长筒袜，就是被称作"老头袜"的那种袜子。哎哟！佐知又是一阵慌乱。真想象不出，这年头竟然还有人穿这样的袜子，大概是他退休前买了一直放到现在的吧。

"佐知小姐，麻烦把工具箱递给我！"

顶柜里传来山田的声音。佐知将搁在屋子一隅的工具箱举起递向顶柜，山田从顶柜里垂下一只手将它接过去，随即消失看不见了。

不一会儿，能感觉到山田在天花板上爬动的动静，以及"嘎吱嘎吱”拧紧水管的声音。鹤代和佐知站在屋门口，望着颤动的天花板、落下的水滴还有灰尘。

好像《屋顶的散步者》[①]呢，佐知暗想。要是就这样佯装不知将顶柜门板关上会怎么样？想象着山田就躲藏在雪乃的头顶上，佐知心里微微升起一丝兴奋。是为雪乃对山田躲藏在屋子里浑然不觉而兴奋，还是为山田将偷窥到无人得见的雪乃独自一人的生活场景而兴奋？佐知自己也不清楚。

“小姐！”

天花板上面传来山田的声音，佐知就像正打瞌睡却被人一声招呼吓醒了似的，一激灵，身子抖动了两下，鹤代向她投来怪讶的眼神。

“不好意思，麻烦您去把水管的阀门开一下，否则漏水的部位确认不了啊。”

佐知感觉仿佛被鹤代猜到了刚才自己迷迷糊糊的幻觉似的，感到十分羞愧，于是便照山田的吩咐下了楼梯，来到屋外，掀开正屋侧面嵌埋在地面的蓝色盖子，将水管的阀门拧开。屋檐上淌下的雨水滴在她背上，她这时候才猛然想起：“为什么是我跑出来啊？”

山田刚才叫的是“小姐”。这个家里被山田称呼为“小姐”的有两个人——鹤代和佐知。也就是说，鹤代也可以出来打开水管阀门的，自己干吗稀里糊涂地抢着跑出来呢？她不由得生起自己的闷气来。

① 《屋顶的散步者》：江户川乱步创作的推理小说，是明智小五郎系列中的一篇。

返回雪乃房间时，床的上方又开始往下滴水了。山田好像爬到了天花板上面的这个位置，鹤代则悠然地站在门口，看到佐知来了咕哝了一句：“真慢！”随即抬了抬下巴示意佐知赶快，佐知连忙端起锅放在床上接水。

佐知打开又关上水管的阀门，山田在天花板上爬来爬去找寻漏水部位，这样重复了数次，而鹤代则像个监工似的一声不吭地在一旁监督着。佐知算是彻底领教了鹤代的“小姐气质”，无论何时，无论发生了什么事，鹤代总指望有人出手帮她收拾局面。

这世上倘若真的存在贵族、王族的话，那也肯定不是法老王或苏丹王，而是像鹤代这样的人吧。尽管家中没有奴隶和雇工，但她可以指使各种家用电器替她干活儿。少得数得过来的不得不人工完成的每天那点家务活儿，就当是防止老年痴呆的一种锻炼好了。法老王和苏丹王不也爱好骑马狩猎吗？道理是一样的呀。并且鹤代是衣食住行都能得到充分和令人满意的保障，偶有点感冒什么的马上就能上医院接受诊疗，压根儿不存在被暗杀的风险，也没有政治以及后宫那些让人头疼的糟心事，最幸运的是，她完全不受公务活动的牵制。所以她根本就不考虑子孙，她要的是鹿死不择荫般的彻底自由。

拥有如此幸运的人生，想必会利用一切空闲时间，留下一座比金字塔或大清真寺更加宏伟的建筑奇迹吧，又或者会经过冥思苦想创作出几件登峰造极的艺术作品吧。遗憾的是，鹤代所创造的作品只有佐知这一件，人生竟然如此平淡，与那样的宏大业绩没有半点缘分。

人太自由了就是不行。比如夏目漱石塑造的那些登场人物也是一样的，他们的苦恼一看就是挖空心思臆造出的，以至让人恨不得对其大喝一声："踏踏实实地去劳作就没这些苦恼啦！"这种所谓的苦恼只是那些高等无业游民自称的苦恼，而鹤代甚至连这样的苦恼都没有，对她而言，最贴切的一个词就是——"无所事事"。她在任何事情上都无作无为，虚耗着大把空闲，几乎已经达到了一定的境界。

佐知正这么想着，上边的山田好像处置完毕，水不漏了。从天花板爬下来的山田被上面的积尘和水搞得像浑身糊了一层泥浆，仿佛南方丛林中迷路的野战兵。佐知不由得一阵担心，壁橱内雪乃的衣物会不会被弄脏了啊？

"这只是应急处理一下，今天我就给专门排水管的铺子打电话。""归国士兵"山田说道。

佐知赶忙致谢，鹤代轻轻点着头，在一旁说道："你帮了我们大忙啦，山田先生！"

这与其说是感谢，不如说只是自己的感想。不过，山田没有一点不快，而是显得很高兴。这下妈妈除了家里的家用电器，也将忠实的卫士抓在了手中——对于鹤代这种毫无来由的家庭权力兼威严，佐知又一次被惊到了。

"重新装修一下的话不知道要花费多少啊？"鹤代完全没有感觉到佐知的不悦，她迅速开始了非常现实的计算。

"墙纸，说不定还有地板，全得换新的了。"山田用作业服的袖口拭了拭鼻子，“不过话说回来，这间屋子是谁住的？”

“是我！”佐知举起手应道。

与此同时，玄关门被拉开，多惠美爽朗的声音传了上来：“我回来啦！”

和多惠美前后脚，雪乃不一会儿也回来了，看到自己房间的惨状，瞠目结舌说不出话来。

现在，牧田家的四个女人垂头丧气地坐在客厅沙发上。准确地说，是鹤代、佐知、雪乃三人挤在沙发上，多惠美则倚靠在沙发边上，双手抱膝坐在地上。

对面沙发上坐着山田。沾在身上的泥浆已经干结，浑身变成了褐色。山田那副仿佛刚从泥沼中爬出来的妖怪般的怪模样，让多惠美忍不住悄悄将视线瞥向对面。

四个女人与山田一起吃了佐知刚才三下五除二做的炒饭和豆腐酱汤，之后便开始了气氛凝重的协商会议，那场面严肃得就好像是在进行军事审判一样。

“首先要说清楚的一件事情是，”鹤代第一个发言，“雪乃小姐是不是命里注定了会遭遇漏水？”

啊？！这……除鹤代之外的所有人都大觉意外，但谁也没有唱反调。山田挺直后背端坐在沙发上，一动不动。

“是不是啊，雪乃小姐？”鹤代向前探出身子，越过佐知看着雪乃，“以前没有人向你说起过吗？”

谁会说这种话？妈妈真是的，又开始口无遮拦地自说自话了——佐知正这么想着，“这个嘛……”雪乃一本正经地回想起来，“以前倒是有人说过切记不要在床上抽烟，漏水的事情好像没……”

“是谁说的？”佐知忍不住插嘴问道。

“是个算命师，据说算得很准呢。上大学的时候有个同学很相信算命，她领着我去算过一次。”

“那是故弄玄虚的！谁都知道在床上抽烟有危险，所以让你注意。这种话说给你听也不会错的，可雪乃你不抽烟啊，对不对？”

“这倒是。不过，我觉得那个算命师还是很厉害的。”

“为什么？”

“我的曾祖父就是在床上抽烟死的。”

“不会吧？”多惠美也插入进来，“有种壮烈至极的感觉！”

“嗯，家里人发现的时候火已经烧得很大了。我小的时候去亲戚家玩，见过那间据说就是曾祖父以前住过的屋子，屋子墙壁仍然残留着被火烧焦的痕迹呢。”

佐知在脑海里想象着那个场景：古旧的日式老宅一室，涂着砂浆的墙壁上有黑乎乎的火烧痕迹……然而，并没有多惠美所说的那种“壮烈”，也没有被大火吞噬临死前的那种痛苦挣扎的印记，只有一幅静寂的景象。或许可以这样说，那只是一个无论是谁有朝一日都将会被吞噬于其中的黑魆魆的洞穴，谁都是通过那儿才走入阴间的黑魆魆的洞穴，只是由于某个偶然的机缘被投影到了那面墙上而已。

实际上，它们可能原本就在那儿。地面上漫溢着的黑水，舔舐着墙壁的黑色烟焰，只是我们光顾着自己的每一天而没有注意到它们。哭泣、愤怒、争吵、相偎而笑，这样的日子似乎会永远延续下去。仅此而已吧。

众人谁也没有注意到正在发呆的佐知，大伙儿继续谈论着雪乃的曾祖父。

“曾祖父本来是酿酒铺的少爷，不过生性游手好闲，整天花天酒地的。他葬礼的时候居然还跑来了一大群情妇、私生子什么的，家里没有人晓得他那些事，结果大家为了争遗产闹得不可开交。母亲经常说：‘我们家的没落，就是从那时候开始的。’她的意思是，假如不没落，一直能守住原先那份基业的话，她也不会嫁给父亲。”

“壮烈至极呀。”多惠美又来了一句，“但是有那份底子让你没落也不错啊，我曾祖父当年就不知道干过什么了，甚至连一点话题都没有给后人留下。”

话题似乎远远地偏离了轨道。山田仍挺直腰板笔直地坐着。“曾祖父”与“不声不响地让外人搬进来同住”这两个完全不相干的异次元空间，如何才能对接到一起呢？佐知左思右想还是没辙，这种凭本事的差事只有靠鹤代了。

“既然连雪乃与在床上抽烟之间的关联都能洞察到的算命师都没有提及漏水的事，那这事应该不要紧吧！”鹤代冷不防地说道。

这哪里是洞察出来的，纯粹是一种偶然嘛，又或者只不过是笼统地提醒了一下嘛。虽然佐知心里这么想，但她一如既往没有将这话说出来。

“不过你呀，为了保险起见，最好还是不要去海边玩或者去河里游泳什么的。”鹤代谆谆告诫道。

“我知道。”雪乃诚恳地接受了。看来鹤代才是算命大师啊。

“那个……”“高仓健”终于打破沉默开口了，这是自协商开始以来山田的首度说话。搜索一下记忆的话，山田之前的一次颞下颌张合还是吃完炒饭之后说的那句“谢谢”。佐知还在想，真担心他的下巴会生锈哩。

“佐知小姐的朋友住到家里来……”

“……唉。”早就有所准备的佐知重重地点了点头。

“是什么时候的事啊？”

“大概是一年前。”

“什么？！”山田彻底惊呆了。我怎么会这样，家里住进来两个外人居然一点都没注意到！向来以鹤代小姐和佐知小姐监护人自居的我！看来真是老糊涂了，山田一郎！要么从此放弃监护人的身份，要么就只能引咎剖腹了！

他到底是不是这样想的，佐知不得而知，因为山田毕竟不是演技高超的高仓健，他脸部的表情肌没法将他的细微情感表现出来。尽管如此，他受到了重重的打击，这点还是看得出来的。

“山田先生，对不起！”佐知向他表示歉意。本来这应该由一家之主鹤代出面说的，佐知斜眼看了一下鹤代，不出所料，她仍是一副气定神闲的样子。

雪乃和多惠美体察到了老人的失落和伤心。“本来应该先和您打声招呼的，是我们失礼了！”雪乃垂下头道。多惠美将叉开的双腿并拢，跪坐起来说了声：“怎么说呢？错过了跟您说的时机，真对不起！”

“不不，你们不用介意我的呀。”山田的心情似乎好了一些，他抬手在脸上轻轻地抹了抹，沾在脸上的干结的泥浆立刻就剥落了，落在客厅的地上，“我倒是隐隐约约有点感觉的，不过没想到一下子多了两个人……”

佐知觉得，山田肯定是不知道雪乃的存在。雪乃和多惠美搬进来住了一年，再怎么山田也应该是看到过她们的，而且一定会产生疑惑：“就算是刺绣课的学生，似乎出入得也太频繁了吧。”不过，雪乃因为有着不易被人记住这一“特技”，所以山田对她印象淡漠，即使隐约察觉“好像有年轻姑娘搬进正屋住下了”，但那也是多惠美。

真不愧是雪乃呀。佐知朝身边的雪乃投去感佩的一瞥。雪乃也意识到自己并没有进入山田的视野，虽说完全不是自己的原因，但还是用眼神回了佐知一句：谢了啊。

“其实是这么回事……”

为了抚慰失落伤心的山田，佐知将四人同居的来龙去脉向山田做了说明：雪乃因租住的公寓漏水，无处可归，多惠美则是断断续续受到前男友的威胁，至今还在躲着他。佐知将这些经过略微夸张地讲了一遍——万一全部告诉山田只怕他会来劲，说三道四的，因而嫌麻烦就没说，这话当然是不可能对他说的。

山田“哎呀”“哦哦”地附和着，等听完佐知的解释后，背脊挺得更直了：“你们就放心好了！”那架势就好像他是个聆听上司命令的二等兵，恨不得将背脊骨向后折过去，“从上上辈子起，这家的老爷就关照过我说，‘千万千万就拜托啦！’既然这样，你们尽管安心在这里住，我山田一定会倍加警觉，绝不会让任何形迹可疑的人伤害你们的！”

果然来劲了——佐知垂头丧气地想。

“我们信得过你，山田先生。”鹤代微笑着道，山田的脸上顿时露出感慨无限的神情。

“那就请您多多关照啦！”雪乃和多惠美异口同声地向浑身褐色的山田颔首致意。

雪乃暂时住到了佐知的房间里。和作息时间大体一致的多惠美同屋应该是最佳选择，可是多惠美的屋子里堆满了纸板箱，实在腾不出空间来给雪乃。

雪乃穿着好歹没被漏水浸湿的睡衣，在佐知的床上躺下。佐知仍坐在桌前做着刺绣活儿，她略略弓着背，一心一意地穿针走线。房间里的灯已经熄灭，只有桌上的台灯仍旧亮着。

山田说，排水管的师傅明天上门来。至于重新装修，连装修公司都还没有选定呢。雪乃白天上班，佐知答应帮她把淋湿的被褥拿出去晒，弄不好必须买新的了；衣服、家具以及小物件等，则挑拣一下淋湿的和没淋湿的，整理一下……

雪乃叹了口气，自己难道真的天生就是遭水害的命？拿着镜子自我端详似有点小题大做了，于是她伸出双手端详起来，生命线一直延展到了手腕附近。

“是不是太亮了，睡不着？”佐知问她。

雪乃慌忙将手缩回被窝里。佐知伸着懒腰，面孔朝向她这边。

“没关系。我睡着了会打呼噜，你可担待着点啊。”

“我也打的。”

佐知笑了，随后头转回桌子那边，抓起绣针，右腕继续飞快地舞动起来。

侧着身体看着忙碌的佐知，雪乃寻思屋顶管道漏水，可能真是因为自己面相不好引起的呢，于是轻声说道：“不好意思啊，佐知。”

“你道什么歉啊。”佐知的背影透着笑意，“雪乃，你就放宽心好啦！”

听到佐知这样说，雪乃觉得，这世上再也没有不安，没有什么能威胁到自己的东西了，心情顿时大好。她凝视着专注工作的佐知的背影，不知不觉睡着了。

佐知听着雪乃轻微的鼾声，埋头刺绣，一直工作到后半夜。雪乃时不时地发出笛子般尖厉的鼾声，感觉非常有意思。

第二天是个大晴天。佐知将雪乃的被罩拆下洗了，然后和被子一块儿拿到院子里晾晒。浅粉红色的床尾巾则被挂在客厅的窗户上，仿佛是一条耷拉下来的舌头。被子和床尾巾晾晒一天应该可以晒干了。

刚过中午，排水管的师傅就来了。他将窗户和写字台罩上防尘罩布，然后爬到天花板上。不一会儿，天花板上方传来一阵刺耳的金属声，像是在锉断水管。

佐知戴着口罩进入尘土飞扬的屋子，照雪乃所托收拾壁橱里面。所幸衣物都没有被水浸湿，不过有几件西服和衬衣上面沾了点污泥，这应该是山田在屋里爬上爬下的时候弄脏的。

污泥已经干结，西服用衣刷刷几下泥点便掉落了，衬衣则可以直接丢进洗衣机。院子里的晾衣架上挂满了重新露出白净本色的衬衣，以及四个女人的内衣、内裤，宛似舰船甲板上张挂的彩饰。终于不必介意山田，可以放心大胆地晾晒衣物了，真是欢心快意啊。

佐知心情愉悦地望着晾衣架，鹤代坐在客厅惬意地喝着下午茶，山田则在雪乃房间里支应着水管排换的杂事。

经过两天的施工，水管破漏之处已经全部封死。排管师傅说，虽然房子有年头了，整体老化不可避免，但只要细心维护，应该还可以坚持好几年。

一周刚至一半，两家室内装修公司先后来到牧田家，免费勘量并给出了报价。雪乃在公司用电脑在网上查询，根据客户评价从附近的装修公司中遴选出了几家室内装修公司，和佐知商量后确定和联系了这两家。鹤代和佐知将两份报价进行了比较，最后选定了位于同一个街区的那家公司。

现在只需将室内的墙纸再更换一下就行了。装修公司的人拿来产品目录，考虑到和其他房间的协调，推荐了一款稍稍带有怀古情调的仿布材质的墙纸，进货大约需要一星期。对于和雪乃同睡一个屋子，佐知毫无问题，加上雪乃每天晚上都睡得很香，“时间晚几天无所谓啦”，所以最后便定了这款墙纸。

“地板就这样不用换吗？”佐知问道，“虽然弄干净了，但总有点担心会不会腐烂啊？”

“要是发现地板有鼓起来的现象，可以撬起来查看一下，现在暂时没这个必要。”看上去三十出头的装修公司小师傅平静地回答。他身穿一套灰色西服，系着一条藏青色的素净领带，不主动向客户推销这个那个的，给人一种真诚实在的感觉，不过也可以理解为是种“事不关己，高高挂起”的态度，尽量少给自己找事情。这跟鹤代的“多一事不如少一事主义”和莫名其妙的自信如出一辙。

大概正是嗅到了同类的气味，装修公司的师傅走了之后，鹤代说了句：“小伙子人不错呢，公司离得也近，你要不要和他交往交往试试？”

真是多管闲事！佐知装作没听见。人家只是个装修公司的施工人员，上门干完活儿就闪人，以后不会再出现，交往什么呀，真是的！

整整两天，佐知都被金属噪声吵得头疼。傍晚，她享受着骤然安静下来的时光，在自己房间里整理起纽扣来。小小的纽扣按照不同颜色分别装在广口玻璃瓶里，形状和手感也各不相同，装在瓶里就像是呈现出红、黄、蓝各种颜色的雪片。

黄色纽扣宛如黄玉，用来做熊的眼睛；仿佛星星在青空闪烁的蓝色纽扣，用来做森林中的湖畔睡美人的项链坠饰；闪着草莓一样的红光的纽扣，则可以做装点在花园的花篮上的金属卡子。摆弄着这些小小的纽扣，她马上就能想象出如何将它们转变为刺绣符号，常常是窗外天色已经转暗，她也丝毫没有留意。

看着像塞满了糖豆一样的五颜六色的广口瓶排放在一起，她心里有种无法形容的满足感。这天晚上，当她将装修施工的日程告诉雪乃时，雪乃出乎意料地有点闷闷不乐："一个星期……"

"嗯？是不是我夜里呼噜打得很响？"佐知略显狼狈地问。

"不是的，就是偶尔'呼呼呼'地响一阵儿。"

"要这样说的话，雪乃你也一样'呼呼呼'的呀！"

"是吗？真是难为情。"

雪乃端坐在客人用的坐垫上，上身前倾，将脸伏在垫子上。这应该是瑜伽的一个体式，称为"婴儿式"，佐知看着却感觉像是小孩受到数落后的某种过度反应。

"没想到这样费工夫，真是给你添麻烦啦。"雪乃低着头叽里咕噜地说道。

“没事的没事的。想喝点什么吗？我去叫声多惠美。”佐知爽声提议道，随即便走到楼下去取冰镇的啤酒。她在担心，雪乃会不会提出要搬出这个家呢？

又是一个周末。经过数天的思考，雪乃终于要付诸行动了。早上七点，她钻出被窝，小心翼翼、不发一声地换下睡衣，穿上了日常的居家衣服。本来她想换上刚买的春季连衣裙，不过还是作罢，照旧穿着上下一式的运动服，“脏就脏点吧”。

透过合上的窗帘，依然能够感受到浅黄色的春天的阳光。佐知昨夜刺绣做到很晚，此刻还在床上发出“呼呼呼”的鼻息声，雪乃起床换好了衣服她仍没有醒来。雪乃叠好被褥，归整在屋子一隅，顺便觑探了一下佐知睡眼惺忪的脸。不知为什么，佐知挨着侧脸的右手握得紧紧的，表情显得似乎很苦闷。雪乃不禁纳闷，难道她睡梦中还在运针？

雪乃对佐知的印象是像只兔子。这并不是指她可爱，也不是说她机敏，相反她的动作可以说略显笨拙，而当她埋头刺绣的时候，柔和的背部曲线活脱脱地像蹲在草丛里的兔子的轮廓。兔子时刻不停地翕动灵敏的鼻子、抖动长耳朵，捕捉周围的信息，那种虚怯怯的劲儿，总感觉跟佐知有点神似。佐知也是一刻不停地舞动着绣针，同时小心翼翼地维系和家里人的人际关系。

每当雪乃看到佐知这副兔子般谨小慎微的模样，就会有种莫名其妙的焦虑，恨不得自己能像“鲑五郎[①]”那样将她抱在怀里安慰道：“好好好，真是个乖孩子！”

雪乃正看着，佐知紧握着的右拳伸到鼻子下面蹭了蹭，翻了个身将脸转向了墙壁，半张床空了出来。这会儿爬上床可以舒舒服服地睡个回笼觉啦——雪乃这么想，不过她还是蹑手蹑脚地走出了房间。

楼下厨房里，像是还没睡醒的多惠美正在搅动大锅子里的粥，鹤代笔挺地坐在餐桌前，喝着盛在碗里的粥。桌子上还有几只小碟，里面分别盛放着碎紫菜、干货状的扇贝、片状叉烧等。

“早啊！”打过招呼，雪乃也在桌边坐了下来。

鹤代应过之后，发表宣言似的对雪乃说道：“我刚刚才对多惠美说了，我今天要出去。”

“去哪儿啊？”

“天气这么好，我要到伊势丹去购物，夏天用的毛巾被已经旧了，老早就想换一条新的了。”

多惠美一只手端着锅走过来，用勺子给雪乃碗里盛上粥，又从围裙的口袋里掏出一个生鸡蛋，右手单手在碗沿上磕碎，倒在粥里，又从雪乃手里抓过筷子，将粥和鸡蛋一通搅和，经过这番粗暴的操作，鸡蛋在滚烫的粥里煮熟了。雪乃有点不明白，她为什么不将鸡蛋直接

① 鲑五郎：指日本自然主义者、动物学家、作家畑正宪，“鲑五郎”是他的诨名，原意是“弹涂鱼”。

打在粥锅里呢？

“这是鹤代妈妈用她信用卡的积分兑换的中式白粥套餐。”

多惠美当值做早餐的时候大多时候是吃面包，雪乃刚才还在想今天是吹的什么风呢，原来如此。雪乃谢过鹤代，从多惠美手里接过筷子。

“我开吃喽！”

“不够还可以添。咦，佐知呢？还在睡啊？”

“嗯，估计一时半会儿不会起来。”

“那我先把火关了吧，不趁热吃的话粥就坨了。怎么睡这么晚。”

大概是右手单手端锅端得有点酸了，多惠美一边甩着手一边坐到餐桌边，从锅里往自己碗里盛了碗粥，又从围裙口袋中掏出鸡蛋打入热粥里。大概是怕粥变坨，所以单柄锅只用来盛粥而不往里面打鸡蛋——雪乃这样猜测。

多惠美似乎对坨状的东西过敏。用滚开的热水冲泡粉末状可可或玉米汤时，她会执拗地不停搅拌，生怕一停下来就会坨掉，喝的时候，假如舌尖稍稍触到一块坨状的东西就会犯恶心。对了，多惠美对稀释型的液状乳酸饮料以及带橙肉的橙汁也极其反感。

鹤代喝完粥，站起身将碗筷放在水斗里。雪乃本想和鹤代说上几句话，但错过了时机。

每次有外出计划的时候，鹤代就会精气神十足。大概是出于平时老是待在家里，几乎不出门，最多就是到车站前去买点食材的缘故吧。连一向推给佐知干的洗衣服这类活儿，一要外出她就抢先动起手来，莫非不洗几件衣服，就无法激起她的期待和能量？趁着洗衣机运转的当儿，她会仔细化个妆，衣服洗完之后快速地拿到院子里晾起来，然后精神抖擞地出门——这就是她的风格。

鹤代在做外出准备的时候是不可以跟她搭话的，那样她会不高兴，尤其在描眉的时候更是绝对禁忌，那可是一项最需要注意力集中的工程，即使跟她搭话，她也只会含含糊糊地“呣呣”几声。雪乃曾见过一次佐知在这种时候壮着胆跟她说话的情形，当时鹤代嘴里除了“呣呣”之外什么字都不吐。她的心思压根儿不在别处啊。佐知说：“回来的时候顺便买根棍子面包啊。”她答：“呣。”“就是那种法式面包。”“呣。”“知道了吗？”“呣。”结果到底没买回来。佐知向她指出没有买棍子面包，她反倒气势汹汹地回道：“我出门前不正在忙着吗？！那种时候叽里呱啦地跟我说话，我肯定是记不住的啊！”雪乃想，这不是恼羞成怒，反咬一口吗？自然，这母女二人争吵时，雪乃是不会插嘴发表意见的。

出于这个原因，这会儿雪乃默默地喝完粥，然后帮着佐知将碗筷洗了。鹤代则进了二楼的盥洗室。

“前辈你呢，”多惠美收拾完后问雪乃，“有什么安排吗？”

“嗯。”雪乃用水壶烧了壶开水，泡上咖啡，然后把多惠美招呼到客厅的沙发上坐下。

“我今天打算打扫一下那间‘从不打开的屋子’。”

“啊！”多惠美吃了一惊，雪乃赶紧“嘘——”的一声将她止住了。二楼传来洗衣机脱水的声音，那声音仿佛在煽动观众的焦躁情绪：马上就要进入结尾啦！虽说并不算太陈旧，但牧田家的家用电器声音都这么吵人。

“怎么突然想起来打扫？”多惠美压低了声音问，“那间屋子不是一直以来谁都没有进去过吗？不知道会怎么样呢……”

看到多惠美想象着一幅可怕的情景而发颤的样子，雪乃并没有改变主意。

“我们只出了很少一点房租住在这里，结果呢，还弄得漏水，我觉得自己也应该为这个家做点什么。”

“可那不是前辈你的责任啊。”

“不，我觉得我的命确实跟水害什么的有关系。”

“怎么会？！”

“装修得花不少时间，加上佐知也挺忙的，我跟她睡同一个房间总会有点不方便，所以我想搬到那间‘从不打开的屋子’去住。”

“嗯，可是……不要紧吗，自说自话地就打扫？”

楼上的洗衣机响起“哔哔哔”的声音，是在提醒衣服洗好了。这时候，鹤代匆匆地从二楼下来，她已经化妆完毕，还换上了外出服。白发利落地扎成一束，唇上涂着红色口红，不过颜色很淡，不显俗气，穿一条藏青色的长裙，上身还披了件同样颜色的羊毛开衫。这身装束使她看上去就像个不苟言笑的小学校长。

雪乃和多惠美停止对话，抿了口咖啡。鹤代探头朝客厅这边看了一眼，吩咐道："不好意思，洗的衣服帮忙晾一下可以吗？"她一边说，一边往耳朵上戴人工珍珠耳环。

"嗯，我们会晾的！"雪乃应道。

"谢谢，太好啦。"说着，鹤代的身影已经从门口消失了。看来她的心早已飞向伊势丹了。鹤代回到自己房间，拿上提包，穿上感觉有点像亚光银色的春季外套，走向玄关。

这是在哪儿买的呀？该怎么形容呢？宇宙风？还是遭受沙尘暴蹂躏的古代遗迹的再现？总之，高龄女性的审美情趣让人很无语。新宿的伊势丹是肯定不会卖这种商品的。雪乃和多惠美这样想着，手端着咖啡杯，目送鹤代出门。

"那就拜托啦！"

鹤代将脚蹬进平底鞋的鞋帮，乐滋滋地出了玄关。有关打扫的事，还是没有机会跟她知会一声。

"伊势丹几点钟开门？"

"应该是十点半。"

"现在九点还没到呢……"

瞧她那副精气神十足的样子，太不同寻常了。空出的时间鹤代会怎么打发呢？雪乃和多惠美返回客厅，接着刚才的话题商量起来。

"你想想啊，明明有屋子，因为打不开就一直这么关着不用，是不是太浪费了？打扫一下，还可以当作客房啊，我想鹤代妈妈也会高兴的。”

“客房？这个家里除了刺绣课的学生和山田先生，根本就没有客人来呀。”

“那倒也是。今天的刺绣课是几点钟开始？”

“下午一点。哦对了，我的功课还没完成！”

看来，多惠美就是窝在满是纸板箱的屋子里做刺绣功课的。

两人一同将洗好的衣服晾出去，随后多惠美回到自己房间，雪乃则在一楼尽头那间“从不打开的屋子”门前站住了。

门是木制的，上面安着黄铜的门把手，锁眼的形状宛如古色古香的“前方后圆坟[①]”。雪乃在门前弯下腰，试着将发卡和铁丝插进锁眼鼓捣起来。大约过了十分钟，兴许是铁丝恰好钩住了锁眼内的机簧，手上感觉到了反应。

雪乃轻轻转动把手，门居然打开了一道缝隙。她马上戴上事先准备的口罩和手套，围裙早已经围在身上了，是把多惠美做早餐时穿的那条拿来用了。

雪乃深深吸了口气，然后推开门。

“哇！”

尽管戴着口罩，但还是能感觉到房间内满是积尘。对着院子后面

---

① 前方后圆坟：一种古坟形制，圆形前接方形或梯形，为日本独特的古坟形制，约出现于公元3—7世纪。

的窗户，被垂下的红色天鹅绒窗帘遮着，只有些微的亮光透过窗帘照射进来，屋子里黑乎乎的。雪乃伸手摸索着按到壁上的电灯开关，但是灯没有亮，大概灯泡的灯丝断了。

雪乃只穿着拖鞋，一点点向里走去，地上铺着暗红色的地毯，杂志、桐木箱子等杂乱地叠放在地上。由于是西式房间，看不清究竟多大面积，估计至少有十张榻榻米大小吧。雪乃凝神看着前面，小心翼翼地踩着空处往前挪步，避免磕到地上的东西，就这样一直走到窗边。

拉开窗帘，接着试着打开窗子。窗框是木制的，上面有螺纹式的窗锁，也是黄铜的，但锈得很死，拧不动。于是她脱下手套，抓住凉凉的锁头，贴紧木窗框拧了几下，锁开了。窗户很难打开，雪乃重新戴上手套，使出全身的气力横着一拉，随着“嘎吱嘎吱”的几声响，窗子开了。外侧没有纱窗，大概早已经朽烂掉了吧。

清凉的风和直射的阳光时隔数十年终于再次滚涌进屋子。雪乃被扬起的积尘刺激得打了几个喷嚏。她一边打喷嚏，一边用窗帘上的穗带将窗帘系拢起来，原本像是金色的穗带已经变成了暗土黄色，一拉差点就断了。

打开窗子，雪乃反身看向房间里。

“哇！”她情不自禁地再次叫出了声。在阳光的照射下，屋子的全貌终于彻底显现出来。

靠墙的一面放着一张双人床，还是带华盖的——猜想是床的顶罩吧。为什么说是“猜想”呢？因为顺着四隅支柱悬垂下来的，不知道是纱饰、蜘蛛网，还是积尘结成的土块，反正已经辨别不出究竟是何物了。雪乃一边暗暗祈祷那是纱饰，一边战战兢兢地向前走近，想看一看。原来，床上罩着的是一床像戈布兰织锦[①]似的厚重的床罩。

另一面墙前靠墙矗立着高及天花板的书橱，虽然沾满灰尘看上去白蒙蒙的，但看得出原本是琥珀色的实木高档货。书橱里除了百科辞典以及《马克思恩格斯全集》等，还夹杂着一些日本小说，粗粗看去，这些书的出版时间似乎全都是二十世纪七十年代中期。

雪乃从书脊中发现了三岛由纪夫的《金阁寺》，这会不会是初版啊？她很想翻开版权页确认一下，但终究没有那样做，因为书橱前方堆放着许多颇为可疑的桐木箱子。

从桐木箱子的尺寸和形状来看，有似乎是用来收纳衣物类的扁扁的，也有像是收藏茶具等日用品的中等体积的，还有正常的行李箱大小的，不一而足，一共有二三十个。箱子堆的旁边，堆放着诸如《太阳》《朝日画报》《生活手册》等杂志，也可能是从书橱上滑落下来的。

换句话说，从房门到窗户之间，被床、书橱、桐木箱子和杂志堆占据后只余下一条狭长的通道，雪乃此刻正站立在这里。

这儿莫非——雪乃暗暗想——是鹤代和她丈夫以前使用过的房间？事实上，她心里有那么一点点期待，巴望着是这样。鹤代如今居

---

① 戈布兰织锦：一种织锦工艺品，由 15 世纪法国巴黎的戈布兰家族创制，风格华丽，图案大多为风景和日常生活场景。

住的屋子是靠近客厅的一楼那间六叠的屋子，是个让人情绪平定的日式房间，估计以前是鹤代祖父或父亲居住的屋子。

新婚时期的鹤代夫妇拥有的自己的房间在哪儿呢？雪乃猜测，就数这间“从不打开的屋子”可能性最大。因房间漏水不得不和佐知挤在同一个屋子里起居，这让雪乃深感自己给她添了麻烦，这是事实，但雪乃之所以想到要打扫一下这间“从不打开的屋子”，想要证实一下这儿是否残留有佐知父母亲的陈迹，不能不说也是一大动机。

佐知几乎没有见过父亲，因此话题从不涉及父亲，凭雪乃的感觉，要说佐知对父亲的存在毫不在意，也不尽如此。因此，尽管有点多管闲事，但是借着设法从佐知房间搬出来的机会，为佐知寻找一星半点认识父亲的线索，岂不是一举两得。

屋子的废旷程度远远超出预想。在由桐木箱子堆成的小山上，满是巴掌大小的尘块，假如那些不是尘块而是绿球藻的话，绝对堪称宝物了。雪乃想，绿球藻是因为长在阿寒湖底被湖水冲刷揉搓才形成球状的吧，那么这间屋子里的尘块是怎么变成球状的呢？在一个门窗密闭的空间，尘土自动地越滚越大，最终形成巨大的球状？“真奇怪！尘土难道会自己长大？”这的确是个谜。

天花板上吊着的照明灯具，是令人头晕目眩的哥特式。雪乃起初以为那是盏枝形吊灯，但在明亮的阳光下再一看，原来上面是由尘埃和蜘蛛网垂悬而成的枝杈。“奇怪，密闭的屋子，蜘蛛是怎么进来的？”幸好，蜘蛛早就已经死了或者爬去别的地方了，只剩下一大堆蜘蛛网。

看到废旷的屋子里的情形，雪乃有点踌躇了。倘若不想就此成为一个“命里注定难逃水害”的人，就很有必要显示出自己是牧田家“值得信赖的同住人”的存在感来，当然，顺便也可以以一个侦探的姿态来博得佐知开心。于是，她鼓足勇气，开始打扫起来。

雪乃先爬上梯子，掸扫天花板和吊灯上的积尘。尘埃落入了她的眼睛，她摸索着走到厨房，用清水洗了洗眼睛，然后来到客厅，将鹤代搁在柜子上的太阳镜借来一用。

去年夏天，鹤代声称年纪大了越来越怕太阳光，于是买了一副太阳镜。听佐知说，怕光只是借口，其实鹤代是在杂志和电视上看到某老年女明星毛衣衣襟上插着一副太阳镜，便一时兴起也想模仿。由于是近乎冲动消费而买下的，所以鹤代几乎都忘记了它的存在，今天分明是个大晴天，但照样没戴太阳镜就外出了。所以再清楚不过了，太阳镜只是她的一件“时尚小物”。

雪乃戴上太阳镜，又用毛巾包住头和脸部，再次向“从不打开的屋子”天花板上的积尘发起挑战。她移动着梯子，将尘埃和蛛蛛网一点点掸下来。干了不到半小时，雪乃感觉脖颈有点充血，心里犯恶心，她知道这是轻度贫血的症状，于是蹲坐在梯子上，做做停停，休息了好几次。想想为西斯廷教堂穹顶绘制巨幅天顶画的米开朗琪罗，一定也把脖颈累坏了吧，不禁同情起这位文艺复兴时期的伟大的艺术家来。

积尘掸得差不多了，吊灯也用湿抹布擦拭了一遍。吊灯原来不是哥特式的枝形吊灯，而是有着由四朵铃兰花瓣缀成的灯架，彰示着昭和[①]的时代印记。雪乃眺望了一会儿这盏她十分喜爱的吊灯，随后打扫床和顶盖。顶盖四周垂悬的纱饰类似垂悬的窗帘，雪乃解开纱饰，又揭去床罩，床上不见被褥什么的，只有一张双人尺寸的床垫，一个人搬动这张床垫似乎不太可能。雪乃姑且将纱饰和床罩拿到院子里，使劲抖了抖，顿时无数雪片似的尘埃在阳光下漫天狂舞。

拜岁月所赐，纱饰已有好几处破损，像张渔网似的。戈布兰织锦床罩经不经得起洗衣机洗也不好说，雪乃只好小心地将它们折叠起来放在“从不打开的屋子”门口。

这时候，雪乃心里有些绝望了，感觉蓄积了这么多年的尘埃怎么打扫都扫不干净。双人床垫看上去就仿佛一个巨大的螨虫巢，假如在地板上铺被褥睡觉则又没有这么宽裕的空间。总之，将“从不打开的屋子”改作雪乃的临时卧室看来是不可能的了。

但是，她已经未经鹤代同意打开了这间“从不打开的屋子”，至少也得在侦探方面拿出些许战果吧，不然非但逃脱不掉“遭水害的命”，还会增加一个“白吃了一通灰”的污名。

雪乃用吸尘器在通道的地方吸起来，又将堆在地上的杂志归整在一起。以前的杂志封面没有塑封，湿抹布一擦上去，彩色油墨和尘埃

① 昭和：日本年号，自 1926 年 12 月 25 日始至 1989 年 1 月 7 日止。

就一块儿掉了下来。没法子。将尘埃拭去之后，用绳子将杂志捆扎起来，这样地方才显得稍稍宽敞了一点。继续用吸尘器吸尘。接下来是成堆的桐木箱子。擦拭掉箱子上面的积尘，将箱盖一个个打开，里面装的是和服、和服腰带、漆器餐具及瓷器花瓶等，还有一件豪华的长袖和服[①]。不过雪乃并不想展开来看，因为有股子潮气，上面甚至似乎还有被虫子蛀蚀的小洞。装花瓶的箱盖背面，还有模糊的毛笔字迹，估计应该不是一般的东西。为什么这些东西不好好整理，几十年了就这么扔在"从不打开的屋子"里不闻不问？鹤代与佐知稀里糊涂过日子的态度，这下让雪乃越发深有体会了。和服、花瓶还有漆器，假如不用了可以拿去旧货商店寄售啊，或者拿到跳蚤市场卖掉，多少可以换成一笔现金。

这大概就是不知缺钱之烦恼吧。雪乃不禁感慨。因为收入手段有限，鹤代与佐知的生活绝对谈不上富足，甚至可以说，她们日子过得十分节俭。可是，自小养成的那种"武藏野大小姐[②]"，或者说"有房名媛"的派头始终丢舍不掉，"这个月手头稍许有点紧呢""那就把'从不打开的屋子'里的花瓶拿出来卖掉吧"，她们从来也不会这样

① 长袖和服：和服的一种，分大长袖和中长袖，古时为未成年男女穿着的礼装，现在则作为未婚女性的礼服。

② 武藏野大小姐：武藏野位于日本关东平原西南部、东京都的中西部，以前为茂密的森林地带，后陆续开发成为皇亲国戚、将军、大名及暴发户的"后花园"，因此"武藏野大小姐"含有财主、达官贵人家千金的意思。

想，相反只会说“钥匙弄丢了”“那就没办法啦”等等，以至于这些东西数十年来一直白白被锁在这间屋子里。

雪乃不由得联想起以前读过的契诃夫的《樱桃园》，朗涅夫斯卡娅夫人缺乏把握现状的能力，意气用事，固执地不肯面对现实，从某种意义上来说，这是“船到桥头自会直”态度的体现，也可以说是一种极端的乐天主义。鹤代无疑是朗涅夫斯卡娅夫人的再世，她顽梗不化的乐天主义时不时地让周围的人困惑、不快，而这正是鹤代的朗涅夫斯卡娅素性。

那么，作为鹤代女儿的佐知便是安尼雅了？雪乃一边驰思遐想一边不停地打开桐木箱子，并在箱子侧面贴上字条，记下箱子里装的东西，“成套漆器餐具”“铁瓶”“古装玩偶？”等等。之所以在“古装玩偶”后面加个问号，是因为一套站立宫女立像似乎应该包括三尊，但小箱子里只有一尊宫女。其中一个箱子里装着修枝剪和植栽用的小铁锹，雪乃实在无法理解，为什么不管三七二十一，什么东西都收纳在箱子里？只能让人猜想，牧田家的先人中出了个箱子收藏迷吧。而信件、照片等与佐知父亲有关的物品，一件也没有发现。

翻查了差不多一半的箱子，雪乃又瞄准了一只大箱子。这只箱子似乎年头更加久远，已经褪色成了褐色，尺寸则大到足以轻轻松松将一个孩子装进去。成套古装玩偶中的宫女会不会就装在这里面？兴许时隔数十年，三尊宫女立像将重逢了呢。

带着期待雪乃打开了箱子。里面装了许多被团成团的薄纸，大概是作为缓冲材料放进去的。将它们扒拉开，一股浓烈的樟脑味直扑入鼻，终于看到了下面黑乎乎的东西，似乎比宫女立像的头发要蓬松多了……正在怪讶，扒拉着发黄纸团的手蓦地停住了。

她惊呆了。大约有三秒钟，雪乃甚至弄不清楚自己为什么被吓住了。

黑乎乎的东西，原来是头发，但那并不来自宫女立像。仿佛柴鱼片似的干瘪瘪的堆满皱纹的皮肤，一对像玻璃珠子一样透明和亮晶晶的眼睛正朝上注视着雪乃。

四肢收缩、仰面朝天躺在箱子里的，是一具木乃伊！

雪乃一屁股跌倒在地上，随即像条尺蠖一样双膝一屈一伸地向后退缩，逃出了“从不打开的屋子”。

“啊啊啊——”隔了片刻，雪乃才从喉咙深处迸出一阵悚人的悲鸣。

“怎么回事？”

“怎么了，前辈？”

佐知和多惠美不约而同地奔下楼梯。佐知的眼睛半睁半闭，头发睡得翘起来几撮，多惠美手里还拿着一块扎有绣针的刺绣布，一副慌慌促促的样子。

“是老鼠吗？”多惠美问道。

惊魂未定的雪乃摇摇头答道：“比老鼠吓人多了！”

“哎呀，‘从不打开的屋子’开着！”佐知这时候才注意到，便从打开的门向里张望。

“等……等等！”雪乃急忙制止住佐知，“看之前，我先有话要问你。”

佐知停住脚步，在雪乃旁边蹲了下来。雪乃的脸色和蜡像一样惨白，这让佐知有点担心。多惠美也挨着佐知蹲了下来，将手里的刺绣布举到佐知眼前。

“佐知，请教一下，这儿可以用法式结粒绣吗？”

“嗯，我觉得用德式结粒绣更好看。”

“哎呀，现在可不是探讨刺绣的时候！”看着漫不经心的师徒二人，雪乃忍不住插进去说道，“佐知，你父亲过世了，对吧？”

“怎么突然问起这个？”

“对不起，可是事关重大呀！”

“……我一生下来，父亲就离家出走了，后面的事情我一点也不清楚。”

“一生下来，就是说，你父亲的死你并不是直接知晓的，对不对？”

“是啊，是后来听我母亲说的。”

听了佐知的回答，雪乃咽下一口唾沫。这么说，鹤代有可能对佐知撒谎了，所谓父亲离家出走，其实是死了……甚至进一步推测，被人杀了也是有可能的，然后被装进了桐木箱子……

“你不要怕啊，”雪乃说道，其实这话一半是说给自己听的，“我在打扫‘从不打开的屋子’的时候，发现了一具木乃伊！”

“啊？！”佐知和多惠美同时失声叫起来。

“是人吗？像图坦卡蒙[①]那样的？”不知是不是出于对黄金面具和神秘诅咒的期待，多惠美显得很兴奋。

“难道，那具木乃伊是我的父亲？”

在面色惨白的佐知的追问下，雪乃急忙解释道：“是一只很大的桐木箱子，所以说，比方玩捉迷藏的时候躲进去，你父亲被人不小心关在箱子里了，这也是有可能的呀。”

但是连她自己都觉得这个解释很苍白。从仔细包裹和收纳来看，这不可能是一场意外事故。最合理的解释就是，他是被人杀死的，然后藏在桐木箱子里最后化为一具木乃伊的。为了便于保存，又有人放进去很多纸团，将箱子内的空隙填满。但“被人杀死”，这个人究竟是谁呢？只可能是一个人，鹤代。怎么办？雪乃瘫软地坐在地上，她的胃也开始痉挛，本想帮佐知寻找关于父亲的线索，结果无意中揭开了佐知母亲的一段谋杀历史！

“我看看！”佐知说着，意志坚定地站起身来。多惠美也跟着站了起来。

“那样子让人很害怕的……”

“没事！在哪儿？”

---

① 图坦卡蒙（Tutankhamun，约公元前 1370—前 1352）：古埃及第十八王朝的法老（约公元前 1361—前 1352 在位）。

眼看无法让佐知改变主意，雪乃虽腰腿仍发软站立不起来，也只得爬着引导两人来到“从不打开的屋子”。

“那只褐色的箱子。”

佐知和多惠美一点点挨近雪乃所指的那只箱子。两人紧紧靠在一起，手攥着手，朝箱子里面看去。

“呀！”多惠美怪叫了一声，也分不清是叹息还是悲鸣。

“真是的，”佐知凝视着木乃伊咕哝道，“我什么感觉也没有啊。”

恰好此时，门铃“叮咚”一声响起，佐知和多惠美立即跳了起来，雪乃也吓了一跳，等回过神来才发现自己已然站了起来。

“上课时间到了！”多惠美急慌慌地叫道。

“是吗？到了？”佐知也着了慌，按着睡乱的头发，看了看身上皱巴巴的家居服。

“这具木乃伊……”雪乃刚开口说了几个字，发觉有点失礼，赶忙换了字眼，“佐知的父亲在这儿这件事情要是暴露可就糟了！”

“那怎么办？”多惠美将眉毛拧成了八字。

“我妈妈呢？”佐知忽然想起来问道。

“去伊势丹购物去了。”

“那好，趁刺绣课这段时间，你先把这些东西放回原处。对了，雪乃，我不知道你是怎么打开门的，既然能打开，想必也一定能关上，对吧？”

“我试试吧。”雪乃从围裙口袋里掏出发卡和铁丝。如何处置木乃伊，只能等到刺绣课结束、鹤代回家之前这段时间再细细考虑了。

三人急急走出屋子。雪乃将发卡和铁丝插入“前方后圆坟”，尝试将门锁上。佐知跑向二楼，去洗脸和换衣服。多惠美则勉强露出笑容，走向玄关将门打开。

“欢迎欢迎！佐知老师刚刚起来，这会儿正在换衣服呢，快请进来坐，我给你们泡茶！”

“打搅啦！”刺绣课学生们爽朗的谈笑声在牧田家响起。

接下来，便是充满紧迫感的两个小时。

今天来听课的学生，算上多惠美一共五个人，全部是女性，除了多惠美，年纪从五十来岁一直到七十来岁。她们原先就喜爱手工艺，如今孩子大了可以放手了，为了让自己的日常生活更加充实便迷上了刺绣。由于时间充裕、经济宽裕，她们往往更加喜欢挑战大型作品。多惠美只醉心于在枕巾或手帕上绣小幅图案，另外四人就不一样了，或是在整幅布上绣一整面图案然后缝制成手提包，或是在藏青色连衣裙的衣襟、袖子和下摆上绣满花朵，或是在一块五十厘米乘三十厘米的布上刺绣，再用镜框裱装起来。年纪最大、今年七十六岁的中村太太更是准备给一床床罩全部绣满图案，不禁让人替她忧心忡忡，寿命和作品的制作哪一个更快结束啊。她们对于重复绣同样的图案似乎从来不会厌倦，对此多惠美总觉得不可思议。

喜欢刺绣的人，或许都对空间有一种恐惧吧。这里绣一朵花，那里绣一个图案，用色线将绣布填满，最终变成铠甲似的厚厚的硬邦邦的作品。佐知则会经过精心构思，留出余白来。多惠美觉得，这就是匠人和业余爱好者的区别所在。

佐知作为老师，秉持着尊重学生自主性的原则，对于那些厚得足以抵挡子弹的作品也从不多言。中村太太今天照例又将绣布上的余白一点点填满。

喜欢刺绣的人还有一个特点，话多。大概是平时窝在家里只能跟绣布相对无言的缘故，聚在一起的时候，大家就好像松开了箍似的，叽叽喳喳地说个没完，手上的绣针照样翻飞舞动不停。这不禁让人心生遐想：也许她们手上寄生着某种未知生物，大脑的指令虽传达不到，但这种未知生物能灵巧地用色线在绣布上编织一幅幅漂亮的作品。

阳光照射进客厅，学生们语速飞快地聊着天。

“我家老公，菜放的时间稍长就绝对不吃。”

“嗯？第二天就不吃了？”

“是啊，马铃薯烧肉啦，煮菜啦，第二天再热一热拿出来，他就一脸不高兴。”

“那咖喱怎么办？”

“咖喱也一样。”

“哎呀，咖喱放两天才最好吃呢。”

“可不是嘛，你说是不是难伺候。”

“那是因为你太惯他了呀。”

“不都说开头是关键吗？这话真没错。”

吵吵嚷嚷地正说着，中间又夹杂几句，“老师，这里该怎么锁住啊？”“不好意思，可以再给我来点红茶吗？”“红茶的利尿作用真明显啊，我得上一趟洗手间去，不好意思借用一下。年纪大了，就是招人烦不是？”

总之是一刻平静的时候也没有。

佐知和多惠美迅速地交换了下眼神，马上明确了各自的分工。

“这样就可以锁住了，不要太明显就行。”

“哦，红茶我帮你倒，你就坐着好了。中村太太，我陪您去洗手间吧？”

两人都希望学生们尽量坐在沙发上不要起身，万一不小心觑见了“从不打开的屋子”里的情形，可不是闹着玩的。

笑着谢绝了多惠美要陪着一块儿去洗手间的中村太太，歪着脖颈回到客厅。

“你家那个同住的人，怎么坐在走廊里呀？”

说的是雪乃。大概是因为心急，那间“从不打开的屋子”的房门雪乃怎么也锁不上。于是，她只得背对着门，像地狱门口的狱卒似的坐在那儿，提防有人闯入。

“不用管她。”多惠美给每人杯子里倒上热气腾腾的红茶，笑着解释道，“前辈一到休息天，有时候就会在那里坐上一会儿，说是这样能放松心情。”

“欸，坐在走廊里？像是一副刚刚完成大扫除的样子，眼睛愣愣地望着天上。”

“她是在冥想呢。”

啊？众人心里生出各种各样的疑惑，怎么会让这么个怪人住进来呢？多惠美心知众人肯定会这么想，却又无法解释，只好在心里暗暗赔罪：对不起啦，前辈！佐知则感觉像从困境中解脱了出来，她打定主意，采取与己无关的态度，对于守在“从不打开的屋子”门口的雪乃，只当不存在。

“说到冥想，我家外甥还专门跑到镰仓寺去打坐呢。”

“就是你曾经说起过的那个有点不良的外甥？”

“对对对，就是他。他父亲对他说：‘修行去！’然后就把他送到那儿去了，结果还是不行，菩萨也有办得到的事和办不到的事啊。那样宠着惯着，孩子肯定是会走邪道的。”

“对了，我家那只猫最近像是发情了呢。”

“不是做过去势手术了吗？”

“可不是嘛，可还是突然变得非常有攻击性，还‘喵喵喵’地乱叫，叫得人心烦。莫非不是发情，是脾气变坏了？”

“眼下正值换季呀，再说那只猫也有把年纪了，脾气是会变得越来越糟的吧。”

话题就像无轨电车一样，漫无边际地继续着，众人的注意力从那名叫雪乃的“狱卒”身上转移开去，佐知和多惠美总算安下心来。顺便提一句，多惠美和这些妇人碰在一起，她的状态时不时会变得很“换季”，这也让人很不可思议。

接着，又是上洗手间，又是往小碟子里加蛋糕的，学生们没有片刻的安静，佐知和多惠美则没有片刻的精神放松。至于雪乃，则片刻也不敢懈怠地死死盯着走廊。

刺绣课终于结束了，中村太太等四人从牧田家告辞离开，就像归巢的鸟群，喧闹着走过街道，身影渐渐远去。

心力交瘁的佐知和多惠美两人赶忙拖着疲惫的身子，步履不稳地向“从不打开的屋子”走去。雪乃正靠着门艰难地打算站起来。

再次推开“从不打开的屋子”的门，佐知、雪乃、多惠美三人互相支撑着，进入一股霉味的房间。那只桐木箱子的箱盖就这么一直开着。

壮起胆子往里瞧，眼前的景象仍叫人心惊肉跳：皮肤收缩起皱，颜色和质感都像极了E.T.[①]的皮肤，瞪得大大的眼睛直愣愣地盯着天花板上那盏铃兰造型的吊灯。

雪乃横下一条心，将填塞在箱子里的纸团全部取出。木乃伊的样子终于整个显现出来，因为是四肢蜷缩、类似抱膝蹲坐的姿势，所以整个看上去仅有幼儿般大小。木乃伊身上缠着纤维较粗的布，也可

① E.T.：史蒂文·斯皮尔伯格导演的电影《E.T.外星人》中的外星人一角。

能是穿着和服，但因为布已经破损，而且已经稍稍褪色，所以分辨不清。

拨开缠着的布，雪乃先在木乃伊的腹部查看了一番，没有发现外伤，应该不是被杀害后变成木乃伊的吧。不过，如果是被勒住脖颈或是捂住口鼻而死的话，身上也不会留下明显的杀人痕迹的。

“你真敢碰啊！”多惠美露出厌嫌的表情，就像踩了狗屎一样。她越过肩膀，从雪乃身后偷偷觑看着木乃伊。

“怎么样，佐知，像不像你父亲啊？”

“怎么说呢，我压根儿没有见过父亲啊。再说，这个有点像腊肉似的……”佐知满脸困惑地跪在雪乃旁边。她努力让自己试着趴到桐木箱子上，喊了一声：“爸爸！”

“……不行，我真的不知道！”

“也难怪啊。”

佐知和雪乃紧紧挨着，一动不动地俯视着木乃伊。看来知道这具木乃伊背后真相的，只有鹤代一人。两人通过肌肤的温度相互感知到对方此刻的心思：糟糕，这下麻烦了。

多惠美站在两人身后，尽量让自己保持冷静。

“呃，这个……是河童吧？”

经多惠美提醒后再细看，佐知和雪乃发现木乃伊的头顶部秃了一大片。

“咦，我父亲是秃头？”任凭佐知怎么回忆，也想不起曾经听说过父亲是个秃头，甚至是河童，一鳞半爪的记忆都找不到。

“别着急，佐知。这个究竟是不是你父亲还不好说呢。”

“可是雪乃不就是这个意思吗？这具木乃伊不是我父亲！要说有关系的话，我还是属蝼蛄的呢，难道跟河童有血缘关系[①]？”

“不是不是，你冷静下来。”

“佐知，喝茶去吧！”

雪乃和多惠美抓住陷入混乱的佐知的手，将她带到客厅，让她在沙发上坐下。为了让她高度兴奋的神经镇定下来，给她泡了一杯蒲公英咖啡[②]。

雪乃有点后悔了：看来压根儿不应该动什么打扫屋子的怪念头，关闭的门就应该让它关着。小时候读过的《仙鹤报恩》讲的不也是这个道理吗？像我这样命里跟水脱不开干系的人，老老实实住在像淋浴房一样漏水的屋子里，像河童一样被淹死才好呢——不对，像河童一样被淹死意思不对。是如鱼得水。也不对？

佐知将咖啡杯从左手换到右手、右手换到左手，查看着自己的双手，幸好看不出有像蹼一样的怪器官。

“嘿，多惠美，我头顶上头发稀吗？”

---

① 蝼蛄：俗称“蝲蝲蛄”，民间传说蝲蝲蛄头部湿润即预示着即将下雨。河童是日本传说中一种栖息于河边的鬼怪，其形象是前额童花式发型、头顶部秃发，故此佐知将两者联系在一起。

② 蒲公英咖啡：一种热饮，将蒲公英的根茎焙煎后磨成粉末，再像咖啡一样煮泡而成。

"不稀啊，长得可茂盛了。"

多惠美当然不相信河童的存在，但是在亲眼看到木乃伊之后也开始怀疑佐知有可能是河童的女儿，尽管这样想不厚道，但她的心还是怦怦直跳。牧田家位于善福寺川旁，这使得"佐知的父亲是河童"这一假想更加具有可信度。

善福寺川沿岸的一个公园里，安放有河童的塑像，离牧田家稍稍有点距离，多惠美以前出门散步的时候曾经看到过。"为什么要安放河童？"她觉得很奇怪，于是阅读公园内的说明牌，上面记录了"善福寺川住着河童"的传说。当时多惠美"哦"了一下便没再往心里去，现在回过头想想，原来其中大有奥秘啊。

某天夜里，河边传来"嗒嗒嗒"的脚步声，随后有人轻轻地敲了敲年轻鹤代睡觉的屋子的窗户，鹤代的家人、门房里的山田都没有注意到入侵者的存在。这时候鹤代从床上起身，悄悄打开窗子，两人隔窗一见钟情，鹤代伸出手，将对方引进屋内……

即使对方是河童，这仍不失为一场罗曼蒂克的恋爱。啊，真让人憧憬啊……

佐知、雪乃、多惠美，三人内心都为家里有一具颇似河童的木乃伊而深受冲击，蒲公英咖啡无论如何也不能使她们仍然保持一颗平常之心。

就在这时候，鹤代回家来了。

从玄关门被推开的那一刹那起，三人就屏住呼吸，随着鹤代的动静绷紧了神经。鹤代的拖鞋发出“啪嗒啪嗒”的声音，她用鼻子哼着小调，推开了客厅的门。

“我回来啦！”

鹤代的两只胳膊上都挂着伊势丹百货的格子纹纸袋，看样子买了衣服还有食材什么的。看到室内三个人讶异的目光，鹤代不解地问道：“怎么了你们都？难不成我的脸丢在哪儿了？”

用演戏般的声调开了一句玩笑，见对方毫无反应，鹤代于是不再理会女儿以及同居的另外两个人，自顾自地洗了手，将食材等收在了冰箱里。

“毛巾被我实在拿不动，就叫了配送公司帮我送家来，明后天就到。佐知，你帮着收一下哦，反正你也闲着没事。”

“妈妈！”

“对了，伊势丹是十点半才开门，你知道吗？我还一直以为是十点呢，去得太早了。雪乃和多惠美，你们也是的，知道的话告诉我一声多好啊。还好叫了杯维也纳咖啡喝，那咖啡味道真不错。”

“妈妈，您过来一下！”

“干什么呀？”听到佐知叫，鹤代坐到了沙发上。

“是这样的，我们把‘从不打开的屋子’打开了！”

佐知说罢，鹤代慢悠悠地眨了两下眼睛。“怎么打开的？钥匙是从哪儿找到的？”

“不好意思，是我用发卡摸索着打开的，我本来是想把那间屋子打扫一下的。”

“哦，居然被你打开了？”

除鹤代之外的另外三个人，脑海中仍在想着木乃伊的事，会不会是鹤代杀死的丈夫？这个怀疑的念头始终无法拂去，因此三人不约而同地关注着鹤代的表情。而鹤代一如既往，仍旧是一副慢慢悠悠的样子，看不出有什么心虚或不太正常的地方。

“结果，”多惠美抢先点燃了严词诘问的烽火，“我们在‘从不打开的屋子’里发现了木——”

多惠美正要一鼓作气直奔主题，撬锁“主犯”雪乃急忙伸手将她的嘴捂住了。

“木？木民[①]？”鹤代反问道。她的神情似乎在问：发现了漂亮的洋娃娃？

多惠美甩开雪乃的手，继续说道：“不是！鹤代妈妈，您丈夫是……”她一边说一边躲开雪乃再次伸过来的手，总算把话说完，“是河童吗？”

这是一记直球，直直地朝对方正面砸过去。三个人顿时紧张起来，齐齐地看着鹤代。

“我干吗那么惨，非要和一个河童结婚呢？”鹤代显出一副不耐

① 木民（Moomin）：又译姆明，芬兰作家托弗·杨森（Tove Jansson，1914—2001）的经典童话作品《噜噜咪一家》中的主人公。

烦的样子。这也难怪。

“爸爸是不是秃头？”

“早忘记了，谁会记这种事情啊。”鹤代冷冷地将佐知的问题顶了回去，随后将视线在三个人的脸上轮流扫着。

“说实话，这到底是怎么回事呀？我怎么觉得不太正常啊。”

尴尬的沉默笼罩了客厅。下一个瞬间，佐知从沙发上滑落下来，坐到了地上，两手按在鹤代的膝盖上。

“妈妈，您没有杀人，对吧？”话刚出口，佐知感到莫名的恐惧在她心里掀起一阵狂澜，声音里几乎带着哭腔继续说道，“爸爸是自己离家出走的，对吗？”

鹤代被这突如其来的诘问惊呆了，她双唇一张一合嗫嚅了半晌，终于回过神来，一字一句地说道：“不是的。”

“这么说，那具木……木……”佐知潜意识中觉得这个词不吉利，所以无论如何都没办法说出“木乃伊”这三个字来，心急之下将额头抵在鹤代的膝盖上。

“到底是木什么呀？”没有一点头绪的鹤代也气急起来，但对女儿她又发不出火，只好轻抚着佐知的肩头，耐着性子问道：“干吗从刚才开始就老是围绕着木民这个话题呢？还对着自己的母亲说出‘杀人’这样的话来。我真是搞不明白啊！”

显然，鹤代不高兴了。佐知只知道眼泪汪汪地望着鹤代，这样下去，是问不出个究竟来的，深感对这场风波负有责任的雪乃此时不得不插入进来了："呃，是这样，您说他没有离家出走，那您丈夫现在在哪里？是不是在那个箱子里？"

"箱子？"

见鹤代满脸困惑，多惠美在旁边用胳膊肘朝雪乃的侧腹捅了一下，雪乃立即痛得哼哼起来。这时候，鹤代毅然决然地说道："他不是离家出走的，是我把他赶出去的！"

"为什么？"

多惠美准备打断佐知的话，她实在受不了这慢慢腾腾的过程，她腾的一下从沙发上站起来，随后抓住胳膊将瘫坐在地上的佐知也拽了起来。

"看一看实物您就明白了。鹤代妈妈，请您到'从不打开的屋子'来看一眼吧。"

四个女人好像参加葬礼似的，一脸肃穆地列队穿过走廊，来到"从不打开的屋子"内的桐木箱子前，仿佛站在石棺前面一样。

看到那具木乃伊，鹤代说了声："哎哟喂，让人好怀念啊。"

"这……这不是我父亲吧？"佐知咄咄逼人地问。

"我为什么非得和这么个干巴巴的妖怪结婚呢？"

事到如今鹤代方才明白，原来是自己背负了杀人的嫌疑呀。她望着那具褐色的腊肉状的东西，心想，几十年啦，今天终于又得一见。原来佐知她们怀疑它是自己的丈夫，怀疑自己杀死丈夫后将他藏在木箱里呀。

真是太过分了，鹤代想。自己明明是个有理智的人，也不乏审美眼光，为什么非要和河童结婚？又为什么要杀害河童呢？都一把年纪的人了，为一个什么河童竟然闹出这么一出戏来，岂不是天大的笑话？佐知也真是的，就知道醉心于刺绣，搞得自己好像不食人间烟火一样，结交的朋友也尽是些长不大的孩子。

想到这话说出来，势必招致佐知、雪乃和多惠美三人一齐倒打一耙说，“您才不食人间烟火呢”，鹤代只好叹口气，将这话咽了下去。

“这不是佐知的父亲。你们看看清楚，这个河童是雄性吗？”

于是众人将木乃伊再次仔细查看了一番：战战兢兢地将僵硬的身体扶起来，只见木乃伊后背有类似乌龟背甲一样的东西，尽管小而且缺少缘鳞甲，但似乎使得这具木乃伊越发像河童了；揭掉包裹着的破布，腼腼腆腆地朝大腿根处看去，两腿之间既没有男性器官也没有女性器官。先前光关注腹部了，这儿压根儿就没查看，非但如此，这具木乃伊连肛门也没有。就像一只毛绒熊玩具似的，木乃伊身上没有任何与性和生殖有关的性征。

“什么，是假的？！”雪乃不由得为自己刚才的失态感到羞愧。

“真的太逼真了！这眼珠子，就感觉还是个活物哩。”多惠美用指尖触了触木乃伊的眼球。

一旁的雪乃心想，看来大家已经渐渐适应这令人恐惧的模样了，但因此就去触碰“感觉是个活物”的木乃伊的眼球总有点不妥吧。

“哪有什么生物是大腿根中间光溜溜的，什么也没有的呀。”

“前辈，你知道河童是怎么交配的？说不定就像两个碟子合在一起那样呢。”

“就算是那样，那怎么排泄呀？‘碟子’上‘噗’的一声冒出一坨屁屁来？”

雪乃和多惠美两人越说越没边，佐知急了，赶紧一声断喝：“这会儿不是探讨这些的时候啊！”随后转向鹤代问道：“这具木乃伊怎么会在我们家的？”

“大概是恶作剧吧。”鹤代喃喃道，便吞吞吐吐地再也不肯多说了。

到了这步田地，还是无法揭开事情的真相，没办法，只好再请出一位人物登场了。说是“人物”，其实是只乌鸦。不过这只乌鸦，绝非普通的鸟类。

牧田家所在的善福寺川附近，有一棵高大的榉树，想必有人知道的。最粗的部位树径达一点五米，树冠宛如一个擎天的伞盖，据说它已有两百年的树龄了。

以这棵巨树为家的便是这只名叫“善福丸”的乌鸦。它是一只体形硕大的乌鸦，两翼展开可达一米；羽毛泛着黑油油的光，在阳光的照射下有时会呈暗绿色或青色，非常美丽；长长的利喙也是黑色的；眼睛炯炯有神，透着智慧之光。

理所当然地，善福丸对这个街区人们的生活情状，比如床笫之间的事、花坛什么花开始绽放、几户人家拥有普锐斯混动轿车，甚至河里鲤鱼的恋爱方式等所有事情无一不晓，所以它是只了非常了不起的乌鸦。

自然，它对牧田家的历史也知道得一清二楚，鹤代小时候的事情就不提了，婚后的生活情状也全在它的掌握之中。

“乌鸦的寿命不可能比人还长，所以这完全没道理呀。”或许有人会产生怀疑。但善福丸不仅仅是一只一般意义上的乌鸦，它代表了乌鸦这个物种的集体智慧，它等同于乌鸦这个概念本身，所以是只十全十美的乌鸦。它是真实存在的，不妨前往一睹，它是只超越时空的乌鸦。

这只善福丸，过去、未来以及此时此刻，都高踞榉树之颠，用它那双黑亮的眼睛注视着街区里所发生的一切。

就让乌鸦善福丸代替鹤代，来告诉我们牧田家“从不打开的屋子”里怎么会躺着一具河童木乃伊，以及鹤代和丈夫之间究竟发生了什么吧。

孤 gū 独 dú 东 dōng 京 jīng

孤独东京

我们叫善福丸。我们是迄今为止在善福寺川周围一带出生和死去的所有乌鸦，以及未来将在善福寺川周围一带出生和死去的所有乌鸦的集合体，是它们的经验和智慧的积淀和聚合，所以使用了“我们”这个复数形式的词作为自称，请各位见谅。

此刻，鹤代等四个女性会集在牧田家的客厅，神情严肃地在谈论着什么事情。佐知和雪乃千方百计提出各种各样的问题，但鹤代始终闪烁其词不肯说出事情的真相。多惠美正吃着刺绣课上课时端出来没吃完的蛋糕。这丫头对什么事情都满不在乎。

照现在的情形，等到鹤代把一切都说清楚，估计已经半夜三更了。还是由我们来替她说吧。

小时候的鹤代，是个漂亮而又思路清晰的姑娘。那时，牧田家家境尚属殷实，因此对她的期望便是将来觅个佳婿，将家财和土地好好传承下去，这是她所肩负的主要使命。换句话说，作为富人家的大小姐，她每天的生活内容就是茶道、花道以及日本舞蹈等，和“生计”二字是完全无缘的。

我们知道，鹤代内心潜藏着一股炽热的岩浆一般极度危险的激流，它汹涌翻腾，蓄势待发，它会把一切都吞噬掉。

鹤代想进四年制的大学，有这样想法的人在当时的女性中应该属于凤毛麟角。鹤代的父亲是个愚夫，大概一心只想着让鹤代找个出色的丈夫，自己好早点过他悠闲的隐居日子，因此反对鹤代读大学，但鹤代的祖父表示让鹤代按自己的心愿做决定。相较于懦弱、游手好闲的父亲，鹤代与性格刚毅的祖父更亲近，祖父对鹤代也十分溺爱。

总之，鹤代和祖父结成了“统一战线”，没有采纳父亲的意见。但是，就这件事情来说，或许父亲的意见是正确的。当时的大学正处于学生运动盛行时期，社会已经呈现出“七〇年安保斗争[①]”前哨战的态势。知道安保斗争吗？嗯，对的。我们不太清楚，因为游行队伍没有蜂拥到善福寺川这一带来，不管拥有多少智慧和经验，我们熟知的也只能是周围街区的事情，这是身为乌鸦的悲哀。

---

① 安保斗争：日本围绕修改《日美安全保障条约》而爆发的大规模反战群众运动。1959 年 3 月至 1960 年 6 月，以大学生为主力军，日本各界群众进行了多次请愿和游行示威，其间请愿人数多达 300 多万，游行示威人数最多达 650 余万人，30 多万人包围国会大厦，迫使当时的内阁总理大臣岸信介辞职下台，但仍未能阻止条约修改并生效。而本书中的“七〇年安保斗争”是指 1970 年针对上述条约的延长而爆发的另一次抗议斗争。

那阵子，新宿一带骚乱事件层出不穷，我们的很多朋辈险些丧命，一副穷困潦倒的样子飞来杉并避难，羽毛暗淡无光，困惫不堪。它们以兴奋的口吻向我们讲述了外面发生的事，人们在新宿（我们没去过）街头投掷燃烧瓶，搁到现在，像去了势的马耳他犬似的年轻人是绝对不敢相信的。

哦，当然我们也知道，投掷燃烧瓶这种行为不妥，而且现在的年轻人仿佛去势得不彻底一样，内心仍潜伏着少许纯情、激情，任何一个时代都是这样的。看上去温雅淑静的鹤代大小姐，内心也奔流着令人意想不到的激情。

鹤代在学校和同年级的一名男生陷入了恋爱，据说他参加了“同盟①”什么的，那是个什么样的组织我们并不清楚。他因为投掷燃烧瓶而与警察机动队发生了冲突，进而折断了一颗门牙，算是一个血气方刚的年轻人。

遇见自己之前从未接触过的一类年轻人，鹤代这座早已蓄满岩浆的火山，终于一下子喷发了。从此，鹤代眼里就再也装不进别的男子了。每当对方去学校上课，鹤代便在他的身旁就座，至于坐在那里是认真听讲呢，还是在桌子底下互相牵手款款调情呢，就不得而知了。

为什么鹤代在学校的一举一动我们会知道呢？因为鹤代在她房间

① 同盟：原文为德文，意即“同盟”。结合书中的特定情境来考虑，这里应该是指成立于1958年的日本新左翼党派“共产主义者同盟”。该党派为了强调自己的原教旨性，故意用了一个德文词作为组织的名称，以示与其他左翼组织的区别。

的窗边记日记，被我们觑见了。我们即使有一双千里眼，也看不到鹤代学校内的情景啊，我们不止一次说过，我们的能力范围仅限于善福寺川周围这一带。

顺带说一句，由于鹤代念的那所大学富家子弟较多，所以身为乌鸦的我们也在担心，他们和左翼运动会不会产生矛盾。果然，在一大堆不问政治（这是从街坊邻居的闲谈中听来的）的学生中，鹤代的恋人因过于热衷运动而显得格格不入（这是从鹤代的日记中偷看到的）。

我们觉得，其实鹤代的恋人原本也对政治不感兴趣，只是他无路可退，因为聪慧美丽的鹤代尊敬和钟情的是革命者、活动家，只有这样做才能让她将炽热的目光投向自己。也许心里并不愿意投掷燃烧瓶，并不愿意门牙被折断，但他不想让鹤代失望，更不想被鹤代蔑视，于是才去读马克思的书，才去和警察机动队发生冲突的，这也是人之常情。爱情会让人变得虚荣。如此想来，他真是个愚蠢和倒霉的家伙。

他彻底暴露出幼稚的一面，是在大学即将毕业的时候。

鹤代一直自以为是个脑回路很正常的人，实际上，她的想法往往很疯狂，有悖世间常识，和她有过亲密接触的人肯定深有体会。

我们乌鸦记得扔生活垃圾的日子。到了可以美美享受一顿的那天，我们就会撕开垃圾袋，将里面的垃圾搜检一番，这就是我们的生活习性。可是这样的场景让鹤代发现就不得了了，鹤代会挥舞着竹扫把，气势汹汹地跑过来驱赶我们。我们这一族被许多人厌嫌这我们是知道的，但有像她这么大一个人满脸凶相地在街道上跑的吗？连目睹这一幕的附近的冈本太太（一位六十来岁的女性）都觉得“好尴尬”（你们人类的流行语我们也说得来哦）。

一方面，鹤代自以为深谙常识，实际上是一个完全不了解常识的人，我们也就喜欢她这一点，所以经常去偷看她的日记。另一方面，她时不时又会出人意料地较真和表现出教条主义的精神，不肯变通，这又是她的奇妙之处。

大学四年级时，鹤代开始着手写毕业论文，而折断一颗门牙的那个年轻人已经定下来要留级了。当时的学生运动认为认真上课、认真读书就是软弱、是愚昧，他受了这股风潮的煽动根本没有好好上课。这些我们也是通过鹤代的日记得知的。鹤代本人则规规矩矩地上学，没有随波逐流。说洁身自好也算是洁身自好，但也可以有另一种解释，即她自我约束太严，以至不能自由自在地行动。

鹤代身上的这种危险，我们之前就感觉到了。这也是鹤代的一种魅力。

鹤代坐在窗边的书桌前，往稿纸的格子里填着文字。桌上还堆着小山一样的参考资料。攻读日本文学专业的鹤代，毕业论文的主题是“三岛由纪夫”。为什么允许毕业论文选这种当代畅销作家来进行论述呢？我们觉得不可思议。我们乌鸦当然没有读书的习惯，详细情况不清楚，但这是不是意味着三岛由纪夫的作品在他活着的时候就已经成为文学研究的对象了呢？

三岛由纪夫在鹤代大学毕业后的第二年自决而亡。听到这个消息，鹤代喃喃自语道："早就感觉到会这样。"这一幕场景令我们记忆深刻。她为什么"早就感觉到会这样"，我们不知道。也许，三岛的作品中涌动着某种阴郁沮丧的情绪吧。

鹤代顺顺当当地撰写着论文，并不时聆听指导教授的指导。问题也由此而产生：有传闻说指导教授与鹤代的关系非同一般，且这个传闻很快便在校内蔓延开来。这里我们只能用"传闻"来称呼这件事情，因为鹤代在日记中并没有明确提及此事。

"聆听A老师的指导""说到A老师逻辑之清晰，我只能用'神'来形容，这也让我认清了一个事实，看来我不适合走学究这条路""聆听A老师的指导，还一起吃了晚饭""从B那里听说了关于我和A老师的传闻，谁愿意说就让他说去好了"……

日记中仅有这样简洁的记述。"哎呀，能不能写得再详细点啊！"我们不禁急得直想咬牙（虽然我们没有牙齿）。不过，A老师在日记中的登场频率极高，这也是事实。

仿佛是我们扇动翅膀引起的一样，果不其然出事了。毕业论文答辩的那天，折断一颗门牙的他（不过，折断的门牙用黏合剂给粘上了）手里握着根棍子闯进教室。指导教授畏畏缩缩地站了起来，其他答辩老师看看折断门牙的他又看看指导教授，不知道发生了什么事情，坐在答辩老师对面的鹤代也转过头朝教室门口看去。

折断门牙的他挥着手中的棍子怒吼道："知道我为什么来这儿吗？！"

指导教授似乎已经吓得说不出话来，鹤代怒气冲冲地回道："不知道！你想干什么，神田君？！"

前面忘记交代了，折断门牙的他姓神田。

"鹤代，你既然已经跟我好，怎么还……还……"神田举起棍子指着指导教授。

"你真浑！"鹤代从椅子上站起来，走近神田，握手似的将他举起的棍子一把握住，然后像玩游戏一样轻轻地摇晃着，说道，"我喜欢的，只有神田君一人。"

"……真的？"

"你明明知道的呀。"

神田看着略略害羞而双颊泛红的鹤代，随后向在场的答辩老师垂下头道："对不起！"便灰溜溜地离开了教室。我们前面所讲的神田君的"幼稚"，便是由此彻底暴露的。

教室里恢复了平静，鹤代对答辩老师说道："老师，请继续吧！"

如前所述，这天发生的事情我们也是从鹤代的日记中得知的。当天的日记结尾鹤代还写道："唉，怎么这么愚蠢啊！做什么事情都这样！"

双颊泛红、柔声柔语地安抚神田时说的是真心话？她跟A老师确实什么事情也没有发生？这就叫：真相难明啊。

鹤代毕业论文的评定等级是"优"。

大学毕业后，鹤代没有就业而成了一名专司家务的"女主人"。现如今可能有人会感到奇怪，可当时这样的女性还真不少，尤其像鹤代这样的，祖父和父亲都没像样地劳作过，因为压根儿不需要，除了自家的房子，还有专门用于出租的房子和土地，有这些不动产的收入加上股票买卖等资本运作，完全用不着考虑日常生计方面的问题。

但是回过头来看，这也许正是牧田家没落的开始吧。人真是不可思议，拥有的越多就越害怕失去。反观我们，一天打柴一天烧反而感到轻松快活。所以，每当极有可能饱餐一顿的时候，我们就会使出浑身的气力撕破垃圾袋搜检我们想要的食物。而鹤代竟然挥着竹扫把气势汹汹地驱赶我们，真是岂有此理。

简而言之，鹤代把家里大大小小的各种活儿全包了下来，将祖父和父亲照顾得很好。对了，还有现在住在门房的山田。山田当时已经住在牧田家的外屋，每天同一时间去上班，同一时间下班回家，他的父母已经去世，他也不和同事一块儿喝酒，更不用说接触女性或灯红酒绿的花花世界什么的，也不知道他对什么感兴趣，真叫人捉摸不透。到了休息日，他会主动跑到正屋露个脸，问问有什么吩咐，有时候还会和鹤代一起干些院子里的活儿，侍弄侍弄花坛，修剪修剪树枝什么的。虽然不怎么看到两人交谈，但是山田看着鹤代长大，了解鹤代的脾性，所以两人就像兄妹一样，淡淡的交往中包含着一份温暖的亲情。

鹤代与神田君的交往仍在继续。神田君留了两级仍不知道什么时候才能毕业，蹉跎中，“七〇年安保斗争”所点燃的激情也消退殆尽，渐渐陷入了“山重水复疑无路”的境地，鹤代日记中担心神田君的未来，怪怨神田君没出息的文字也多了起来。我们紧张地关注着事态的发展。当然，不管发生什么事，我们都是无条件接受的。

鹤代肩负着觅一个门户相当的夫婿，以牧田家女继承人的身份管理好家族财产的使命，因此各路人纷至沓来提相亲之事，鹤代都闪烁其词地将他们回绝了。鹤代的祖父自然很关心，他询问孙女回绝的理由。鹤代的父亲是个稀里糊涂的人，当时恰好去善福寺川散步去了。“你母亲死得早，所以我一直觉得你很可怜，一直都宠着你，可是你在这件事情上这么固执，让我很为难哪！究竟哪一点不满意，你能跟我说说吗？给你介绍的那几个全都是正经的年轻人哪。”

“爷爷，对不起！”

鹤代抽抽搭搭的只是哭却没说什么理由，但我们知道。当天晚上，鹤代在日记中写道：“没有比正经男人更无聊的了！”

可是，我们不是乌鸦吗？怎么会夜间活动、透过窗户看到鹤代的日记呢？或许有人会觉得奇怪，但是请不要忘了，我们可是乌鸦中的乌鸦，夜幕就是我们的翅膀，夜空中闪烁的星星就是我们的眼睛，阳光下的一切影子都是我们的毛色，司掌善福寺川一带的白天和黑夜的是我们！

毫无结果的相亲闹剧仍在持续，一晃又过了数年。神田君毕业就不必说了，连工作也没有着落，不得不出卖体力干些有一天没一天的繁重的体力零活儿，以至把自己搞得面黄肌瘦。附近的乌鸦议论纷纷，这成了口口相传的“七大不可思议的事情”之一。

那阵子，鹤代的祖父渐渐开始卧床不起。鹤代一边积极给祖父找医生看病，一边越来越感觉到结婚的压力。

不知道鹤代跟神田君是怎么谈的，只知道两个人最终决意结婚，是真正意义上的爱情促使他们做出这样的决定抑或其他原因，我们无法判断，而且这不是我们可以置喙的事情。毕竟交往多年，惰性恐怕也起了一定的作用吧。也许，为了守住家财而同“正经年轻人”结婚，鹤代没有看出这对自己有任何好处。至于神田君，能够与自己曾经为之举起棍子指向教授的所爱的女子结婚，多少会感觉到一点浪漫吧。当然，厌倦了繁重的体力劳动的他，能入赘这个拥有土地和大房子的家，也是个不坏的结果。这种考虑也不能说一点没有吧。

真相到底如何，依旧叫人如堕五里雾中一般捉摸不透。不过我们都知道，人心满布草芥，没有一块干净之地。这就是人。正因如此，我们才喜欢人，即使会因此背负偷窥者的污名，我们也要飞临你们人的窗边，观察你们，偷看你们写的日记。

一个冬日的午后，神田君第一次来到牧田家。那天天气有些阴沉，中午时分还淅淅沥沥地下了点小雨，神田君下了电车走出车站的那一刻雨停了，阳光透过云层微微露出一点笑脸。神田君一只手拿着折叠起来的黑伞，另一只手上提着用他微薄的钱买来的虎屋①的羊羹，

① 虎屋：拥有500年左右历史的日本老牌点心铺，创立初期位于京都上京区，明治年间总部迁至东京港区赤坂，曾是日本皇室家族的供应商，羊羹（由豆沙和琼脂等糅合在一起熬制成的食品）是其最著名的招牌商品。

走在这条从车站到牧田家的不算短的路上。

在大榉树的伞盖下避雨的我们，饶有兴致地看着这个场景。神田君穿着他仅有的一件藏青色西服，走路的时候西服“哗啦哗啦”作响，以至于我们探出身子去打量，怀疑那衣服是不是纸做的。仔细一看才看清，确实是布制成的。但穿起西服来像他那样别扭的人恐怕也少得可怜，身材消瘦、胸部窝瘪、肩膀又窄又溜，一句话，一副穷酸相。不过，他的眼睛很好，这里指的不是视力，而是目光，他目光温柔，给人一种他很乐观、对未来充满了信心的观感。

这就是神田君，曾经挥舞棍棒冲入警察机动队，并因此折断了一颗门牙的神田君。要说当时的行为确实是过于天真了，但也可以认为他通过自己的行为表现出了对于未来的期望。他所拥有的年轻人特有的单纯、不屈不挠以及乐观精神，使得鹤代对他产生了好感。

这不就是“正经”吗？没错，这就是——鹤代是这样想的。但这似乎是对“正经”的误解。或许正因如此，他俩日后的婚姻才以失败告终。

神田君身上确实有正经的部分，但由于鹤代讨厌正经，所以在婚后的共同生活中，她没能好好爱护这部分优点。正经与无聊是互为表里的共同体，按理说，对正经这种品质理应小心呵护才行。

神田君虽然受到鹤代的赏识，但他身上同时有着正经和不正经的部分，因此他们俩的婚姻生活才会出现裂缝。从某个意义上来说，正因为鹤代对正经不屑一顾，所以最终才受到了报复。

却说神田君提着羊羹直指牧田家。途中，他有时将雨伞夹在腋下，从晃里晃荡的西服口袋里取出鹤代事先交给他的手绘地图，确认一下路线。鹤代画的地图很不好懂，因此神田君几次搞错了拐弯的街角，又是折回再走，又是向路边的住家打听，稍稍过了约定的两点钟才到达牧田家。

为了迎接客人，牧田家一切都准备就绪。鹤代的祖父这天居然从床上爬起来了，早早地洗了个澡，胡子也刮得干干净净的。鹤代的父亲这天停掉了上善福寺川边散步的日课，老老实实地待在家里。两个人身穿笔挺的西服，面对面地坐在餐桌的两边。

跟客人应酬，坐在客厅的沙发上比较适合，鹤代已经备好了红茶和小点心，放在沙发中间的茶几上，为什么祖父和父亲坐到餐厅去了呢？茶水准备完之后，鹤代也高高兴兴地坐到了餐厅的椅子上。

原来这天，藏匿于关岛原始丛林中的原日本兵横井庄一归国，NHK 下午两点钟开始播出一档专题节目，几乎全日本的国民都会通过荧屏注视着出现在羽田机场的横井氏的身影。

这个家伙来得真不是时候。当然，这说的不是横井氏，而是神田君。

神田君按响了安装在玄关门旁的门铃，鹤代开门迎接，将他引至牧田家的客厅。

神田君坐上沙发之前，向鹤代的祖父和父亲寒暄道："初次见面，我叫神田幸夫，请多多关照！"

对方尽管嘴里“嗯嗯，你好”地应着，眼睛却愣是没有离开过电视机，并没有向客厅沙发移动的意思。就连跪在客厅地毯上给神田君的杯子里倒茶的鹤代，也侧着脸看向餐厅那边，结果倒得茶杯托盘上尽是褐色的液体。

也就是说，神田君是前来请求鹤代家长允诺结婚的，却遭到了近乎彻底的无视。没办法，藏匿在原始丛林中的横井氏和面黄肌瘦的神田君，“虽然觉得愧对父老，但我还是回来了”的横井氏和结结巴巴地说着“我想和令、令、令爱结、结、结婚”的神田君，谁更能赢得在场人的瞩目，自然是不言而喻的了。

最后，神田君也将座位移到了餐桌旁，四个人凑在一起看起了电视。一个小时的专题节目结束，各人讲述了自己的感想，“真是了不得呀”“战争感觉还没结束呢”，等等。

正如我们所看到的那样，谈话的掌控者是鹤代和她祖父，鹤代的父亲和神田君基本上一直都是微笑着点头表示赞同，这一场景似乎也成了日后某种现实的象征。说得不客气点，光会点头的话跟一个纸糊红牛[①]有什么分别？真要是纸糊红牛，就光点头而不会说话了，而神田君还会经常说些犯忤的话，就可恶了。

其实我们知道，不触怒女人的男人是不存在的，世上也没有不触

---

① 纸糊红牛：日本福岛县会津若松市生产的一种乡土玩具，用纸糊成牛，全身涂上红色，头部会上下摆动。

怒男人的女人。人因为拥有语言，就容易抱有一种幻想，以为互相间是可以沟通的。实际上，男人和女人之间能够明白对方的心思，只是极为罕有的例子，是奇迹。现在，我们为了迎合人类而使用人类的语言和你们说话。平时，我们高贵的乌鸦之间根本不需要语言，通过羽毛或喙的颜色、扇动翅膀产生的风的强弱就可以传达我们的情绪和想法。尽管如此，我们有时候还是会被娇娜的雌乌鸦啄伤，或是被威武的雄乌鸦啄伤——当然我们不像人类，我们实际上是没有性别的。作为乌鸦中的乌鸦，我们尚且难以做到彻底地沟通，更不用说（依靠语言这个多余的工具来进行沟通的）人类了。

专题节目和感想大会结束后，情绪平复下来的牧田一家人总算将注意力转移到神田君这个稀客身上。

“这么说，”鹤代的祖父郑重其事地开口说道，“你是想和鹤代结婚？”

“是的。”

兴许是刚才还沉浸在电视节目中，此刻突然想起这事来的缘故，神田君显得很紧张。我们暗暗替他着急，你怎么不说“我保证会让鹤代小姐幸福的”呢？

“你叫神田吧？你家里怎么样？有没有兄弟？”

“有一个哥哥和一个弟弟。”

“那好，你听好了，”鹤代的祖父有点沮丧地点点头，“你大概已经从鹤代那儿听说了吧，假如你愿意入赘的话，就同意你们结婚。是不是啊？”

被征求意见的是鹤代的父亲。不知他是生性老实还是什么，总之没有半点大志和血气。

“是。”父亲老老实实地表示顺从。只要招得子婿进门，自己可以轻松快活，怎么都无所谓啦。此刻，他的心思大概早已飞到善福寺川边的散步道去了。

就这样，鹤代的婚姻大事宛如利齿咬魔芋一般，顺顺当当就定下来了。应该说，众人的注意力全被横井氏吸引过去了，所以马马虎虎就应允了这桩婚事。神田君真该谢谢横井氏呢。

倘使横井氏不是在那天返回日本，说不定鹤代的祖父和父亲还会对神田君细加盘问，这样一来，两人的婚事也许就黄了，后来的悲剧当然也就得以避免了。可是，一切都过去了。就算我们是高贵的乌鸦，也无法预见到命运的所有细节，即使能够预见到，也不会介入人类的选择。

就像我们展翅自由飞翔一样，人类在命运这个大转盘中，也只会按照自己的意愿选择自身的生存方式。

没有婚礼，鹤代和神田君直接开始了在牧田家的共同生活。之所以没有举办婚礼，我们猜测可能是神田君的意思——左翼与婚礼这两者不怎么相容。鹤代似乎也没有反对，因为她从小就是个反叛者，没有一般女性的那种憧憬。鹤代的梦想是：管理好牧田家的财产，并将它传承下去。每年上附近的神社做新年的第一次参拜的时候，她都这样祈祷，所以我们是知道的。

婚后的生活一开始很和谐。改姓为牧田的神田君，成了牧田家名下所有出租公寓的管理人，从牧田家的不动产收入中获得他的薪酬，说白了就是个无业者，或者叫吃软饭的。但是神田君毕竟骨子里不失为一个正经的年轻人，所以他会经常跑去公寓查看，并亲自动手修理天沟、给庭院拔除杂草等。

鹤代则每天忙于照看祖父和料理家务。现在鹤代的肩头，担负着祖父、以散步为唯一爱好的父亲、几乎等同于吃软饭的丈夫等几人的生活担子，在家里一天到晚忙得团团乱转。煮饭、烧菜、洗衣服、打扫卫生，同时还要记账，记录不动产的收支情况。她实在没有精力打理宽适的院子，于是到了周末，山田君便会来和她一起干院子里的活儿。

对于鹤代的婚事以及神田君这个人，山田君是何感想不得而知。山田君表面上少言寡语，肚子里让人“……？”的地方却不少。鹤代和山田君配合默契地一起培植花苗、修剪柿子树树枝。在我们看上去，两个人就像兄妹一样，但神田君也许有着不一样的感受吧。他有时会冷嘲热讽，“你们两个很亲热嘛”，有时甚至会责怪鹤代几句。

不过，这也许只是夫妇间的一种调味料。对于神田君的嫉妒，鹤代只是笑笑，并没有在意，至少白天看到的是这样。一如人们所周知的那样，夜晚的世界是精彩的。鹤代夫妇的卧室，也就是后来那间

“从不打开的屋子”，鹤代与神田君在这里上演了情意绵绵的一幕又一幕。交往多年，两人的关系眼看不可避免地进入了倦怠期，但因为有山田君这剂触媒，两人之间的激情重新炽烈地燃烧起来。

不过，两人很长一段时间没有孩子。这应该是鹤代计划好了的。祖父、父亲、神田君，如果再加上一个孩子，家务量便会大大超过鹤代的承受能力，所以鹤代采取了荻野式避孕法[①]，准确地掌握排卵日期，只在受孕可能性极低的几天里才接受神田君。神田君是个面黄肌瘦的糊涂蛋，根本搞不清什么排卵日，还自我安慰道：“总有一天会成功的。”

在这期间，鹤代的祖父去世了。对鹤代而言，祖父可以说是她的唯一，是唯一能同她进行“有内容”的对话的人，因此祖父的死带给她的悲痛绝非一般人能够想象。

鹤代的祖父待人公正，不论对方性别、年龄，都能够做到平等地与其对话。有没有觉得女性对于公正特别看重，堪称女性特有的一种“洁癖”，而且容不得任何变通？为什么女性会对此极其敏感呢？我们曾经认真思考过。反正我们有的是时间，为了不被那些娇娜的雌乌鸦再啄伤，必须努力地想些对策出来呀。

结果，我们想到的是，女性对于公正敏感或许是因为很多时候她

① 荻野式避孕法：一种避孕方法，通过月经周期来预测排卵期，从而达到降低受孕概率的目的。这一方法是基于日本医学博士荻野久作（1882—1975）提出的“荻野学说”，故被称为“荻野式避孕法”。

们觉得没有受到公正的对待。对于那些看见是女性或者是年轻人便做出轻侮言行的男人，女性会不动声色地观察，并且会记上一万年。所以，那些娇娜的雌乌鸦有时候会忍不住啄我们几下呢。

鹤代的祖父完全没有这种恶习，因此鹤代对祖父也毫无顾忌，什么事情都会跟他说。看着祖父的亡骸，鹤代平静地流下了眼泪。神田君关切地搂住鹤代的肩膀，而鹤代的父亲则在思忖着：看来葬礼结束之前最好还是不要去散步了吧。

失去了鹤代祖父这块“压舱石”，开始出现变化的是牧田家的男人。鹤代的父亲和神田君都一下子放开，变得越来越我行我素了。对于男人来说，像鹤代祖父那样的人确实让人感觉不自在、不大容易相处。因为太过公正，鹤代的祖父与人相处容不得“嗯”“啊”之类的打马虎眼，和人说话也是一板一眼的，所以周围人会觉得窝气。诚然如斯啊，最令男人头痛的就是动不动就站在社会立场以社会身份进行对话。

鹤代父亲由爱好散步升级为沉迷酒色，对不动产管理越来越不上心，神田君去公寓的次数也越来越少，转而热衷起收集古董。自然，鹤代苦口婆心地规劝过父亲和丈夫，但是没有了“压舱石”约束的两个男人根本听不进去。鹤代在院子里一边拔草一边不住地发牢骚，山田君也在一旁劳作，但是他生性不爱说话，所以没有随声附和，光是闷着头听。

最终，鹤代的牢骚成了自言自语。每次拔草，必定发一通牢骚。

有种叫毒参茄[①]的植物，根茎长得像人，据说被拔出土的时候会发出人一样的悲鸣，无论谁听到悲鸣声都会立时毙命。我们怀疑，牧田家的院子里是不是种植着一种每次被拔起就会发牢骚的毒参茄？所以我们诚恳地期望，鹤代发牢骚时，山田君能在一旁附和几下，哪怕就一两句也好。不然的话，牢骚话就会变成极其可怕的怪声。

神田君开始出门访求古董，有时候一个星期，甚至一个月都不回家。从旅次寄送回来的都是些不知底细的书画作品或陶器，几乎全是赝品，就算对古董没有半点兴趣的我们也一眼能看出。夫妇两人的卧室堆满了似是而非的古董，与此同时，牧田家的家财在一天天地缩水。也不知道从什么渠道得知了消息，一些形迹可疑的古董商经常登门造访。

鹤代真有耐性。神田君出门不在家的时候，她将那些东西又都退还给了古董铺子。神田君搜觅来的宝贝从旅次寄到家后，她会将里面的东西拿出来透透风，之后再将箱子堆放在夫妇两人的卧室。她心里明白，神田君厌倦了在牧田家的生活。

本质上勤劳正经的神田君认为，在妻子家过着这种不劳而获的安适生活毫无成就感，但他又缺乏自食其力的体魄、能力和意愿，这便使得他精神失调。原先养成的价值观念让神田陷入苦闷，这种苦闷无

① 毒参茄：一种茄科草本植物，有的根茎长得颇似人形，含有能够致幻甚至致死的神经性毒素，有镇痛和麻醉的作用，古人曾将其入药。也有人认为，毒参茄即古书中记载的“鬼参”押不芦。

可发泄，于是只能通过访求古董这种无为的行为表现出来。

鹤代之所以能容忍神田君，是因为她对他是有感情的。一方面，神田君的正经，或者说怯懦和谨小慎微，让她感到无聊；另一方面，过分地搜觅古董这种失衡行为也让她心生爱意。神田君每次出门回家，鹤代便疯狂地同他做爱，眠息在大榉树上的我们都能被吵醒。当然，住在同一屋檐下的鹤代的父亲被散步和酒色弄得疲困不堪，是察觉不到这些的。

大约是在神田君疯狂地迷上古董一年后，鹤代有了身孕。她应该是在暗暗期待，等孩子降生之后，神田君会稍许收敛一些吧。

然而，神田君没有任何变化。鹤代生产的那天，他还在出羽[①]访求古董。后来，给家里寄回来一具河童木乃伊，说是作为孩子出生的贺礼。

像往常一样打开箱子准备让里面的宝贝见一见天日的鹤代吓了一跳。箱子上贴着张字条，写着："闻孩子平安落产，欣喜万分，权以此物作贺。我不日即返。"箱子里则是一具给人不祥之感的木乃伊。

这是搞的什么恶作剧呀，鹤代想。送什么不好，偏偏送这样一件玩意儿。的确，作为孩子的降生贺礼，河童木乃伊实在太不寻常了。是身为入赘婿的神田君，强压已久的忧郁和委屈终于爆发才选了这具木乃伊吧，又或者是在表达这样一种想法：以后我照样追求我的浪漫

① 出羽：古代日本令制国之一，其领域大致为今天的山形、秋田二县。

和自由，旅泛四海，你只管一心一意守住家财、照顾好孩子就行了，嘿嘿。实际上鹤代并没有说过这些，但是我们推测，她大概就是这样认为的吧。

怀里抱着嘤嘤哭泣的婴儿，鹤代一边喂奶，一边下定了决心要跟神田君离婚。“彻底断了，”当晚鹤代在日记中这样写道，“是忍耐的绳结，还是我的神经，或是爱情的缘线，我不知道。我只知道我的内心中响起一个声音，有什么东西断掉了。”

看着潦草的字句，我们隔着窗户，不禁颤抖了。

决心下定，接下来可谓行动迅速。鹤代抱着刚刚产下的婴儿去到区公所，要了份离婚申请书，在上面捺了印。然后将婴儿放在婴儿床上，将夫妇两人卧室里堆成小山一样的古董箱子，统统搬到祖父死去后空出来的一楼和式屋子里。产后不久的她顾不上擦拭汗水，独自在走廊里来来回回搬运了好几次，那架势不禁让人不寒而栗，她像是要将所有的不舍和彷徨一并丢弃似的。鹤代的父亲对女儿遭遇的变故毫不关心，依旧每天去善福寺川岸边散步。

河童木乃伊寄回来的一周后的某天，心情舒畅的神田君深更半夜回到家。初次看到女儿的他满面笑容，望着女儿的小手忍不住感叹连连。

鹤代为丈夫放好洗澡热水，还真诚地为他准备了夜宵，然后看着心满意足地啜着蚬贝酱汤的丈夫平静地说道：“我们离婚吧！”

神田君端在手里的碗一下子掉在桌上，幸好差不多喝完了，只有两三只蚬贝壳滚落出来。

“为什么，突然的？”

“你觉得突然？真的这么觉得？”

面对鹤代的怒气，神田君沉默了。他心里太清楚不过了。当然，他想说的是：你有什么不满意的可以当面跟我说啊。但理智的他还是将这话咽了回去，因为他知道，假如说出来，对方一定会将自己顶回来：“说了多少次了呀，可是你肯听吗？！”透过厨房的地脚窗注视着这一幕的我们不禁为神田君送上赞许：神田君，这样的场面忍住就对了。

仔细想想，神田君恐怕是强迫自己沉默不语的。不管怎么说，求婚的时候就没有充分显示出自己的积极性，其后又一味地沉迷于搜觅古董，除此之外，他根本没有表达过自己的意志。虽说为人还算温和沉稳，但恐怕从根子上讲的话，他就是个生性缺乏自我意志的人。

我们透过窗户继续观察。

“总之，我是彻底厌倦了。你几乎从来不着家，难得在家里的时候我们俩也说不上几句话，女儿出生，你居然送具河童木乃伊当贺礼！”鹤代说。

神田君将掉了的碗拾起，又用筷子将滚落的蚬贝壳搛起来，放进碗里。

“明白了。”神田君顺从地接受了鹤代提出的离婚要求。敞开着的卧室传来婴儿的哭声，鹤代忙过去给婴儿换尿布，厨房里只剩下神田君垂着头坐在那里。

或许神田君已经预料到，这是迟早会发生的。看得出，他松了口气。终于解脱了。

当天夜里，神田君没有被允许进入两人的卧室，而是睡在了堆满贵重古董的日式房间里。第二天，他给脚行打了个电话，请对方派辆卡车来将行李搬走。

神田在离婚申请书上捺印时，对鹤代说了声："那，你保重！"

"你也保重。"鹤代回道，然后举起手腕箍着橡皮筋的婴儿的小手挥了挥，做了个拜拜的手势。神田君上前将婴儿的小手连同鹤代的手一起握住，闭上眼睛。良久，他转过身，头也不回地走出牧田家，不知去往了何方。

总算睡足从床上爬起的鹤代父亲，这时候从二楼下来问了句："咦，神田君又出门了？"

"嗯。"鹤代答道。

神田君与牧田家从此就断了联系。不过我们看见，神田从搬至日式房间的古董箱子中，拣出了那具河童木乃伊，悄悄塞进了装有卧室用品及花瓶等日用杂物的桐木箱子里。

对神田君而言，送河童木乃伊绝非恶作剧，而是他满怀着对刚出生的女儿和妻子的感激之情精心挑选的珍贵礼物。精心挑选为什么还是选了河童木乃伊呢？这个就连作为乌鸦中的乌鸦的我们也没想明白，神田君也没对此做出解释。或许他是想把这个作为女儿的护身符吧，又或许是河童木乃伊拨动了他的旅情，让他感受到了通向他界的浪漫情怀吧。不管怎样，这件东西饱含了他对妻子的祝福这是事实，所以他悄悄地将这件东西留在了牧田家。

神田君在月山山麓一家破败的古董铺发现这具木乃伊时，他当即有种感觉："就是这个！"在日式房间里度过的那个最后一夜，他曾自言自语道："就想到了'是这个'嘛。"这是我们亲耳听到的，绝对没有错。

听说，出羽三山①是修行人修行的地方，我们乌鸦的首领八咫鸟②同那儿也有很深的渊源。于是，我们通过同类间的情报网络打听那儿的信息。出羽三山有天狗③却没有河童，即身成佛的僧侣的木乃伊虽有几具现成的，但应该没有哪个孽障会将如此贵重的宝物拿到山麓下的铺子去卖，无论是在宗教层面还是在社会层面，这都属于犯罪勾当。

所以，店家所售的"河童木乃伊"这玩意儿很可能是赝品，但我们似乎没必要再深入追究下去，将一株浪漫的萌芽掐死。神田君感觉到了"就是这个"，这种顿悟最珍贵。

鹤代假如能和神田君有多一点的沟通该多好啊，问明白他的真实

---

① 出羽三山：位于日本山形县的中央，是羽黑山、汤殿山、月山三座山的总称。

② 八咫鸟：八咫乌鸦，日本神话中的一种鸟。传说，神武天皇东征时，它曾为军队带路。

③ 天狗：日本称修验道的修行者为"天狗"，也叫"山伏"。

意图，互相坦诚地表明各自的心迹多好啊。事到如今也没办法了。毕竟世上没有人能够全部说出自己的心里所想，也无法让对方将心里所想全都说出来。

和神田君离婚后的鹤代，将持续写了很久的日记统统拿到院子里烧了，又将婴儿床从之前的卧室搬到一楼的日式房间，从此便在那儿起居。日记冒着白烟升腾入云消失了，装满夫妇记忆的卧室的门被加上一把锁，成了“从不打开的屋子”。

鹤代一边养育女儿一边照顾父亲，同时将不动产拆零出售，剩下的自己管理，平平淡淡地活到了这把年纪。要说鹤代的喜怒哀乐是什么，这个我们也不太清楚。她原本就喜欢这样平淡的生活，曾经激情燃烧的岁月应该只是生涯中的一小段时期，就是和手执棍子闯入毕业论文答辩教室之前的神田君在一起的那段日子。

没来得及说出的话，没有表露过的思念，都去了哪里？每当观察人类时，我们就忍不住会这样想。那些思绪和言辞再也不可能复苏，它们已经消失在了虚空之中。

你们人类有不少风习或者叫癖好，比如将人死去称为“化作天上的星星”，比如看到花、海、山、月等会回忆起逝去的人。每当这种时候我们就情不自禁地想提醒你们：“星星就是星星，花就是花，大海也不过就是大海呀。”不过，将与自己关系密切的人及与他的回忆，寄托于令人产生愉悦和美好心情的对象中，这一心理过程的确让人很感兴趣。

这样想的话，也就不必为那些消失在虚空中的思绪和言辞而叹息了。也许它们并没有消失，而是像在暗夜中眨眼睛的星星一样，在你们心灵的某个角落发出微弱的电波，闪烁着，期待着在遥远的将来，从远隔数亿光年的地方穿透某个人心扉的那一瞬间吧。

关于牧田家收藏的河童木乃伊，以及牧田家当时发生的诸般事情，我们所知道的情况就是这些。也许你们会觉得我们太啰唆，讲得太冗长了。你们错了，我们可是乌鸦中的乌鸦——善福丸哪，只要我们愿意，可以在刹那间将这些信息传输至你们的大脑。估计你们会不适应而陷入极度的恐慌，所以我们才特意转换成人类的语言讲述出来。

平常，我们可是很不爱说话的。

告辞喽。

唠唠叨叨说了一大通的乌鸦，飞回大榉树上的巢穴去了。不过，牧田家的四个女人当然是听不见善福丸说话的。

“都这么晚了，乌鸦还这么吵。”鹤代皱着眉头说。

“大概是天气热起来的关系吧。”佐知接口道。

时间已近夜半，从伊势丹一回到家就被佐知、雪乃、多惠美三人围住东问西问的鹤代，尽管躲躲闪闪、含糊其词的，但还是断断续续地讲了一点有关她和丈夫从前的事，以及河童木乃伊来到牧田家的经过。

这期间，一会儿喝茶啦，一会儿就着鹤代买回来的熟菜把晚饭吃了啦，一会儿因为坐久了屁股酸痛而移坐到沙发上啦，总之，为了听鹤代讲述一些有用的信息，着实费了不少时间。

鹤代还时不时地说“我要去方便”，起身跑去厕所，或者“晾的衣服收回来了吗？哟，我得去叠衣服”，说着就往二楼跑。总之，寻找一切机会脱身。每当这时，佐知、雪乃和多惠美便采用“贴身战术”紧紧看住她，进退攻防之间，四个人都变得精疲力竭。

“这么说……”佐知手里端着装有粗茶的茶壶，准备进入话题。面对说话颠三倒四不得要领的鹤代，耐着性子听了半天，从下午一直到这会儿，又是红茶又是绿茶的，喝下一肚子的水，此刻佐知的腹部就像个灌满水的气球一样。

“河童木乃伊是父亲买的，但是个赝品，是不是？”

“是啊。”鹤代点着头答道，“假如是个真的的话，我早送到博物馆去了。”

“可是，”将一罐饼干吃得精光的多惠美插嘴问，“鹤代妈妈，您并不知道河童藏在‘从不打开的屋子’里，对吗？”

“是啊，我以为他带走了呢。不过，那东西绝对就是个赝品，所以你们不必害怕。他根本没那个眼力，是分不清古董和赝品的。”

“佐知的父亲为什么要买个河童呢？”

对雪乃的这个疑问，鹤代也百思不解，不禁歪着头道：“当时我就以为是恶作剧……也没问就把他赶出去了。”

“父亲到底去了哪里，现在在做什么，妈妈，您知道吗？”佐知认真地询问。

“不知道。很早就有传闻说他死了，但没有人跟我联系过，到底怎么个情况真的不知道。”鹤代舒展腰背靠在沙发上，轻轻握住坐在身边的佐知的手，“对不起啊。其实只要查一查户籍资料，生死还是可以弄清楚的。”

“嗯，是啊。”

不可思议的是，即使听说了连长得什么样子都不知道的父亲有可能已不在人世，佐知也并没有显得特别震惊。较之父亲的生死下落，佐知更想听到的是，父母亲曾经互相深爱过，自己的生命就是他们爱情的结晶，哪怕那段爱情极其短暂。

一直以来，佐知心中总有种无依无靠的感觉。抛下刚刚出生的婴儿，毫无留恋地离家出走的父亲太让人伤心，而狠心将父亲赶出家门的母亲也实在叫人无语。关于那段往事，佐知从未直截了当地深入究问过鹤代，长大以后就更不便问了。就像鸡吞下小石子后，石子积存在胃里，鸡便用这石子来研碎食物一样，佐知一直以来就将种种情感像小石子似的吞咽在肚里默默消化。

雪乃敏感地觉察到了佐知的内心世界。但是，考虑到鹤代的心情，她什么也没有说。

“该睡觉了吧！”精疲力竭的鹤代提议道，“这河童也真是的，给我们带来了多少麻烦呀。”

几个人一同将碗碟、筷子之类的收拾掉，又确认了下门窗是否关好，然后将厨房的灯熄灭。鹤代说了句“明天早上再洗澡吧”，便自己给自己捶了几下肩，闪入一楼的日式房间。佐知、雪乃和多惠美则鱼贯登上二楼。

三人中最后一个洗完澡的雪乃，将浴室收拾干净后走进佐知房间，多惠美也在这儿，坐在雪乃铺好的被褥上，仰起脸跟坐在床上的佐知说着话。大概刚才在浴室没来得及将头发吹干，搭在她肩头的毛巾湿乎乎的。

“哟，前辈！”

雪乃一把按住多惠美转过来的头，将她的脸朝向前面，然后用手里的浴巾擦拭起她的头发来。佐知则默默地看着她们。

多惠美一动不动地任雪乃摆弄，嘴里说道：“我刚才正在和佐知说呢，送一个河童做出生贺礼的佐知父亲真的很棒啊！”

有什么棒的？雪乃暗暗在想。

“有什么棒的？”佐知开口反驳道，“我一点也不觉得棒。再说了，这玩意儿隔了几十年还能把人吓了一大跳呢。”

“那不是寄托了一种梦想吗？”多惠美仰起脸来说道，似乎在凝视着半空中的什么，随即又抗议道：“哎哟！前辈，你稍许温柔一点嘛！哎哟，咬到舌头了！”

雪乃将浴巾挂在衣架上，然后一边轻轻梳着多惠美乱蓬蓬的头发，一边接着佐知的话头，对天真单纯的多惠美道：“光有梦想有什么用。”

“是吗？为什么这么说？”

“什么为什么，要一起生活的呀。”

“反正换作我的话，我一点也不在乎。”多惠美摇着头说道。多少还带着点湿气的头发，像刚刚被水淋过的狗狗的毛发似的，唰啦啦地晃动着。雪乃看着有点不大放心，这孩子，头发有没有好好护理呀？“没有梦想的生活，不就像没有糊纸的帐子一样吗？”

“……嗯，什么意思？”

“光有个框子，什么都是透的呀。什么都被一眼看穿了，叫人心里多慌啊。自家的情景都能被路人看到，还要被人议论：‘瞧这家子，日子过得多无聊啊！’况且，风呀，蚊子呀，全都呼呼地进到屋子里来。唉，太糟了！这样的生活，人很快就会崩溃的！”

“倒是浅显易懂的比喻呢。你的意思是说，‘梦想就是遮挡外界视线和风雨的一道膜，就像糊在帐子上的纸一样’？”

“是的。”多惠美充满自信地答道，“因为它很容易破损，所以必须小心呵护，当然还需要一点勤快和经济能力，一旦破损就要马上替换了再贴好。只有保护好梦想这层帐子纸，生活才能过得充实呀！”她说得斩钉截铁。

雪乃刚想附和一声“有道理”，但一想又不以为然：“不对呀，你等等！说是这么说，但总不能和一个光有梦想的人一块儿生活吧？除了帐子纸，生活里还需要其他很多东西啊。”

“那些个嘛，我自会弥补的。”多惠美用手捋了捋蓬乱的头发，嘟起嘴巴，然后继续说道，“前辈你也知道，我这个人应该还算是勤勉的，工作再累我都不会觉得苦，最近还开始储蓄了点钱，业务能力我自己觉得应该也算可以吧。”

“是吗？”佐知小心翼翼地插了一句。她脑海里浮现出多惠美那堆满了纸板箱的房间。

“嗯，”作为在职场上始终关心、照顾着多惠美的雪乃，为了后辈的自尊心，只得予以肯定，“收纳整理能力嘛，还算行，工作上的确不错，业务处理能力强，待人接物方面也很到位。”

“哎呀，前辈，被你说得都不好意思啦。”这么说着，多惠美又挺起胸来自信满满地说道，“我觉得自己唯一的一项弱点就是缺少梦想，这样子的人生岂不是很枯燥？不管有多少储蓄，不管工作多努力，心底里完全没有一件自己真正想做的事情。所以，我喜欢怀有梦想的男人，生活方面我完全可以应付，我只想要他能让我看到梦想！”

既然这样，你为什么还轻而易举地就被那种毫无大志的男人拽住不放啊？佐知和雪乃不约而同地想，但是谁也没有说出口。俗话说，各有所好。人的喜好这东西不管别人如何忠告，都不会轻易改变的，因此两人只有暗自祈祷多惠美能够幸福。

“多惠美，你很要强啊。”佐知感慨道。

“啊，我没有贬低鹤代妈妈的意思哦！”多惠美慌忙摆手解释。

“知道。”佐知点头说，“也许我内心还是有种观念，‘男人养家糊口是天经地义的’。说不定妈妈也是这么想的吧。”

“是吗？我只是单纯地喜欢工作，所以才会觉得也许自己可以承担工作挣钱的这个角色。”多惠美爽朗地说道，“好了，我去睡觉啦！”

“这就睡了？”

“明天是星期天啊，再聊会儿吧。”佐知和雪乃想留住多惠美。

“明天一早要和朋友去野餐烧烤，在多摩川边上。明天天气要是晴朗就好啦！”说罢，多惠美喜滋滋地回到了自己房间。

“天还这么凉呢，野餐烧烤？”

“这孩子，在讴歌人生啊！”

撂下目瞪口呆的两个人，为多惠美的年轻和爽朗。

雪乃掀开自己的被褥，在垫子上摆开了瑜伽的姿势。今天练的体式叫“犁锄式”。仰面平躺在垫子上，双腿竖起指向天花板，然后绷直双腿慢慢向下压，朝头部靠近，脚尖着地后保持不动，调节气息，保持匀畅的呼吸。从侧面看，整个身体拗成了一个“つ”字形。

雪乃保持着这样的姿势，说道：“我还真不知道多惠美一直是那样想的呢。”

“嗯，”佐知盘腿坐在床上，像往常一样，怀着叹服的心情望着雪乃柔软的肢体，“看着浑浑噩噩的样子，其实出乎意料很有想法哩。”

“因为自己缺少梦想，所以就找个有梦想的男人？嗯，也有道理啊。这样说起来，我们怂恿她跟那个老是跟踪她的男人彻底了断，也许是多管闲事了呢。”

“不不，多惠美自己也说了呀，吃她靠她的无所谓，但是家庭暴力可不行啊，所以说分手没错！”

雪乃因为河童一事而弄得大家一阵骚动，觉得十分自责，因此正在反省自己之前的做法：“我这个人就是喜欢这个那个地钻牛角尖，容易惹出各种是非来啊。”但是佐知毫不犹豫地说“没错”，这让她心里稍许轻松了些。

“再说了，”佐知继续说道，“男人也是有自尊的呀。”

“什么意思？”

“那样子的话，男的不觉得难受吗？”

“好像还不至于吧。你继续说。”

“不管怎么说，‘男人养家糊口是天经地义的’这种观念还是存在的吧。尽管像多惠美这样只要是和自己喜欢的男人在一起，情愿自己出去辛苦挣钱也无所谓的人一点点多起来了，但大多数女人还是期待男人能够让她们看到梦想的，不是吗？而且作为男人来讲，应该都会有种责任感，觉得‘我是个男人，我有责任给家人创造幸福’。”

“大概是吧。”雪乃脑海里掠过无数个男性同事的身影，表示赞同的姿态多少有些游移不决。

“这样的话，‘女人负责挣钱，男人追寻梦想，适当地帮着做一点家务就行’这种模式，也许一开始确实可行，但时间长了，男人慢慢就会感到压力，女人也会情不自禁地想‘你也应该分担点家务啊’，于是夫妻关系就会冷淡下来，两人就会产生别扭，这种例子我想肯定多的是。之前跟多惠美交往的那个男人之所以会出现家庭暴力，或许是出于一种性格或者习惯，说不定也是因为感觉到了精神压力，只不过他用暴力这种形式表现了出来罢了。所以说，虽然没有酌情考量的余地，但是……”

“嗯，是的。”终于感到吃不消了，雪乃结束了“犁锄式”瑜伽动作，放下双腿，在褥子上展开四肢呈一个“大”字，“那你觉得女人和男人什么样的关系才最理想呢？”

“当然是双方都摒弃掉‘必须这样’‘应该那样’的想法，对对方彻底敞开自己的心扉，这样才是最理想的啊。”

“这很难做到吧？”

“嗯。不过像我这样的，不具备让男人感到压力的实力，所以顶多只能自己打打如意算盘而已。”

不对，应该是“杞人忧天”更贴切吧。雪乃趴在褥子上，看着喋喋不休地说个不停的佐知，心里想。

“还有一个办法，和对方保持适当的距离，”雪乃忽然说，“不跟任何人做爱。夫妇也好，恋人也罢，不要建立那种一对一的合伙关系。这样的话，既不会因为期待过高而感到希望破灭，也不必一味迎合对方的要求而使自己陷入痛苦。”

佐知大吃了一惊。她俯视着躺在床边的雪乃，雪乃舒展开双臂，仿佛展开了一对翅膀似的，双眼盯着天花板。

“可是，那样不会感到孤寂吗？”佐知喃喃低语道。

雪乃报之以微微一笑：“或许是吧，但是不可能所有事情都称心如意的呀，究竟选择什么，取决于自己。有时候你会发现，当你想要选择时却只剩下这一个选项了，尽管它根本不是自己想选择的。从这个意义上来讲，每个人都是孤寂的，不管你有没有恋人，也不管你是不是结了婚。”

有多少亿人就有多少亿种孤寂，在这些各种各样的孤寂当中，你选择不和任何人做爱？这也太与众不同了吧，佐知心想。转念一想，自己不也多少年没有做爱了吗？哎呀，这不是人们经常说的“物以类聚”吗？由于某种契机，拥有某种共同特征的人都聚到一起来了。

“感觉我们好像在谈论青春期呢。”佐知说。

“青春期时候的话题早就忘得一干二净了，都是些什么呀？”

“做爱一般多长时间啦，没有人理解我，我觉得自己好空虚啦。换句话说，有关人生的所有话题都是青春期的话题。”

“是吗？我可是从来没跟别人讨论过做爱的话题，因为我们那儿是乡下的学校。”

“这跟地域没关系，你肯定讨论过，但是忘记了。”

佐知和雪乃两人的视线交会在一起，然后同时笑了出来。到了这个年龄，被人称作中年人也毫无反击资本的两个人，竟然还能碰到个对手一起谈论这样的话题，无疑也是一种幸福，虽然两人都没有说出来。

“我们一定是到第二次青春期啦！”雪乃说。

“确定不是更年期？”佐知笑着问。

“是有点类似啊。对了，佐知……”

“嗯？”

“刚才听了鹤代妈妈的讲述，我突然想到，你的名字是根据你父亲的名字‘幸夫’取的呢。[①]”

佐知没有吱声。她躺下来，将被褥往上拽了一把。“关灯吧！”

雪乃照她的吩咐，站起来走到门口按下了开关，然后在黑暗中走回来，摸索着在床边躺下。

眼睛习惯了黑暗之后，她看见佐知背对她侧躺着。生气了？不会哭了吧？雪乃不禁有点担心，毕竟一天下来身心俱疲，渐渐她感觉眼皮发重，睡魔似乎一点一点地向她逼近过来。就在这时，听到佐知在轻声叫她：“雪乃！”

“嗯？”

“谢谢！”

佐知和雪乃思绪满满地沉入了各自的梦乡。

装修公司来人了，开始换贴墙纸。

那个前来实地勘量和报价的年轻人，佐知之前猜想他可能是个负责营销的，不承想现场作业的也是他。他今天一改上次的装束，没有

① 日语中“佐知”的发音与“幸”的发音相同。

穿西服，而是穿着淡棕色的作业服，才八点钟就早早来到了牧田家。胸袋上方，用橙线绣着名字：梶。佐知拼命在脑海里搜索勘量那天收下来的名片，终于判断：是同一个人。

“勘量和贴墙纸都是你一个人干啊？”佐知问他。

梶的表情毫无变化，他平静地答道：“家里人自己经营的小公司嘛，没办法。这是我外甥，今天由我们两个人来现场施工。”

站在梶身后的另一个年轻人微微低下头去。他看上去只有十多岁，弱不禁风的样子，容貌长得跟梶有几分相似，端端正正的。看来这装修公司一家子人表情都很单调，给人的感觉不那么和气。尽管如此，这相貌，这寡言的性格，再加上匠人身份，佐知心想，两人应该都很吃香吧。

外甥按照梶的指示，从停在门前的面包车上卸下卷成筒状的墙纸和佐知看不懂能够派什么用场的各种工具，并搬进屋内。其间，梶独自将雪乃屋子里的猫脚写字台扛到走廊上，将床连同床尾巾往屋子中央挪了挪，又在走廊上铺上旧毯子，防止地板损伤，保护措施做得很到位。

床被移开后，原先的位置上出现了积尘和掉落的头发，佐知连忙用吸尘器打扫了一通。梶等她打扫完后，在地板上铺了一块塑料布。

梶和外甥两人从边上开始，将墙上的旧墙纸揭下。佐知不想受隔壁房间施工的影响，便拿上刺绣工具等来到楼下的客厅，坐在鹤代身旁，开始今天的日课。鹤代则在看电视。

“好像还来了一个年轻人呢。”鹤代一边看着晨间新闻一边说。

“嗯，说是上次来的那个人的外甥。”

墙上糊的旧墙纸只需揭下来就行了，但不知为什么，二楼不时传来“嘎吱嘎吱”的声响。好在声音在容忍范围内。佐知拿起蓝色的绣线，开始在绣布上绣旋转木马。

“十点钟和三点钟①，你怎么打算？”

“我昨天买好了点心，到时候我会张罗的，放心好了。”

“是啊，怎么说也是个帅哥呢。”

佐知斜眼瞥了一下鹤代，鹤代坐在那里哧哧地暗笑。都将近古稀之年了，还张口闭口帅哥帅哥的，不难为情吗？佐知不禁有点生气。鹤代只要佐知坐在身旁，才不管她工作不工作的，无聊可笑的话会劈头盖脸地向她倾倒过来。

鹤代也许是真的觉得，只要女儿跟帅哥接近，就有可能进一步发展下去吧。即使佐知有这样的念头，恐怕年龄也已经不允许了。不要说帅哥，绝大多数男性肯定都喜欢年轻漂亮的女子，帅哥就更是如此了。更何况年近四十的佐知并没有那种叫人一眼看了便心动的突出之处，怎么可能会有人选她呢？

对于这样一个始终不放弃对女儿的期待和希望的母亲，佐知既情

① 日本一般都有上午十点钟和下午三点钟茶歇的习惯，各为 10 ~ 15 分钟，喝茶、吃小点心及抽烟都在这两个时间段内进行。

不自禁地感到伤感，又觉得她很可怜。

鹤代不理会佐知的心情，自顾自地继续说着，一会儿说，“哎，帮个忙，那个煎饼帮我拿过来”，一会儿又说，“这个主持人越晒越黑了，高尔夫打得太多了吧？”种种打扰简直是史上少见。

耳旁听着装修的嘈杂声和做鹤代的说话对象，究竟哪个更舒服一点呢？佐知时不时“嗯嗯”两声姑且附和着，后来实在忍不住，便对鹤代道：“您稍微静一会儿行吗？我在工作呢。”

鹤代愣了一下，说道：“工作？就那个扎呀扎的？”说着朝佐知拿着绣针和绣布的手指了指，“一边说话一边也不影响的呀，你管你手上忙乎好了，不然妈妈多无聊啊。”

多么任性的理由啊。运针、压住绣线、选择颜色……这些都需要注意力高度集中，哪有闲暇工夫陪您瞎聊消磨时间呢？佐知想抗议，可是一想抗议也无济于事，于是打消了这个念头，“嗯嗯”两声算是附和她。

最终，只能怪自己，选择了这么一份宅在家里做的工作。

鹤代的父亲和丈夫都不曾在企业工作过，成天只是东游西荡的。因而鹤代对于宅在家里或在家附近游荡极为敏感，她固执地认为，只有每天早晨在固定的时间出门去劳作才算工作。佐知虽然一心一意埋头于刺绣，并因此获得了相应的报酬，但鹤代始终觉得这“仅仅比兴趣爱好稍稍强那么一点点而已”。因此，不管佐知说多少遍“在工作”，她都没有听进耳朵里去。这不，此刻她又支使女儿了：“想喝茶了，麻烦你去烧烧水吧！”

没办法，佐知只得叹口气放下手里的活儿，向厨房走去，将水壶装满水放在煤气灶上。还是在二楼自己的屋子里干活儿好啊。虽然隔壁声音嘈杂，但声音是不会同自己搭话的。

佐知“唉！”的一声再次重重地叹了口气。那边的鹤代自然毫不介意，手里握着遥控器按来按去的。“综艺节目的主持人，怎么做着做着好像面相都越来越凶恶了呢，你没觉得？”我怎么知道啊？！佐知很想恶声恶气地叫道，但是作为一个教养良好的妇道人家，怎么能像那些精于世故的老油条一样，动不动口吐秽言或者吵架骂人呢？从这个意义上来讲，母女俩是一个模子里刻出来的呢。

有人在敲玄关门。所谓的“有人”，自然是山田。倘若是访客或快递员之类的话，会按响安装在门旁的门铃。山田不知道是看不见门铃还是别的什么原因，从来不按门铃，每次都是傻不棱登地直接敲门。

“佐知，去开下门，妈妈忙着呢。”

不是闲得无聊吗？佐知想着，还是将盛着茶壶、茶罐和茶盅的托盘端到餐桌上，随后顺从地转身走向玄关。

不出所料，站在门外的正是山田。身穿灰色作业服的山田一如既往，身板挺得直直的。

“佐知小姐早啊！怎么不叫我啊？”

“怎么……嗯，您指什么？”

佐知一瞬间脑子有点混乱，反问了一句。山田用稍许有些不满的眼神看着佐知道："装修师傅来了不是？我过来看着他们！"

"做什么？看着什么？"

"万一假装换墙纸，装个窃听器或者摄像头什么的，怎么办？"

"怎么会啊？！"这也太荒诞离奇了。佐知不禁觉得好笑。

见佐知哧哧发笑，山田脸上露出"完喽完喽！"的表情。他不管不顾地说道："这个家里只住着四个女人，所以呀，只怕不小心，没有小心过头这一说。我进去啦。"

说罢，进门脱了鞋子，利落地登上二楼。隔了少顷，佐知也轻手轻脚地爬上二楼，躲在楼梯口，探出半张脸朝二楼走廊觑望。

只见山田叉开双腿，伫立在雪乃的房间门口。

"哟，吓我一跳！"室内传出梶外甥的声音。可能是不经意猛一回头，看见伫立在门口的山田了。

"我来参观下施工现场。"山田依旧保持着叉腿而立的姿势。

"你请随意。"梶在里面回答。大概他正在撕扯墙纸，随着话音同时传过来的还有"呲——呲——"的声音。

佐知没有引起山田的注意，又轻手轻脚地下了楼梯。不知道梶他们该如何想象山田和牧田家的关系。迄今为止，梶和外甥只见过佐知和山田两个人，父女？祖父和孙女？不会以为是夫妇吧？佐知想到这儿不由得浑身一颤。

实际上，山田就只是住在牧田家的院子内而已。也没有特别的理由，就是不经意间住了进来。好比正月里会想吃年糕，圣诞节会莫名地感到兴奋一样，猛地才发现山田住在这儿。他的存在，根本没法用三言两语跟别人解释清楚。即便是佐知，对山田究竟是什么样的存在也是不甚了了，这就像个谜一样。

山田也真是的，佐知心想，突然登场，然后片刻不离地在现场监视着，对装修师傅未免太失礼了。还有，近来社会上对于个人信息相当介意和警惕，但是更换墙纸跟个人信息又能扯上什么关系？佐知搞不懂。

佐知当然知道在电源插座或观叶植物的花盆里藏个摄像头什么的这种事，电视节目中看到过。可是，跟自己同一个街区的这家室内装修小公司，跑到近邻家里安装个窃听器或者摄像头，这种事情实在是叫人无法想象。在牧田家装这么一个玩意儿没有任何意义嘛。

佐知返回客厅，随手抓过来一张纸片，在上面写了几个数字，然后算了一下，在牧田家里居住的四个女人平均年龄四十二岁。唯一一个二十多岁的多惠美为拉低平均年龄做出了贡献，谢谢了啊。不过，仍然达到了四十二岁。

山田刚才说“只住着四个女人”的时候，佐知心里冒起一股奇怪的感情，既不是难为情也不是愤怒，大概可以理解为是由梶他们两人引发的一种强烈的自我意识吧。山田也许和鹤代一样，永远将佐知视作年纪轻轻的大小姐，生怕她吃亏、被欺负，所以时时刻刻都对她周边的人保持警惕，但佐知心里肯定在想“这样的中二妇女谁愿意去碰啊”。所以，佐知痛切地希望山田赶快停止这种监视行为。

假如自己被误会和山田是夫妇的话，那么这样的误会必须消除，至少从年龄上来说，鹤代作为山田的妻子更加恰合。于是，佐知请鹤代去给梶他们送十点钟的茶点，结果被鹤代一口回绝了："不行，我还要看电视剧的重播呢！"

没办法，佐知只得自己将小包装的煎饼和馒头放在托盘上，再将茶具也放上去，胳膊钩着茶壶柄，端着托盘上了二楼。山田仍然伫立在走廊上。

佐知往雪乃的房间张望一下，冲梶他们两人喊了声："师傅休息一会儿吧！"随后对着山田说了声："山田先生也休息一下吧。"特意缀以"先生"二字，是为了强调两人之间既无血缘关系也非姻亲关系。

"谢谢啦！"梶和外甥还有山田一同回答道。

"茶给你们端上来了，"佐知抬了抬手给他们看托盘和茶壶，又说道，"假如不介意的话，到一楼去吧，那儿有沙发可以坐。"

"不了，把家里弄脏了不行，就在这儿好啦。"梶彬彬有礼地谢绝了佐知的邀请，"那就不客气啦。"

接过托盘的时候，梶的手指不小心碰到了佐知的手，又干又硬，冷冷的。梶的外甥垂着头将茶壶接了过去。

梶和外甥两人在雪乃房间里铺着的塑料布上坐下，喝茶，吃着点心。佐知站在门口，向屋里张望了一圈。

大概是铲除墙纸背面的胶水颇费工夫，新墙纸还只贴了一小部分，只有这一部分仿佛重生了似的，一朵朵小碎花吐露着低调而生气勃勃的气息。窗户敞开着，温暾的春风吹进来，轻抚着房间里的每个角落。

等到她回过神来时，发现山田不知什么时候不见了人影。大概觉得已经将监视任务交接给了佐知，所以自己便下楼去了。

“太太！”

佐知正向走廊张望，忽然听到背后的招呼，一时间没反应过来。

太太，是叫我吗？

令人不可思议的是，佐知脑海里掠过的念头既不是“我可不是什么太太”的抗拒，也不是“难不成真把我当成山田的妻子了”的绝望，而是一种喜悦：我看上去像结了婚的女人！原来在梶的眼里，说我是结了婚的女人也不觉得奇怪！比起被梶认为这样的女人这辈子要结婚那是想也不要想了，这是多么让人高兴的事啊。

“啊？”佐知僵硬地回过头去，望着屋内。梶轻松地盘腿坐在地上，男人架势十足地抓起茶盅正往嘴边送。

“听山田先生说，您是刺绣老师啊？”

这个山田，有没有说我是谁的妻子啊？佐知暗暗埋怨着虽说少言寡语但是说话没头没脑的山田，不过，梶主动跟自己搭话，这还是令她感到高兴的。

“啊，不是，什么老师呀……”佐知慌忙摇手，“你对刺绣感兴趣？”

梶有点不好意思地答道：“嗯，有一点。”

这时候，梶的外甥插进来说道：“太感兴趣了！有壁毯什么的展览啊，舅舅是一定要去看的！”

“别多嘴！”梶命令道，“壁毯不是刺绣，那叫织锦。”

外甥不说话了。他嘴里正塞着一个佐知为他们准备的馒头，鼓着腮帮子，估计想说话也说不出来。

也许，也许……佐知感到一阵与她极不相称的剧烈的心跳。说不定，可以和梶聊聊关于刺绣的话题呢。

毕竟，连自己的亲娘都认为刺绣只不过是一种很不起眼的兴趣爱好，没有比这更令人沮丧的了。即使拿出自己的作品给大家观赏，雪乃的感想无非是“眼睛都看花了呢”，多惠美顶多会说，“哇，好棒啊！太漂亮啦！”

不是的啦！佐知急得心里直发痒。她想听到的不是泛泛的棒啊、漂亮啊之类空洞的评价，而是“嗯，这样果然效果不错，根据不同绣布的厚度，绣线密度也做了相应的调整呢”“哎，这个用的是什么技法？”“这个颜色该不会是限定色吧”等。但佐知很明白，世上的大多数人对于刺绣都不像她这样全身心地投入，因此几乎不抱什么期待了，每天独自一人“扎呀扎”地埋头刺绣。

换句话说，佐知感到十分孤寂，全心全意地投入了刺绣，反而使得她常常感到不安：别人真的理解我的刺绣作品吗？虽然只是绣在手帕、衬衣、提包等物品上的一个小亮点，但假如只能换来一声“呀，真可爱”，她会觉得无法忍受。因为哪怕就是这样的一个小亮点，她倾注了多少时间、脑力和情感，有谁想过没有？

多半时候，佐知为了不耽误交货，总是不遗余力地扑在作品上，心里乐观地想：有人喜欢我的作品，多好啊。偶尔——悲观沮丧的时候——心里却很想大声呐喊道：我放弃了恋爱和享受生活，每天就知道扎呀扎地埋头刺绣，为此付出的心血和这其中的毅力，你们完全忽视了，只不过轻描淡写地说几句“啊，真可爱”“好漂亮”，而且毫不珍视地消费我的刺绣作品，用我的作品装点着自己，又是逛街又是约会的，你们倒是开心啊！真想把我的情感都注入一针一线中，直接在你们的灵魂上刺绣！用你们灵魂喷溅出的鲜血将白布染成朱红，然后绣一幅逼真的骷髅图给你们瞧瞧！

但想归想，佐知是不会这样呐喊的，这样的话她也喊不出口。

佐知想要的，仅仅是一个承认、一个认可：你的作品是你灵魂的写照啊。另外，她也希望能和人聊聊刺绣中的各种痛苦和欢愉。

迄今为止，佐知接触过的男性都与鹤代一个样，觉得刺绣不过是一种“个人爱好”。加上佐知又是和母亲一同生活，大凡和父母一同生活的人总是易被别人认为“还没有独立”，何况佐知宅在家里所从事的又是刺绣，更加让人觉得是“大小姐利用个人爱好赚一点零花钱”。

明明不是这样的！佐知好几次感到委屈。有时候客户实在催得急，不得不取消约会，对方问“什么原因”，当告诉对方理由后，对方怎么都无法理解，居然会因为刺绣而取消约会。

有的男性对她说：“结婚以后，做完家务有空闲的话做做刺绣什么的我是不介意的。”佐知很想把这句话还回对方：“结婚以后，做完家务有空闲的话去公司跑跑我是不介意的。”当然这话她不会说出口，她仅止于微笑不作声，但心里已经给对方打了个大大的叉：这个人，不行。

这样那样的好多年下来，佐知仍独自一人，每天对着绣布不停地扎呀扎。即使这样，佐知还是感到，隔了许久的春天似乎要降临了。

期待和紧张使得她手心出汗了，她若无其事地将手心在裙子上拭了拭。

梶将茶盅里的茶一口喝干：“呃，那个，”他轻咳一声，“我知道对我来说是有点不合适，不过我确实喜欢……”

哦，什么合适不合适的。我也喜欢。我喜欢刺绣的男人——佐知几乎这样脱口而出，但她还是谨慎地采取相机行事的方式。因为根据以往的经验，她清楚地知道，贸然向对方表示好感也不会让对方见怪的那份魅力，自己并不具备。

不出所料，梶继续说道：“……织锦啦、刺绣啦这类东西。”果然，他是说喜欢刺绣而不是说喜欢我，哈哈。佐知暗自想，幸好没有冒冒失失说什么。这下手心里冷汗出得更多了，她又往裙子上拭了拭，为了掩饰自己的动作，一边拭一边说道：“墙布好像也有织锦的墙布和刺绣的墙布呢。”

这么一说，梶立即收起盘腿的坐姿，跪坐起来。

“是啊，有的有的。”他积极地响应道，“壁毯啦，还有用刺绣布包墙的啦，基本上也就贵族家庭才会有，所以这些我没有用过。不过，在纸面上印出刺绣风格图案的墙纸一般使用得就很多了，有这种展览的时候，我就会去看看。”

本来以为他是个少言寡语的人，不想话题转到墙布上，梶的舌头竟一下子顺溜起来。墙布达人啊。换成普通人可能就会敬而远之了，但作为一个不折不扣的刺绣达人，佐知由衷地感到有种亲近感。同是小众事物的爱好者，和梶之间应该能尽兴地聊一聊的吧。

“嗯，假如有兴趣的话，等一下也看看我的刺绣作品吧？”

“一定要给我欣赏欣赏。”梶露出了笑容。

十点钟的小憩结束，佐知欣欣自得地将茶具等拿到厨房洗了。山田和鹤代并排坐在一楼客厅桌前，正在收看重播的恋爱剧。两人坐在椅子上，保持着适当的距离，挺直了腰背面向电视机，谁也没有说话。

妈妈为什么不和山田说说话呢？这与其说是故意酿就的浓情蜜意的氛围，更像是互相之间无话可说，看着对方就像看着空气一样。相较于真正的夫妇，这两个人看上去更像一对夫妇。

佐知悄悄回到二楼，尽量不引起鹤代的注意。但山田发现了，刚想跟上去，佐知非常得体地拒绝了他：“我在雪乃的屋子里看着，山田先生就在下面看一会儿电视好啦。”

回到自己房间，佐知呼了口气。隔壁房间传来贴墙纸的动静。梶在轻声吩咐，外甥应答着，用刀具抵着曲尺画线的声音，随后是裁切墙纸的声音。

佐知在自己的工作台抽屉里划拉了一遍，找寻可以拿给梶观赏的作品。完成品大多已经交货给了客户，留在自己手头的大部分是习作，不过还是从中挑选出了几件还不错的作品。

威廉·莫里斯[①]风格的繁叶图案。缀有一只衔着小花的鸟儿的蓝色布包纽扣。用白色绢丝绣出繁密图案的像蕾丝似的手帕半成品——这个算起来有好多年了，应该是跟此前最后一个男朋友分手之后绣的，这上面寄托了多少感情呀，因为害怕受到咒罚，所以一直收在抽屉里，一次也没有用过。

还有用壁毯风格的针法绣成、用镜框裱装起来的降伏恶龙的中世纪骑士和被囚禁在塔楼里的公主。这是惊讶于刺绣课的学生们号称要挑战大作——其实无非是插在花瓶里的蔷薇等题材，心想既然这样还不如绣一幅尺寸更加实用、具有魔幻色彩的作品呢，于是挑灯夜战赶制出来的。暗淡的用色，加上北欧绘本中时常登场的龙、骑士、公

① 威廉·莫里斯（William Morris，1834—1896）：英国维多利亚时代的诗人、室内设计师，现代设计的先驱者，英国19世纪末至20世纪初工艺美术运动的主要推动者。其设计作品多为织物、壁纸、地毯、彩色镶嵌玻璃以及书籍装帧等，大多以植物为题材，颇具自然气息和中世纪田园风格。

主等形象，佐知自认为效果非常不错，不过并没有挂在墙上，同样也一直收在抽屉里。因为她猜想，要是被鹤代看见准保又要嘲笑自己："是嘛，你到现在还期待着有朝一日会有个骑士来把你从塔里救出来呀！"

万一梶也这样想的话，那可是羞死人了。佐知稍稍有些迟疑，但随即想，这样岂不是我又想太多了，既然说好了给他看看也无妨嘛。她自己说服着自己，终于抱着镜框和手帕等作品来到走廊。

朝雪乃的房间觑了一眼，里面没人。

光顾着挑选刺绣作品，不知不觉过了不短的时间，梶和外甥似乎出去吃午饭了。

想看自己的刺绣作品或许只是一种社交辞令吧。佐知为自己刚才的激动、兴奋感到难为情，也觉得自己有些可怜。她回到自己房间，将镜框和手帕等放在工作台上，就像冬眠失败的木民一样，觉得自己仿佛是一个孤独于整个世界的愚笨生物。

佐知空着手回到楼下，鹤代和山田正在客厅吃鳗鱼饭。应该是真空包装的熟制品，将鳗鱼和米饭用微波炉热一热后盛在碗里的。

"我的份儿呢？"

"没你的份儿，一共就两份。"

"不好意思，佐知小姐。"

没办法，佐知只好拿出六片切片面包，抹上点黄油，当午饭吃。

"你在二楼做什么呢？都中午了，也不给装修师傅们端茶。"

“我在收拾屋子呢。反正自动售货机到处都是，饮料什么的他们自己会解决的。”可能是有点心虚的缘故，佐知答话的时候故意移开了视线，“两个人现在不在雪乃的屋子里，大概上哪儿吃午饭去了吧。”

“在车里。”这时候山田似乎觉得“我到底还是派上用场了吧”，于是接着佐知的话说，“我出去看了一下，两人分别坐在驾驶席和副驾驶席上，捧着个大便当盒，正往嘴里扒拉饭哩。”山田说着，眯缝起眼睛，入神地咂摸着鳗鱼的滋味。他用筷子将鳗鱼夹成一段段的，然后扒拉上来刚好与鳗鱼段面积相当的饭粒盛于其上，再送入口中。不知道这算做事有板有眼还是小家子气，佐知观察了一阵，不禁心生厌恶。山田所喜爱的高仓健吃鳗鱼饭应该不是这样子的，想必是用筷子抄起一大块鳗鱼送进嘴里，到最后鳗鱼吃完了只剩下米饭也无所谓，总之是豪爽地大吞大嚼然后咽进胃里。

且不管他了。

便当？是谁做的呢？梶已经结婚这种可能性，佐知完全没有想过。自己独身至今，从来没有感觉到过结婚的紧迫感，关于结婚今后也没有具体的打算，因此她几乎忘记了，世上绝大多数人正常的话都会步入婚姻的这一事实。

五分钟吃完了面包。洗手洗餐盘，然后坐在客厅的桌旁开始工作。梶和外甥也结束了午休进门，走上二楼。仍沉浸在鳗鱼余韵中的山田，立即站起身，进入监视状态。

到了下午三点，就拿刺绣给梶看，顺便把便当的事也问问清楚，当然，一切都必须做得若无其事，绝不能暴露半点意图，就像口中鲜血直流仍毫不介意地嚼着松叶的木民一样——佐知飞快地在大脑里算计着，然而没隔多久，便又埋头飞针走线，脑海中一片空虚。

佐知对与异性交往及做家务事等缺少兴致，往往浅尝辄止半途而废，结果也都不太理想。这是因为她把注意力全都用在了刺绣上，对其他的事情自然就很难提起热情。她只要一拿起绣布，绵密的针脚间就仿佛散发出了阴霾似的，令她脑海一片空白，视野变窄，耳朵也几乎听不到声音，眼睛所见的就只有绣布上的细小针脚、出入其中的银针，以及像蛇一样逶迤游走的绣线。

无奈已经沉浸于虚空的状态，所以她自己是感觉不到进入虚空的。鹤代时不时地向她搭话，她一边感到厌烦一边不得不勉强附和几下，时常是应当“嗯嗯”的时候，她却一声不吭只顾埋头刺绣。对此鹤代也见怪不怪，依旧执着地抛来一个又一个话题。

此刻，鹤代一边看着电视综艺节目，一边看着化身为“地藏菩萨[①]”的女儿，心想“又没完没了起来啦”。蓦地，鹤代注意到电视画面一角下午三时的字幕显示，便拍了拍旁边的佐知，说道：“佐知，给他们拿茶点上去吧！”

正集中心思却被打扰了的佐知，难得对母亲袖手坐视光知道差派

① 地藏菩萨：即地藏王。据《地藏十轮经》讲，由于此菩萨“安忍不动如大地，静虑深密如秘藏”，所以称为“地藏王”。文中用来形容佐知刺绣时的沉稳和专注。

别人的做法表示感谢。她放下手中的活儿，去准备茶点，随后一边感慨母亲竟然能一整天都坐在电视机前，一边走上二楼。看电视，偶尔料理一下院子，隔几天上车站前购物一次，想到鹤代的生活状态似乎越来越向阿尔茨海默病靠近了，佐知不禁一颤，是不是给她一点什么刺激对她有好处？当然不是河童那种强度的刺激，除此还会发生什么能够触动她神经的事情呢？

要不我结婚？想到这点，佐知不由得有些扬扬得意。但这个太缺乏现实感的假想立即消逝了，取而代之浮上脑海的是，“爸爸突然回家了”。

佐知走到楼梯的一半停住了，端着托盘独自摇了摇头。父亲回家是不可能的，将近四十年一直杳无音信，说不定和别人重新组成家庭了呢。究竟是否像传闻所说那样真的死了都不好说，但有一点是可以确定的，那就是他对我这个女儿的存在毫无感觉，不然的话，这些年至少会来看看我，或者写封信、打个电话什么的呀。

想到这里，佐知不禁觉得悲伤。然而，毕竟和父亲从未谋面过，所以也没有特别强烈的思念。“我活到这么大，对恋爱啦、交往啦，提不起什么兴趣，莫非是出于父亲的缘故？”这样转念一想，心情又不禁由悲伤转成了怨愤。一定是因为不负责任的父亲，自己才对男性不再抱有任何期待和希望。一定是这样的。

佐知继续走上楼梯。将自己缺少异性缘归咎于他人，这样做很有效果，能使自己获得心理平衡。佐知重新露出笑容，将茶和点心端给梶和他外甥。山田也机警地陪在一旁。

雪乃的屋子里，墙纸已经贴好一大半，整个房间的格调雅致沉稳又不乏可爱，雪乃应该会喜欢的。天花板上仍留有些许水渍，但一点儿也看不出惨遭漏水的痕迹，这里又回到了之前那个平静温馨的空间。

“这么漂亮啊！”佐知高兴地打量着屋子。墙纸的拼接处对接得非常齐整，完全看不出拼缝。

梶口中嚼着虾味脆饼，若无其事地问道：“您的刺绣……？”

果然不是社交辞令。佐知高兴得连忙从隔壁房间里将自己的作品拿了过来。

梶用湿纸巾仔细擦拭着双手，热情地观赏起佐知递到眼前的镜框和手帕等，还不时发出“哇！”“嗯——”的感叹声。虽说只是下意识的，但佐知还是觉得非常开心，也有点得意。山田在一旁瞟觑着说道：“佐知小姐从小就心灵手巧呢。”

一回头，佐知发现梶的外甥不出声地在窃笑。大概他心里在想：明明是个大妈了，还口口声声称呼“小姐”！

不过佐知并没有在意。她比较介意的是，对于生活在这幢古旧西式建筑里的每个人之间的关系，梶会怎么想？身穿灰色作业服的粗鄙老人、醉心于刺绣世界的老姑娘（这个词如今已成死语）、像在电视机前扎了根似的谜一样的老妇人，站在旁观者角度来看，只能说尽是些古怪的人吧。此刻，佐知忽然有种感觉，一切都会好起来的。梶专心致志地看着刺绣，佐知则专心致志地看着他，心在剧烈跳动，令她感到一阵痛苦。

“通过不同针法表现出了厚度的变化，”梶说道，“摸上去就很清楚了。”

梶的手在绣布上轻抚，指关节突出，手指出乎意料地修长，指甲修剪得短齐而干净。

再摸吧，继续摸吧！佐知差点叫出来，当然她不可能叫出声来。她热心地介绍起自己所使用的技法，她一边指点着绣布上的位置，逐一告知这种针脚的名称，一边小心地不触碰到梶的手指。她一瞬觉得自己如此热心执着地介绍合适吗？看到梶听得饶有兴致，满心欢喜，便情不自禁地继续说了下去。

平日里，她顶多就是和鹤代“嗯”“啊”地敷衍几句，几乎一整天都和别人说不上什么话。而对她极为沉迷、倾注了全部心血的刺绣，旁人的感想顶多也就是“真漂亮”。换句话说，佐知说的话几乎没人愿意认真倾耳听，故而佐知一直祈盼着这样的机会，向人倾诉自己对于刺绣的爱和热情。和梶说着说着，她更加痛切地意识到这一点。

关于刺绣，我多希望别人听我说说啊，说说刺绣是多么精彩、多么美好、多么玄奥啊。佐知感慨万千，但表面上仍保持着平静，继续向梶讲述着。山田和梶的外甥在一旁嚼着虾味脆饼。梶的外甥吃脆饼的样子仿佛一只松鼠似的，用门牙小心地啃着吃。

“好像很难呢。”他同山田说着，“比方庙会的时候，临时摊子上不是有那种用模子脱模的吗？我经常想，要是能像那样，只吃上面的虾那多好啊。”

“把它弄湿了再抠下来怎么样？”山田说着在自己那块脆饼的表面舔舐起来。

太讨厌了，佐知想。这两个人，不，这个世界上几乎所有的人都对刺绣漠不关心，也许他们有生之年从来没有想过，在刺绣的一针一线中，蕴含了多少技艺、传统，以及反复不断的尝试啊。沉迷于脆饼而死去吧！

其实，制作虾味脆饼也不简单，形状和颜色要好看就不说了，关键是要好吃。但吃着脆饼，像俗话说的“人不能只靠面包活着”那样，用“不能靠它当饭吃呀”的态度来对待刺绣，这是让佐知无法忍受的。

实际上，在场的每一个人并无贬低刺绣之意，也没有将刺绣与脆饼进行比较品评的意思，但佐知仍难抑胸中义愤，她觉得“刺绣的地位应当进一步提高”。

只有梶的目光早已不在虾味脆饼上了，他听着佐知的说明不时若有所思地点头，显示出对刺绣的持续热情。当休憩时间将要结束时，他甚至说道：“我很想亲手贴贴看像植有这样的刺绣的墙布呢，哪怕就一次也好。”

梶将刺绣作品还到佐知手上时，不经意地触碰到了对方的手。

眼睛里透出的是对工作负责、为人正直的光芒。佐知不禁心荡神驰。

施工一直进行到傍晚时分。佐知在自己的房间里注意地听着隔壁的动静。梶和外甥不时低声交谈。是不是在谈论我的刺绣作品？是不是在谈论我？佐知拚命竖起耳朵，仿佛被墙面吸进去一般贴在上面听，但隔壁的对话都很短暂，大概只是在交代拿递工具之类的。

中间上厕所，佐知走出屋子，只见山田仍旧叉着腿伫立在二楼走廊。看到佐知，山田一瞬中断了监视，看了佐知一眼。佐知感觉内心的轻轻涟漪似乎已被山田觉察到了，顿时感到十分难堪，心里莫名其妙地发起火来：别瞎管闲事！我早就不是小孩子了，不过是心里萌发了一株小小的爱情的芽，觉得“这个人还不错呢”，想独自品尝一下这种心旌荡漾的感觉，你就闭上眼睛当作不知道好啦！

山田一个字也没有吐，多余非分的话他绝对不会说。他一贯就是这样的。对于山田对自己还有别人的恋爱感不感兴趣，甚至他到底有没有谈过恋爱都不知道，尽管如此，佐知却陷在自我意识过于膨胀的境况之中，因而不由自主地流露出憎嫌的态度。

爱情的小鸟栖宿在胸中笼里，这种感觉佐知已经忘得干干净净。这小鸟，看似温驯可爱地啄着谷粒，其实它是只猛禽，对于阻碍它生长的一切东西都毫不容赦，它会用利爪擒住生肉，用尖尖的利喙将其撕碎。现在，山田成了小鸟的猎物，遭到佐知的冷酷对待。本来是出于善意来施工现场照看的，不承想受到这样无妄的波及。

佐知登时后悔了，仿佛觉得自己做了件坏事，不过她没有道歉。对佐知而言，山田就像自家人一样，所以在他面前还是可以任性一下的。不过佐知始终还是有种不解：为什么山田先生不是家人却和我们同住在一个院子里呢？所幸，尽管备受佐知冷遇，山田却从来没有回击过她。无论佐知怎样对他，他都是不愠不怒的，这是山田的优点。

“佐知小姐，墙纸全贴好啦！”施工一结束，山田便来唤佐知。佐知随他一同来到雪乃的房间，检验施工结果。

墙纸上低调的小碎花图案，就像从这幢房子建成的时候起就贴在墙上似的，一点也不显得突兀。窗外天色已暗，屋内亮着灯，在柔和的灯光映照下，整个房间仿佛被包裹在充满暖意的墙纸之中，宛如不曾住过而仅存在于幻想中的故乡的那个家，再说得具体些，就跟那个家里的儿童房一样，让人顿觉身心安静宁定。

佐知非常满意，向梶和他外甥郑重地道了谢。费用完美地控制在了报价之内，于是双方商定，日后寄送请款单，再依照请款单转账付钱。看到大为满意的佐知，梶也露出了谦逊的笑容。不过，不知算是梶的徒弟还是见习师傅的外甥也一脸得意地站在那里，似乎有些滑稽。

佐知将梶和他外甥送到玄关。手上抱着剩余墙纸的梶，临别时说了一句：“太太的那件刺绣作品，和那个房间很配哦，就是那件有龙和骑士图案的刺绣作品。”

佐知又一次心荡神驰。

她忍不住纠正道："我不是什么太太。"她迫不及待地表白，"我是这家的女儿……"

说起来自惭形秽，不过我可是独身呢——本想再加上一句的，但佐知还是噤舌没有说出来。此刻，她竟滑稽地联想起了那个说出"虽然觉得愧对父老，但我还是回来了"的横井庄一，就是差不多毁掉了鹤代与丈夫那个不怎么精彩的纪念日的横井氏，想起历尽苦难的他说的那句话，很自然地想到用相似的语言来表达一下，几乎同时，她又生出一个疑念：独身有什么好自惭形秽的？

不知道梶对佐知的突然沉默是怎么理解的，他耳根子略略有点发红地接口说道："是我失礼了！"随后接着说，"今后有什么需要，您随时吩咐！"

略施一礼后，梶走向门口。佐知眼里有些湿润地目送着他消失在黑乎乎的院子里，就仿佛得救的公主望着救了自己却没有留下姓名便挥手自兹去的骑士一样。

梶的外甥手里提着工具箱，准备从佐知身旁穿过去，佐知将他叫住了。梶的外甥和帮忙拿着铺在地板上的塑料布的山田一起回过头来看着佐知。

虽然山田在一旁碍事，但佐知还是决意同外甥说几句话。

"午休的时候茶也没给你们准备，真是不好意思啊。"

"哪里，您太客气了！"

在同一个屋檐下待了一天，梶的外甥对佐知已经稍许有些眼熟，因此一改起初的闭口不言，爽快地接起了话头，尽管还带着点年轻人的害羞。

自然，佐知并不是想同外甥闲扯家常，她是有事想问。

“你们吃便当吃得好香啊。”佐知仿佛亲眼看见似的。

“哦，是吗？”外甥有点不好意思地笑了。

此时真正看到现场的山田忍不住凑上前来，用怪讶的眼神看着佐知。佐知也无法顾忌了。佐知用趁着夜幕轻鸢剪掠般直捣主城堡的一股劲头，径直而小心地问道：“是谁做的呀？”

梶的外甥一瞬间愣怔了一下，随即点着头答道：“哦，是舅妈——就是梶舅舅的太太啦。”

万事休矣！

佐知心里一凉。果然已经有太太啦。也难怪呀……

后来是怎么和梶的外甥及山田道别，又是怎么走进家门的，佐知全然不记得了。等到回过神来，自己已经有气无力地坐在客厅的沙发上了。

“喂，该去准备晚饭啦！”鹤代一声怒喝。

佐知慢吞吞地系上围裙，从橱柜里拿出罐装番茄酱，做了份意大利面，不知为什么做咸了。

佐知并没有不知天高地厚地期待着交往之类的——倘若恰好有那样的机会当然求之不得，她只是因碰到一个意气相投、可以交流的同好而暗暗兴奋，期待着能多一些时间在一起愉快地交谈而已。

可是，有了妻子就不方便了。当然有的人不会介意，但佐知不一样。发展成为交往对象也未可知——因为自己不排斥这种可能，因此同有了妻室的男性之间就不应该发生超出必要的接触，也不应当主动去接近。从这个意义上讲，佐知是个十分传统且很有底线的女人。

像颗彗星般降临佐知的世界的梶，由于“妻子”这颗行星的巨大引力，被一下子拽离而改变了轨道，唐突地消失去往遥远的太空。佐知心想，早知不得不咀嚼这种滋味，还不如找别家装修公司呢。

但佐知不知道的是，梶其实是单身。可梶的外甥为什么说梶已经有太太了呢？他并非出于恶意。事实上，梶去到任何地方都广受夫人太太们的青睐，自己的女儿啦，亲戚的女儿啦，等等，不断有人主动向他提出相亲要求，有的太太硬要将自己推销给他。对于一家室内装修公司来说，这可不是什么好事。

于是，“梶内装有限公司”的社长，也就是梶的父亲想出一招，对外宣称梶已经结婚了。当然，梶本人对这事并不清楚，沉稳而颇有匠人气质的他，夫人太太们向其频送秋波，他也没什么感觉，偶尔意识到了也会机警地推诿过去，总之他只是一门心思把活儿干好。社长再三叮嘱：“假如碰到有那么点意思的女客户，千万要说他已经结婚了！”所以梶的外甥只是忠实地执行了外祖父的吩咐。

假如佐知不那么小心谨慎，而是大大方方地直入公堂就好了。比如，她可以直截了当地问梶本人，“你结婚或者有女朋友了吗？”“还能再见面吗？”能否开启一段恋爱，或者说恋爱能否成功，往往就取决于这些琐碎的细节，另外还有时机、现场的氛围或状况，以及什么人从中牵线搭桥，等等。相遇本身并不能造就“邂逅”，恰当的时机、氛围及当事人的心有灵犀才能造就“邂逅”。这也可以说是命运。

这一天，佐知被命运抛弃了，邂逅失败。

虽说失败，但这也不是头一次失败了。而且佐知并不知道自己最大的失败竟是因为——唉，原来梶已经有妻子啦，难怪啊——就这么轻而易举打了退堂鼓。

对梶的一丝爱意，在还没有成为恋爱萌芽的时候就被掐断了。因此，吃完咸咸的意大利面后，佐知便心境一转，不去多想了。失败了又失败，虽然每次情况不同，但有一点是相似的：钝感力。已经习惯了失恋且不知真相的佐知，以她特有的钝感力很快使自己的情绪得以恢复，轻松愉快地回到自己的房间。至于无辜受波及而不得不吃齁咸的意大利面的鹤代、雪乃和多惠美，只能说是倒霉了。

雪乃看到装点一新的房间，不禁被可爱又沉静的气氛打动，难得地激动起来，猫脚写字台和饰有褶边的衬衣被衬托得格外可爱，整个屋子变身为理想的空间，只要不去看天花板上因漏水而留下的渍迹，真的感觉太舒适了。

雪乃平素总是一副十分理性的样子。正因如此，自己的房间必须布置得既有格调又可爱，这一点对她来说非常重要。

因容貌毫无特征而时常被人认错，却因为工作能力出色而在公司被当成重宝，但对于“靠得住却不强求太多”的雪乃而言，她只想在社会上至少在工作当中被人需要，成为对别人有用的人而已，故而才用理性这件铠甲来提高自身的价值。然而一直身着铠甲却使得自己呼吸困难，所以当置身自己的私人天地时，她期待可以将自己由内而外洋溢着的“喜欢可爱事物的心情”尽情地解放出来。室内布置，包括墙纸，都可以起到营造解放氛围的作用。

她换上睡衣，走去佐知的房间收拾自己的被褥。佐知坐在桌子前，绣布摊开着，针却没有动。

“佐知！”像是捕捉伫停在花间的蝴蝶似的，雪乃轻轻地唤了一声。佐知这才注意到雪乃站在门口。“嗯，怎么了？”佐知搁下绣针，抬起头来。怎么了？我还想问你呢，雪乃想着，走到佐知身边停住。

“墙纸，谢谢啦！太可爱了！”

“喜欢吗？”

“嗯。还有刺绣也喜欢。”

雪乃的床边墙上，挂着那幅中世纪骑士的刺绣作品。雪乃看到后，方才一直在欣赏呢。微妙的色调和考究的绣法，将吐着火舌的龙，身穿锁子甲、手中挥着剑的骑士，以及金黄色的秀发在风中飘拂的公主表现得惟妙惟肖。矗立着高塔的沙丘，树枝梢头垂着红苹果，天空中飘动着奇形怪状的白云。就像曾经在绘本中看到过的，充满暖意、令人怀念的画面。想到佐知在这世上独自一人默默地创造出如此美妙的作品，雪乃禁不住心潮澎湃。

“哦，那个呀，”没承想和她的反应截然相反，佐知似乎不以为意，只是淡淡地笑了笑，“绣完自己都差不多忘记了，还是有人提醒的，说跟你房间的墙纸很搭调，所以就挂在你的房间了。”

雪乃的第六感敏锐地被触动了，她问道：“是谁说的？”

“嗯？哦，是装修师傅。”

“哦？”

佐知坐在椅子上，雪乃自上而下俯视着她，观察着她的神情。佐知一会儿将蓝色的针箍从中指上取下一会儿又戴上，一会儿拿起缝纫剪子一会儿又放下。

“是不是很酷？”

“嗯。哦不，我没怎么看他的脸，反正技术很不赖。”

“哦？”雪乃将本想叠起的被褥又摊在地板上，趴在上面，然后调整气息，做起了“眼镜蛇式”——两腿并拢伸直，腰背部往上挺起，仰头。

尽管没有作声，但佐知似乎感觉到了背后的视线。佐知紧张地回头一看，“啊！”地尖叫了一声。从佐知的角度看过去，被褥上的雪乃仿佛只有上半身。

“太吓人了，你赶快换个姿势吧！”

“你老老实实交代，发生了什么事？”

“什么事也没有发生啊。”

“好，那我就这么一直看着你刺绣。”

“好啦，我说还不行吗？求求你，别做那个姿势了！”

雪乃收起“眼镜蛇式”，坐在被褥上摆了个“莲花式”的体式。像僧人坐禅一样。佐知也离开桌旁，抱膝坐到雪乃的旁边。

佐知将有关梶的种种事情一五一十地告诉了雪乃：对刺绣很有兴趣，匠人气质，诚恳踏实，干活儿认真，休憩时热情地听自己介绍刺绣作品，愉快而短暂的瞬间，可惜梶已经结婚了，等等。

雪乃不由得目瞪口呆。“我在公司里上班的时候，你竟然悄悄地生出了爱情的萌芽，结果又被无情地掐断了？”

“算是吧。”

“这也太神速了吧？”

“这件‘一日失恋事件’的逸事，说不定还会流传后世呢。”说罢，佐知自己也有气无力地“哈哈哈”笑了起来。

雪乃一边做着腹式呼吸，一边思索着刚才的对话。“就算一天之内就被掐断了，但也算是品尝了一下爱情降临时那种心跳的感觉，不好吗？”

“是吗？还没来得及品尝，希望就破碎了，心跳也好，失落也罢，都只能算是模模糊糊的感觉吧。”

“为什么梶会打动你的心呢？我觉得，是他的那种匠人气质让你觉得‘嗯，真好’。”

“我不是说了吗，是能聊到一块儿啊。我就是觉得，这个人也许能够理解我对刺绣的痴情吧。”

“嗯？”雪乃仍保持着“莲花式”，身子向后仰去。

“‘嗯？’是什么意思啊？”佐知不满地斜眼瞟着雪乃。

“没什么意思啊，互相理解，是恋爱的必要前提吗？”

这回轮到佐知“嗯？”了。“当然是必要的啦！不然的话，雪乃你说，你和男人交往时最看重哪一点？”

“我没有特别看重的地方，因为我对男人本来就不抱什么期望，所以也不会和男人交往。”

佐知没有作声，她将手轻轻搭在雪乃的肩头。雪乃抓住佐知的手，将它从肩头移开了。

“不要用那种怜悯的眼神看着我好吗？”

“可是雪乃，那样人生不是太孤寂了吗？恋爱没什么坏处的呀。”

“你自己还没开始就失恋了，就不要来开导我了。”

“这倒也是。”

“严格来讲，这根本算不上失恋，应该叫‘罔恋’吧。”

“你不要再说我啦。”佐知的伤口开始发痛，她用手按住了胸口，“对了，你说对男人不抱期望？真的吗？”

“活了将近四十年，我终于弄明白的一件事情就是，男人和女人之间不可能有真正的理解。”雪乃郑重其事地说。

“是吗？”

“是的呀。比方说，男人们都觉得他们看得懂地图，可是照我看呀，没有方向感的男人多的是。人们往往忽视了一个事实，假如不是看地图，而是看文字说明的话，一小部分男人和大部分女人都能轻而易举地到达目的地，也就是说，地图并不是适合所有人的工具。同样地，人们也容易忽视这样一个事实，就是有的人喜欢用自己的方式去认识世界，因为他们缺少想象力。假如你碰上这样的人，即使想去理解他，终究也是徒劳啊。”

“是啊，”佐知若有所悟，“缺少想象力的人，不分男女，真的不少呢。”

这回雪乃将手搭在佐知的肩头，连连点头，好像在说：“嗯，你呀，还是太年轻、太单纯啊。”

“我以前也认为，不管怎么说，能够理解我的男人肯定还是有的，可是，没有！即使有，这样完美的男人也早已经结婚了！今天你也通过事实明白这个道理了吧？”

“是的。”

“恋爱其实并不是互相理解，而是一厢情愿的臆想。而所谓爱情，不过是臆想被击碎后，和难以理解的对方仍旧保持关系的那种惰性和最终解脱罢了。”

“既没有梦想，也没有希望。”佐知叹了口气道，“可是，雪乃，你已经放弃对男人的期望了，对吧？既然这样，即使不再有恋，情也还是可以培养的啊。我觉得没有了期望，惰性呀，放弃呀，反倒来得更加容易。”

“我从小学一直到高中，老师在家长联系手册上写的评语每次都是‘理智冷静，不过缺少点韧性’。”

“太让人绝望了。”佐知将空拳伸向雪乃嘴边，模仿记者采访的话筒，“这么说，雪乃小姐今后会将感情的事情撇到一边，全身心地投入工作，对吧？”

“是的。”雪乃俨然一位法师，仍旧保持着“莲花式”，一脸严肃地点头道，“不过，有时候也会忍不住想‘哇！’地呐喊几声。薪水老是涨不上去，万一再把身体弄垮我就彻底废了。虽说是家大型保险公司，但是倒闭或者被兼并掉这种事情谁都说不好呀。不是有个词叫‘孤独死’吗，我的人生难道就是这样了吗？辛苦一天下来，每天晚上做做瑜伽把自己的身体瞎折腾一通，就这样了结一生吗？”

“冷静冷静。我不是比你更惨？既没有假期，也没有退休金，而且我面临的照顾老人、眼睛老花、房子破败倒塌这些问题，一直到现在也没找出解决方案呢，眼看就要奄奄一息啦！”

“对了，墙纸，多少钱？”

“不用啦，真的。倒是因为家里漏水，把你的衣服给弄脏了，不好意思啊。”

雪乃猛地一阵激动，当然不是墙纸钱不用自己出的缘故：“佐知，也许我到老了，还想一直待在这里呢。”

“随便待到什么时候，大不了过不下去了，两个人一块儿死呗。”

佐知和雪乃同时伸出胳膊搂住对方，紧紧拥抱在一起。

“你这么想真是太好了！”

“朋友嘛……”

随即两人又赶忙分开，互相打趣道，“我们两个是傻瓜吧”，“就是傻瓜”。雪乃收起了“莲花式”，躺下来，将被褥扯过来盖在身上。

“虽说换了新的墙纸，不过我今晚还是睡这儿吧！”

“我也想睡了，反正刺绣也毫无进展。”佐知将屋里的灯熄了，从雪乃身上跨过上了床，口中说道，“就像集训或者修学旅行一样，跟人合住一个房间真的很开心呢。”

“嗯，不过漏水可就受不了啦。”

“下次叫多惠美也一道来啊，搞个女子会[①]！”

“刚才聊的算女子会吧？跟‘流着两行眼泪，在河滩上对着夕阳大声吼叫的柔道部成员们’那种感觉有点像呢。”

雪乃说罢，躺在床上的佐知笑出了声：“这种傻里傻气的话，也只有女人聚在一起才可能说，所以呀，就更不需要男人啦。”

“没错。”雪乃附和道。

两人沉默了片刻，仰面望着天花板。春宵中的牧田家，沉入了一片寂静。

以为佐知已经入睡，不想她压低了声音又说道：“不过，我还是希望人能够互相理解，不只限于男女之间。”

你是相信只有这样才能诞生梦想和希望，是吗？雪乃脑海中浮现出佐知的刺绣作品，在心里喃喃道。我也想这样，要是能这样的话该

① 指只有女性参加的小型亲密聚会。

多好啊。和我们有着同样祈愿的人，不论男女，一定还有很多吧。但是人与人的相互理解就像闪电，只有那么一刹那，而大多数时间是昏沉沉的黑夜，人们在黑暗中伸手摸索，梦想着触到另一个人的手。

也许正因为黑夜漫漫，才会坚持不懈地祈求光明、祈求理解、祈求爱吧。倘若真的这样，那么人这种生物，其实有着孤寂而可爱的灵魂呢。

要不把你的想法直接告诉梶？说不定他和妻子早已经分居，正准备离婚呢。就算夫妻两人感情和睦，你说出来也会让自己心情变得轻松，说不定再迎来一次心动呢。

雪乃想给佐知一个建议，可是终于不敌袭上头来的睡魔。然而她没来得及说出口的建议，出乎意料地一语中的，只是雪乃当时并没有意识到。

佐知的房间里回荡着两个人的鼻息声。

孤 gū 独 dú 东 dōng 京 jīng

到了五月，鹤代卖力地侍弄起家里的菜园来，往年都是买来蔬菜幼苗栽在地里，今年她自信满满地打算从种子开始培育。

自然，佐知也被鹤代更多地支使着给她打下手。先是在菜园里翻土、取土，拌上肥料和石灰等，再将土装进一只只黑色的材质很薄的花钵，每只花钵里撒入几粒西红柿或黄瓜的种子，等到种子发芽出土并长得稍微壮实一点，再移栽到菜园中。

太会折腾啦。佐知累得不行。鹤代并不是很有耐性的人，到时候花钵里肯定会长满野草。大概意识到了这种风险，鹤代同时还买来了毛豆、青圆椒、茄子等的幼苗，并将这些幼苗直接种在菜园里，地里已经埋有马铃薯的种薯，所以地里的蔬菜达到了相当大的密度。不考虑植物的生长，每次总是栽种得满满登登的，这也是鹤代的一大恶习。

头戴麦秸编的草帽，脖颈上围条毛巾，佐知一连几日都和鹤代一起在地里忙乎，每天劳作数小时。山田则在菜园四周等间距地插上竹竿，围成一圈篱笆。善福寺川附近一带林木繁多，虽说是住宅区，但偶尔也会有狐狸出没。

这边厢，多惠美主张把在“从不打开的屋子”里发现的河童木乃伊拿到客厅里做装饰。

“仔细看看还是很可爱的，不好吗？”

“不行！面相那么凶恶的东西。”鹤代皱紧眉头阻止道。佐知也认为刺绣课的学生要进进出出的，客厅里放一具河童木乃伊简直令人无法接受，传出去肯定会被附近邻居说三道四的。再说，被那对玻璃弹珠一样的眼珠子盯视着，总感觉绣针不是扎向绣布，而是要往手指上扎了。

然而多惠美不死心，她愣是从开着门没锁的“从不打开的屋子”里将木乃伊搬了出来，并且还把一只大号的陈设偶人的玻璃柜子拖出来，将偶人清空，把木乃伊放了进去。

从此，河童木乃伊便坐镇于牧田家的客厅中。河童在玻璃柜子中抱膝而坐，背后的柜子内壁涂着金色，看上去它就像蜷坐在贴金屏风跟前一样。

“只要那东西闯入视野的一角，就觉得饭也吃不下去了！”佐知坐在餐厅里一边扒拉着米饭，一边小声抗议着。她不敢大声说，害怕遭到河童的诅咒。

“哦，是吗？”多惠美朝与餐厅相连的客厅瞥了一眼，她搛起一块姜汁炒肉片豪爽地塞进口中，然后不停地嚼着，“难道就没有种守护神的感觉，让你自然而然地安下心来吗？你就当它是端午节的偶人好啦！”

守护神？端午节偶人[①]？就凭端午节已经过去？凭它没有披铠甲也没有戴头盔的装扮？凭它阵亡了四百余年的这副模样？家里连个古装玩偶都没有摆放，为什么却要摆放一具河童木乃伊作为端午节偶人呢？家里除了四个女人没有其他人，干吗摆这么个玩意儿装神弄鬼的呀。即使是别人家，不管是谁家，摆放这个玩意儿都太奇怪了。

虽然想出来一连串讥斥的话，但是马上将河童木乃伊再送回“从不打开的屋子”又怕遭到咒罚，佐知只好忍下了。雪乃也一反常态，对多惠美的粗暴举动并没有强烈反对，因为她自觉擅自发现了河童木乃伊，对此负有一定的责任，不便发表意见，出于自我反省，她采取了克制的态度。至于鹤代，虽说一开始紧皱眉头，但她脑子里装满了菜园子的事，对玻璃柜子的存在没有什么感觉。

刺绣课开课的时候，用一块紫色的布盖住玻璃柜子，免得有人好奇心发作。尽管如此，佐知还是心神不宁的，打定主意开课时坚决不上厕所，所以不敢多喝红茶。

幸好，没有人因好奇而揭开盖布，刺绣课的学生们大多很有礼貌，举止矜谨，仅仅热衷于刺绣和聊天。唯一一个不那么谨言慎行、

---

① 在端午节的时候，日本家庭会在屋内摆放一些偶人，其被称为“五月人形”，样式多为穿铠甲的勇士或持刀剑的武士，以此来表达日本古代的“尚武”文化。

有可能率先揭开盖布展示内中珍物的便是多惠美。佐知事先也给她打了预防针，警告她道："假如你揭开盖布让大家看到河童木乃伊的话，我一定把你逐出门！"

"逐出门，是逐出师门，不能当你的刺绣学生了？"

"不仅仅是这样，你必须离开牧田家！"

"啊？！可是川太郎[①]蛮可爱的呀！"多惠美咕哝着说道。

大概是意识到一旦失去栖身之巢，那可绝不是闹着玩的，多惠美到底没敢去动那块盖在玻璃柜子上的布，老老实实地将心思都放在刺绣上。

刺绣课结束后，通常由多惠美将盖在柜子上的布揭去，这种时候，佐知总是下意识地将视线从吓人的木乃伊上移开，而多惠美则会上前触摸河童木乃伊几下，有时还会对着河童木乃伊说上几句话，"你好，川太郎！""川太郎，今天怎么样？"甚至将盛着几段酱渍黄瓜的餐碟放到玻璃柜前面。

习惯化真是件极其可怕的事。牧田家的客厅里摆放着河童木乃伊这一事实竟然渐渐地被习惯了，适应了。多惠美每天早上向它供上一碟黄瓜，就好像对待佛坛或神龛似的；雪乃在给壁橱里放置干燥剂的时候，顺带着担心起了河童的居住环境："马上就要到黄梅天了，玻璃柜里不用也放点干燥剂吗？"就连佐知，刺绣课开课前用布将它盖上的

① 川太郎：日本人对河童的拟人化称呼。

时候也不忘记先和它打声招呼："不好意思川太郎，你就忍一会儿吧！"

只有鹤代，始终无视河童的存在，仿佛它就像空气一样。可是，进入梅雨季后的一天下午，佐知结束刺绣走下楼的时候，发现河童的脖子上围了条红色的头巾。她望着河童光秃秃的圆脑袋和肋骨凸出的胴体，竭力说服着自己：说它像假面骑士[①]也有那么点像呢……

因为时值平日，家里只有佐知和鹤代两个人，河童又不会自己走动，是谁给河童围上头巾的自然不言而喻。

"哎哟，川太郎也时髦起来了呢。"佐知打趣着说道。鹤代装作一副木知木觉的样子，用杂鱼干熬煮着做酱汤用的汤汁。

从这个瞬间开始，再也没有人提出将河童木乃伊搬回"从不打开的屋子"了。河童抱膝坐在玻璃柜子里，注视着生活在牧田家的四个女人展颜欢笑、胡吹海聊、纵情吃喝，或者为了些许小事争执个不停。嗯，准确地说，是四个女人感觉自己"被注视着"，实际上，不过是河童那对像是玻璃制的眼珠子在呆兮兮地闪动着光而已，四个人已不再感觉毛骨悚然了。

梅雨季节佐知与鹤代也没有停下对菜园的照料。好不容易发芽了，为了不让地里的杂草妨害菜苗生长，必须将杂草统统拔除。还有，从

① 假面骑士（仮面ライダー）：由石森章太郎原作、日本每日放送和东映株式会社联合制作的特摄科幻系列电视剧《假面骑士》中的主人公名字。

播种子开始培育出来的番茄、黄瓜的幼苗必须移栽到菜园的地里。在淅淅沥沥下着雨的日子，两人也披着雨衣、戴着手套，冒雨依旧在地里忙乎。

刺绣、家务，外加地里的体力劳动，佐知感觉有些累得不行了。于是，她给雪乃和多惠美发短信，说自己实在没气力做晚饭了，假如她们能早点下班的话，请她们在回家的路上买些熟菜。

“知道了。估计七点半能到家。”两人很快回复道。

短信是回了，人却不见影子。佐知心想，怎么回事呀？只得先煮上饭，再做了锅加了茄子丝的酱汤，还是没看到熟菜。鹤代睡了一觉（不知道算是午觉还是下午觉）起来了。

“怎么回事呀，该吃饭了，你的菜呢？”

“我让雪乃和多惠美买些熟菜带回来，可是她们到现在还没回来。”

“是吗？不对劲啊。”

感觉肚子实在饿了，佐知只好将酱汤热一热，鹤代用煮好的米饭裹点盐捏了几个小饭团，一边先吃着一边等。供奉给川太郎的酱渍黄瓜也从玻璃柜子前被撤下来，当作了小菜。

窗外传来雨水滴入泥土的声音。地脚窗关着，还是能感觉到室内有一股湿气。

“也不打电话说一声，怎么回事啊？你打个电话问问吧？”

“已经打过了，两个人的电话都没人接。不会碰上交通事故了吧？要么就是被那个跟踪多惠美的男人纠缠上了？”

“不可能！交通事故的话警察早就跟家里联络了，再说，那个跟踪的人最近一段时间不是一直没动静嘛。”此时，鹤代显示出了镇定，她宽慰着佐知。可是，跟踪者不是总在我们将要把他忘记的时候出现吗？佐知心神不宁，只吃了一个饭团便感觉饱了，鹤代则一口气吃了三个。

磨蹭来磨蹭去的，将近九点了。就是突然有事要加班的话，两人总会给家里来电话说一声的，更何况今天还肩负着采买熟菜带回家的重任呢。看来两个人一定是碰到了什么极不寻常的事态。

“唉，我还是给警察署打个电话吧！”

佐知刚想开口说，门口忽然传来“我回来了！”的声音。

佐知和鹤代疾步奔向玄关，只见雪乃和多惠美正将湿漉漉的雨伞插进雨伞收纳桶里。看起来外面雨下得很大，两人的鞋子和丝袜上都溅了不少泥点。

“不好意思，回来晚了！”雪乃说着，将装有熟菜的袋子递上来。凉拌蔬菜附带的冰镇袋已经融化得软囊囊的了，也说明购买后经过了不短的时间。

“出什么事了？”佐知问道。

“跟宗一摊牌了！”

“啊？！”佐知吃了一惊。

鹤代制止住佐知，对两人命令道：“详细经过等会儿再说，你们两个先去换衣服。我都快饿得站不住了！”

吃了那么多饭团还饿得站不住了？佐知心里嘀咕道，当然没有说出口。

两人脱掉湿衣服，换上家居服后，坐上餐桌。佐知将酱汤热了热，又将买回来的熟菜装好盆，一同端上桌子。雪乃和多惠美吃着“晚”饭，鹤代也坐在一旁将筷子举起伸向盆里的熟菜。

“一走出公司大楼，就看见宗一站在马路对面的树荫下！”多惠美一边说，一边搛起一块油炸土豆饼，使劲蘸了蘸调料。

雪乃将一条酱汁青花鱼搛到米饭上，补充道：“我和多惠美一道离开公司的，然后绕到小田急的食品柜台去买熟菜，没想到那个吃软饭的家伙居然一直跟到了那儿！”

“买完熟菜，看见宗一在隔壁柜台鬼鬼祟祟地朝我们张望。说真的，我鸡皮疙瘩都起来了！”

从位于西新宿的保险公司到新宿站内的小田急百货店食品柜台的道路，是一条地下通道，距离不算短，而且人来人往。尽管如此，宗一仍一路不舍地紧紧尾随，可见是个相当执着的人。

“之前他从来没有这样接近过呢。”

佐知忍不住插嘴问：“之前有好长一阵子没出现了，怎么会突然又跟踪起你来了呢？”

“很奇怪，是吧？”

“是啊。”

“所以呀，我们逮住宗一问他了。”

“啊？！”

“我和多惠美配合，悄悄绕过去，两面夹击把他堵住了。”

“我们从两边同时喝道：‘你想做什么？’把宗一吓了一大跳！”

你们把我吓了一大跳！佐知心里想。同跟踪狂正面相向，不觉得危险吗？万一对方恼羞成怒拔出刀来怎么办哪？

可是雪乃和多惠美完全不理会佐知的担心，一个劲儿地笑着道：“没事没事！”鹤代只是默默听着两人的叙述，神色泰然地喝着茶。佐知不禁为自己的惊慌失措感到好笑。

据雪乃和多惠美说，她们两人一左一右抓住本条宗一的胳膊，将他拽到了小田急百货店附近的一家茶餐厅。本条没有反抗，顺从地跟随她们来到茶餐厅，不过，两个白领女性和一个看着像社会青年的男子拉扯着走在路上的情景引来了不少人注目。正值下班高峰时段，来往的行人向他们投来了“什么事？”的好奇眼神。雪乃和多惠美不在乎，因为有个强烈的念头在驱使着她们：“绝不能再让他这么跟踪，害得我们老打出租车，损失了多少钱哪！”

三人走进茶餐厅后，点了三杯冰咖啡。本条竟厚着脸皮还想要一份比冰咖啡贵三百日元的冰冻草莓奶昔，被雪乃毫不客气地拒绝了。

“当时，前辈就跟冰冻的一样冷酷无情啊。”多惠美在一旁证明。

本条稍许有点神经质，但老老实实坐在那里时，无论是从好的方面讲还是从坏的方面来讲，看上去还像是个规矩本分的人。要说他对多惠美实施暴力，或者执拗地跟踪尾随什么的，恐怕没人会相信。遗憾的是，他确实不止一次在多惠美下班时蹲守并跟踪过她，并且似乎是想起来就来，毫无规律可言，以至雪乃愤愤地想责骂他两句，既然要做，干脆拿出点恒心每天都来蹲守啊！

雪乃像是个标本制作师在打量眼前的困兽似的，用冷冷的目光盯视着本条，本条被她看得极不自在。他将吸管插在杯子里，无聊地用手将空空的吸管包装袋捏来捏去地搓弄着。过了好一会儿，他将细长的空纸袋折成一个戒指般大小的圆环，朝坐在雪乃旁边的多惠美递过去："我们结婚吧！"

"啊？！"多惠美的声音里包含着惊讶和厌恶，更多的却是喜悦和陶醉。

"胡闹！"雪乃一把将纸戒指夺了过去，然后对着多惠美和本条喝了一声，"这个垃圾，我给你扔了！"

说罢，雪乃将纸戒指揉烂，丢进烟灰缸。由于动作过猛，纸戒指又跳起来，掉在了桌子上。雪乃站起身，从收银机旁边拿起火柴盒，擦着火，抓起纸戒指用火点着，然后慢慢丢进烟灰缸。

陶制的烟灰缸中，化身为纸戒指的吸管包装袋挣扎着，蜷曲着，转瞬间变成了一堆黑黑的灰烬。

牧田家的餐桌旁，佐知入神地听着雪乃的讲述。雪乃的愤怒显示出，她发起火来是很可怕的，佐知不由得以惶恐的眼神望着雪乃。一旁多惠美的表情十分怪异，她证实道："前辈真的就跟冰冻的一样冷酷无情啊！"雪乃此时却平静地扒拉着酱汁青花鱼拌饭。

不用说，在现场目睹雪乃激愤模样的多惠美，当时的惶恐绝非此时的佐知可比。她浑身一颤，在椅子上坐正，开始对自己刚才情不自禁溢出的喜悦和陶醉进行反省。每当走到穷途末路，本条就会使出“结婚吧！”这一招来诱骗多惠美，为的是从她那里拿到钱，这已经是他的惯用伎俩了。两人虽已分手，但毕竟从学生时代起就开始交往，彼此了解，多少还是有感情的，所以多惠美总是不接受教训，一次又一次地上当受骗。

将吸管的包装纸袋搓成个戒指来求婚，确实也太不像话了。多惠美告诉自己。她看着烟灰缸里被烧成灰烬的“戒指”残骸，心里咕哝道：“拿这种垃圾来糊弄人，这就是一堆纸屑！”看着看着，内心的台词慢慢变成了：宗一就是堆烂纸屑！每次都上当受骗被他利用的我也是堆烂纸屑！想到这里，多惠美不由得心生悲哀。自我暗示似乎有点起效过头了。

本条这时候愣愣怔怔地看着化成灰烬的纸戒指。

多惠美，接下来看你的了，雪乃暗暗着急地想着。与此同时，多惠美却在想：不知道宗一是不是肚子饿了？果然是不可救药了。

“你的所作所为，就是跟踪尾随，知道吗？！”雪乃抱着胳膊，极有威慑力地说道，“我们都做了记录，下次你要是再敢跟踪，我们就报警！”

本条脸上露出困惑的神情，抬眼瞟着雪乃问道：“呃，您是多惠美的姐姐？”

“我是她同事！”雪乃心中的愤怒，已经充分地从声音中透现了出来。

“我和多惠美一同从公司走出来，你应该偷偷看到过好几次了吧？！”本来毫无特征的容貌就引出过不少烦心事，此刻居然还被这个纠缠女人的吃软饭的混账家伙这么问上一句，心中的愤怒可想而知。

“啊，是吗……”本条低着头不吭声了。

看到雪乃仿佛火车头似的，炽火从头部喷涌而出，多惠美赶忙在一旁安抚：“好啦好啦。”

“宗一，你是不是没钱了？”

“嗯。”

多惠美差一点就从包里抽出钱包，但她强忍住了。假如对方回答说“我就是来看你一眼”，她该多高兴啊，就算知道他是哄骗自己，就算一旁的雪乃像个狂暴的火车头似的，多惠美也会把钱给他的。

然而，本条每次来找她的目的都只有一个：钱。难道在本条眼里，多惠美的脸看上去就像福泽谕吉？或许他心里在想：哪怕野口英世也好啊。没有爱情，只知道同福泽谕吉、野口英世或樋口一叶[①]做

① 这里提到的几个人名均为印刷在日本纸币上的人文人物，故以此来代称纸币。福泽谕吉（1835—1901）是日本著名的启蒙思想家、教育家，庆应义塾大学的创立者，自1984年起，其头像被印在一万日元纸币上；野口英世（1876—1928）是日本生物学家、细菌学家，后来在研究黄热病时不幸受感染而死，自2004年起，其头像被印在一千日元纸币上；樋口一叶（1872—1896）是日本杰出的女作家、日本近代批判现实主义文学的先驱，代表作品有《大年夜》《青梅竹马》《十三夜》《浊流》等，自2004年起，其头像被印在五千日元纸币上，她也是日本纸币史上第一位出现在正面的女性肖像人物。

爱的贱男人！太无耻了！太烂了！其实多惠美早就知道了，但知道和承认不是一码事。因为不想咀嚼承认带来的苦涩滋味，多惠美只能将希望寄托于时间，等待时间将她所知道的这一切统统冲刷干净。

然而，这等待终于迎来了极限。假如继续一个人生活她还是可以照样等待下去，但现在不行了，这样的等待无疑可能给共同生活在牧田家里的鹤代、佐知和雪乃带来危害。事实上，迄今为止已经给雪乃造成了极大困扰。

对多惠美而言，在这之前，同住的其他三个人与自己关系十分疏淡，她们既非亲人也不是恋人，甚至谈不上是密友，只是工作上的前辈、刺绣老师以及老师的母亲。说穿了，顶多就是世人口中的“熟人”而已。

雪乃向她提起四人同住的建议时，多惠美没有多想便同意了。一方面，对本条的执拗跟踪她觉得有些棘手；另一方面，独自工作、生活到底让她有点沉不住气了，毕竟负担了本条的生活费之后，她自己的储蓄已经所剩无几。因此在多惠美眼里，牧田家是个理想的避难之所。反正本来就关系疏淡，万一有什么不愉快的，找个合适的理由再搬出去另租公寓单住就是。

然而，共同生活了一年半下来，牧田家似乎不再仅仅是个居住的场所了：你可以无所顾忌地对人喊“我回来啦”“再给我来一碗”，也有人会对着你唠里唠叨的，让你心烦，也有人会和你无法理解无法沟通……因为有了这一切，这个空间不就是所谓的“家”吗？

佐知、鹤代还有雪乃虽然不是多惠美的亲人、恋人以及密友，但似乎已然成为自己家人一般的存在。一年多来，基本上每天都吃着相同的食物，呼吸着相同的空气入睡，身体的构成分子按理也是在逐渐趋同。多惠美感觉，四个人仿佛是在一片未开垦的边远荒僻之地按照某种特殊性习共同生活的部民①。

既然是家人一般的存在，既然是共同生活的部民，眼看危险迫近岂能坐视不理？埋葬这份早已褪了色的爱情，彻底赶走这个只对纸币怀有情欲的变态男人，难道不是女性应有的觉悟吗？

多惠美下定决心，对本条说道："你这样做确实对我们造成了困扰。"

多惠美的话音比她自己想象的还要低弱。看来，在她内心某个角落，仍然残留着不愿承认眼前这种苦涩现实的潜意识。

本条在窥破对方的虚隙方面，堪称有着天生的奇才，能够极其敏感地抓住问题的关键点，而这几乎已成了其潜意识的一部分。此刻的他，从多惠美低弱的声音中立即嗅到了机会，他抓住坐在对面的多惠美的手，一个劲儿地表白："我会出去工作的！我一定彻底洗心革面，再也不给你添麻烦了！所以，我想重新开始！"

---

① 日本大化改新前的社会阶层。大部分是被征服的氏族部落成员或外来移民。他们被编为不同的"部"，从事不同的专门职业，如耕地、织锦、制革、制陶等。地位近似奴隶，无人身自由。有的直属皇室，有的由豪族贵族支配，可以转让。公元7世纪大化改新后，部民制被废除，部民也转为国家公民。

动情的声音，加上眼睛里闪动着的诚恳的目光，令多惠美心头涌起一阵激动和喜悦，她差一点站起来说：“这样太好啦，宗一！”但是被身旁的雪乃用胳膊肘顶着侧腰，总算保持住了冷静。

不行！这样不行！表面看上去好像彻底悔悟了，但这就是本条宗一的惯用伎俩。这样想着，再细加观察，发现本条的语气和盯视着多惠美的眼睛，无不透着一种“为了女人我正在表演脱胎换骨的拿手好戏”的自得，而本条自身似乎也陶醉在自己的表演之中。

千万不能上当！眼前这个男人没有一句话是真的，为了达到寄生在我身上的目的，甚至连他自己也可以欺骗，当他说“洗心革面”的一瞬间，仿佛真的打算洗心革面了，仿佛马上就要付诸行动了，但每次结果还不都是一样的。我太轻信他了，而他对自己的认识似乎也太乐观了，什么时候他才能认清自己的丑恶本性呢？

本条的乐观和软弱曾经是多惠美所喜欢的。男人的这一部分往往会令女性感觉到一种魅力，当然多惠美的理性也告诉她，仅凭着这一点，幸福是不会造访的。与此同时，她很清楚，假如自己和本条重归于好，坐在身旁的雪乃一定会气得发疯的。

多惠美竭力克制着自己不哭出来，她对本条说道：“咖啡钱我付，请你以后不要再来纠缠我！再见！”

说罢，她拿起小票起身走向收银台。

所谓的“断肠之痛”，大概就是此情此景吧。事实上，由于痛下决心彻底分手后的兴奋、失落、悲伤以及空虚等情绪交织在一起，多惠美真的感觉肚子有点隐隐作痛。

雪乃回头望着多惠美的背影，她的步履看上去是毅然决然的。本条大概是小看了多惠美，他绝对没有想到多惠美会向他发出最后通牒。此时的他，垂头丧气地发着呆，也没顾得上起身去追多惠美，仍径自坐在座位上。雪乃转过身来，看着虚脱似的本条，机智地说道：“刚才话说得有点重，请你不要太在意啊。”

听到雪乃温和的声音，本条本能地抬起头来，眼睛里充满了期待。

雪乃微笑着说道：“我觉得你刚才讲得非常诚恳，等多惠美心情稍好一点了，我想她也可能会回心转意的。等到合适的时机再相见，说不定两个人还可以重新开始呢，你说是不是？”

“是吗？”

“可不是嘛，等到时机成熟，我一定通知你！”雪乃从包里拿出笔，又拿起桌上的纸巾，一同递到本条面前，本条爽快地写下了自己的住址、手机号码和邮箱地址。

“这是我朋友的家，假如联络的话请尽量打我手机或者发短信给我。”

“明白了，谢谢！”说罢，雪乃起身，和付完账的多惠美一同走出了茶餐厅。

在回家的电车上，雪乃对多惠美说道：“这家伙，简直是笨蛋嘛！我已经知道他现在住的地方了，我们把之前的记录一块儿拿去警署报案吧。”

正不无悲伤地回味着分手那一幕场景的多惠美，不由得“啊？！”的一声惊叫出来，周围乘客一齐向她投来异样的目光，她赶忙伸手捂住嘴巴。

“你是怎么把这信息弄到手的？”

“我就是温柔地安慰了他几句呀。”

“你真厉害，前辈！”多惠美情不自禁提高了声音，随即又用手捂住嘴巴，轻声说道，“不用报案了吧……反正跟他讲清楚了，彻底分手，我想宗一已经很清楚了呀。”

“可是事实早就证明了这家伙的领悟能力之差，对这样的人，必须好好地收拾他一下！”

“那样宗一就太可怜了……”

“你怎么还不吸取教训啊，事到如今，不要再感情用事啦！”

雪乃和多惠美两人在阿佐谷站的前一站高圆寺站下了车，然后反复确认没有被跟踪，才叫了辆出租车返回牧田家。

“都是宗一，又让我们白白破费了一笔出租车钱。”多惠美用这句话结束了她的叙说。

“明天上班之前先去趟警署报案，以后那家伙应该再也不会出现了！”雪乃打着包票道，“看他那样子就是胆小鬼，对付那种人只要我们强硬他就退缩了。”

是吗？佐知还是有点不放心，鹤代则喜眉笑眼地点着头道：“没错，这下子可以安心啦！”

佐知心中暗想：您哪儿来的那份确信啊？一想到父亲等家族内众多性格懦弱的男性在鹤代面前都落了个狼狈不堪的下场，佐知知道自己担心也是多余的，于是便打消了反驳的念头。

“多惠美和雪乃都累了吧，今天都早点洗澡早点休息！”

在鹤代的催促下，雪乃和多惠美齐声应道：“知道啦！”随后收拾桌子、清洗餐具，声音和动作都显露出少有的朗然和从容。望着她们两人，佐知竭力说服自己：不管怎么样，两人平安无事就好啦！难得雪乃和多惠美与本条当面对决，自己却没在现场，所以她心里同时还有那么一点遗憾。

黄梅天仍然持续不止。

气温在一点点升高，鹤代的家庭菜园工程也进入了高潮。用鹤代的话来说，种蔬菜最紧要的是开头，日后的收获跟开头比起来简直就是小儿科。

佐知被指派拔除地里的杂草，可是杂草的生长速度实在是太惊人了，每年都要辛辛苦苦地拔草，结果总是徒劳一场。看着差不多都拔干净了，可第二天再看，院子里水分、养分充足的地方又钻出来一片绿葱葱的杂草。而颇费气力种下去的菜苗怎么样了呢？它们就像乌龟爬行一样，生长速度慢得急死人，看来“杂草般顽强的生命力”绝不仅仅是比喻。

是不是施肥施早了？佐知心里暗暗抱着疑问，感觉施下去的养分全被杂草吸收掉了，等菜苗稍微长到一定程度，根系长实了，再有针对性地施肥或许效果会更好。

但鹤代的做法是，当哪个是杂草哪个是菜苗还完全分辨不清的时候，便一处不落地在整个菜园里遍撒肥料。大概出于她是在战后物资匮乏的年代长大的缘故，她固执地相信：小孩子就得给他十二分的食物才能成长。看着茁壮成长的杂草，佐知联想起自己幼儿时代的照片：四肢丰腴，脸蛋圆圆的，胳膊和脖子仿佛套着汽车轮胎似的叠成了一圈一圈的。这绝对是鹤代过度喂食牛奶造成的。

根据鹤代的营养过剩方针，山田也冒着雨连日忙于菜园的活计，又是搬送肥料袋，又是重新埋设被风刮得歪斜了的围栏，多是些体力活儿，结果累得感冒躺倒在床上。

“他毕竟上年纪了呀！”鹤代对自己的年龄置之不顾，却感慨起别人来。说起来，正是鹤代对家庭菜园的特殊追求，才害得山田感冒的，此刻她倒像是与己无关似的。佐知心里嘀咕着，跑去门房看望山田。

佐知小时候不止一次踏进门房，有时是按照鹤代的吩咐将别人送的玉米分赠给山田，有时是想邀请山田陪她在院子里玩耍，不过，都仅仅是站在门房靠门口的地方。随着渐渐长大，便不怎么接近门房了，有一阵子，她被一个念头纠缠得烦恼不已：假设山田是自己的亲生父亲，她该怎么办？

这个疑问在后来数年中遭到佐知内心的强烈否定：“不是的不是

的！”她对山田的态度也遽然一转，成天像个门丁似的睁大眼睛盯视着自己一举一动的山田的存在，令佐知心情怫郁。又不是亲戚，为什么会住在自家院子里？她开始疏远山田，对山田的态度也变得冷淡。渐渐地，孩提时代的那种交往便一去不复返了。佐知曾经也想过，自己对山田那么冷淡是不应该的，但时至今日一直也没有找到修复关系的合适机会。而山田呢，虽然遭到佐知的冷眼相向，却完全不当回事，照样很自觉地担负起保护牧田家女人们的重任，还时不时地主动跑到院子里巡视一番，或者闯到正屋来，查看下有没有什么异样。

换句话说，即使佐知不跑去门房，山田仍然无时不在。也因为这样，佐知一直以来对门房内的情形并不十分了解。

看上去很健壮的山田，也终于敌不过年岁而感冒病倒了，这个消息还是山田自己告知的。他从门房给鹤代打电话说：“不好意思，我身体不大舒服，今天没办法帮你们干菜园里的活儿了。真丢人哪。”声音极度虚弱，好像马上就要不行了似的。

“哎哟，那你注意休息啊！”鹤代似乎并没有觉得是因为自己使得山田过度劳累才这样的，仍语气轻飘飘地说道。过了两天，山田仍没有出现在菜园，鹤代也仍然满不在乎。佐知已经开始担心起来，她端着自己做的酱汁金眼鲷，去门房看望山田。

按理应该是妈妈过去看望的呀，佐知在心里嘀咕道。可是想到能顺便看一看门房里面究竟是什么光景，受好奇心驱使，她还是去了。她没有撑伞，一只手端着盛有金眼鲷的塑料便当盒，另一只手遮在头上，冒雨穿过院子。

她站在门房前，用拳头轻轻敲了敲玄关的格栅门。没有应答。不会发高烧烧死了吧？佐知不安起来，她伸手去拉格栅门。老朽的门就像老人的关节一样“嘎吱嘎吱”响着被打开了。

大白天的，玄关之内却略显得昏暗，从里面散发出一股像是人丹和甘草混合在一起的气味。这就是山田家里的气味？佐知翕动鼻子嗅了嗅，没有令人恶心的气味，没有腐臭的气味。至少，山田应该没有死。

玄关口只有一方极为朴素的水泥地，地面积了些许尘土。水泥地面的边角整齐地排列着黑色的高筒雨靴、黑色的拖鞋、外出时穿的已经软塌塌了的黑皮鞋。抹着砂浆的空壁一隅有一处凹陷，里面镶嵌着一个装饰架，上面搁着一枚便章和一只盛冈铁壶[①]风格的细长小花瓶，花瓶里插着一株顶端开有小花的野荠菜，大概是从院子里摘的，由于山田连日卧床不起，野荠菜已经发蔫了。不过从中可以得知，山田平素有着在玄关处插野花装点屋子的习惯。果然就是山田，不苟言笑，又有一点点俗气。

“打扰啦！”佐知喊了一声，还是无人应答，于是便脱了鞋子走进狭长的走廊。对着玄关的正面有一扇门，佐知心想，是卧室吧？推门一看却是厕所。玄关与厕所相对，这是什么布局啊？佐知不禁摇摇

① 盛冈铁壶：日本岩手县盛冈市一带出产的一种运用传统铸造法手工打造的生铁壶，其特征是朴拙而生活化。

头，又顺着左拐的走廊继续往里走。

走廊的右面，和厕所相邻的分别是厨房、盥洗室、浴室，一字排开；走廊的左面，朝着院子这边好像有两间屋子。佐知首先拉开了挨着玄关的这间屋子的隔扇门。似乎是间茶室，有六叠大小，中央放置着一张矮炕桌，除此之外，屋子里只有一台尺寸很小的电视机。这么冷清啊，这就是独身老人山田过的日子？想到今后自己的处境，佐知不由得涌起一股悲哀，身子微微发颤。仔细看了看，炕桌上还散落着几张租来的 DVD 碟片，都是高仓健主演的片子。山田一心想成为高仓健那样的豪侠的愿望至今还未消失啊——佐知越发感到悲伤，她轻轻地关上了隔扇门。

佐知做了个深呼吸，让自己的心情平静下来，然后拉开茶室隔壁屋子的门。这也是间六叠大的日式房间，地上是一床又薄又硬的被褥。山田仰面睡在榻榻米上，被褥一直捂到他的下巴颏儿，一副笔直的睡姿，仿佛直立不动横倒在地上似的，随着他的呼吸，被褥的中间部分也连动着上下起伏。嗯，不管怎么样，他还活着。佐知站在屋门口，用拘谨的目光扫视了一下屋内。

屋子里东西少得可怜。墙上的横木上钉着些钉子，上面挂着几件作业服还有白衬衣、黑裤子；涂着砂浆的墙壁上贴着张高仓健的海报，是拍香烟广告那时候的，由于长年的光照，海报已经褪色，而且砂浆墙壁海报粘不住，所以四角上还用几颗图钉外加几条透明胶带纸来加以固定。这情景看了让人情不自禁落泪。佐知想，买个大一点的画框不就行了吗？

佐知想看看山田的情形如何，于是走进屋子。刚踏进屋子，就不小心踢到了放在地上的那部奶白色按键电话，听筒从机身上滚落开去，佐知慌忙将它放回机身上。

听到声音山田醒了，他转动着枕上的脑袋，望着佐知。

“小姐！”他用虚弱的声音唤了一声，随后又不说话了，只是眨动眼睛。佐知觉得孤寂的山田很可怜，便在枕旁跪坐下来。

“感觉怎么样啊，山田先生？”

山田似乎方才意识到眼前此景不是在做梦。

“你特意来看我？真是难为你啦。”山田像条虫似的蠕动着坐了起来，“热度已经基本都退啦。”

掀开的被褥中散发出一股热气和汗液混合的淡淡的酸味。

佐知将盛着金眼鲷的便当盒放在榻榻米上。

“这个，你就着饭吃吧。米饭还有吗？药吃过了吗？”

“饭我昨天晚上煮好了，现在热着呢，药也买了。”

佐知问他有什么事需要自己帮忙，山田怎么也不答话。他坐在被褥上，像往常一样挺直腰板，一个劲儿地说道：“哎呀，真难为情啊。”

佐知心想，待的时间长了，山田反而越发不自在，越发强迫自己挺直腰板吧，对他的身体反而不利，于是也不再坚持，站起身来说道：“那好，有什么事的话你来个电话，好好休息吧！”

山田松了口气，说：“多谢啦！那就不好意思，我先躺下了。”

随后他钻进被窝，目送着佐知走出房间。

那么要面子的山田，居然没能将坐着的姿势坚持到最后，可见他身子真的虚弱得不行啊。佐知痛切地感觉到山田老了。一旦山田不在了，牧田家的院子会变得多么无聊啊！

想到越来越逼近的老后生活，佐知不禁一声叹息。她慢吞吞地踏上走廊，忽然山田隔着隔扇门喊住了她："小姐！小姐！"

佐知吃了一惊，心想是不是山田突然身体不适，赶紧拉开隔扇门，只见山田重新挺直了腰板坐在被褥上。

"呃，不好意思，"山田垂下头，"隔壁屋子里的 DVD 碟片，麻烦你帮我去'茑屋'还掉好吗？稀里糊涂的，差点忘了今天是还碟的最后期限呢。毕竟对一个靠退休金过日子的人来说，滞纳金可不是笔小钱啊……"

"知道了，我帮你去还掉。"

看来，一场感冒并没有太影响到山田的身体和脑筋，急急踏进卧室的佐知听山田叙说着他的这个小愿望，一半是失魂落魄，一半则又安下心来。

"山田先生，总之你就好好休息吧！"佐知使劲推着山田的肩膀，让他躺下来。

山田露出开心的笑容，盖上被子，将被褥一直拽到下巴颏儿。"路上一定要小心啊！"山田说道，"要是我身体吃得消的话，是绝不会托佐知小姐帮我去做任何有一点危险的事情的。"

“说得太夸张了吧，大白天的，到车站前的‘茑屋’走一趟会有什么危险啊？”

“其实……”山田的神情非常认真，“昨天晚上我在等饭煮熟的时候，无意中朝外面张望，看到大门外有个年轻的男子在晃悠。”

不会又是那个死命纠缠多惠美的本条吧？！“不许再纠缠！”警察应该警告过他了，难道他豁出去了，反而找到多惠美居住的地方来堵她？由于紧张和恐惧，佐知身体变得僵硬了，但她还是用明快的语调对山田说：“会不会是因为发烧的关系而产生幻觉了呀？”

“好像是有点模糊不清……”

“还有，是晚上对吧？尽管大门口亮着灯，但真要看清楚大门外面的人影还是有点困难呢。”

“嗯，也是……”山田的声音轻了下来，“不过小姐，你办事的时候还是要注意身后，以防万一呀。”

把我当刺客了吗？假如我真是刺客，还拜托我办这种小儿科的事情算怎么回事呢？佐知口中“知道了知道了”地应答着，总算离开了山田的门房，手上拿着 DVD 碟片往正屋走的时候，顺便回头朝大门那边望了望。

路上一个行人也没有，牧田家周围跟往常一样安静。

离开之际，山田还说了句：“要是碰到危险，想办法告诉我！”

“可是，山田先生你不是躺倒了吗？”

“哪怕是躺倒了，哪怕是快要进棺材了，只要小姐有危险，我就会立即跑到你身边的！”

不知是一本正经说的还是开玩笑的，佐知听见这话“扑哧”笑出了声。山田的神情极其认真，从被窝里仰起脸看着佐知。从佐知小时候起，山田就陪她玩、疼爱她，到了晚年仍念念不忘守护她，既非家人也不是什么亲戚，只不过住在同一个院子里而已。

山田的满腔慈爱令佐知十分高兴、十分感动，同时又十分惶恐，她默默地点了点头。她心里暗自在想：虽然我从小没见过父亲，但是有山田先生这么关心我、疼爱我，已经足够了。

所谓父亲，想必就如此吧。不苟言笑、让人敬而远之、散发着体臭，在女儿遇到紧急情况时随时随地都准备冲上去，实际上真正到了关键时刻却总也不见他冲上前——就像山田先生这样，这应该就是父亲吧？

怀着一种难以形容的满足感，佐知去往车站前，替山田归还 DVD 碟片。她记住了山田的忠告，路上没有忘记不时从雨伞下向身后张望一眼，但并没有发现有人跟踪自己。

办完山田交办的事，在车站前的超市买了点食材，佐知又顺便来到派出所，向警察讲述了同居人被人尾随跟踪，以及另一个同居人发现有可疑的男子在大门外晃悠的事实经过。

究竟有多少同居人？警察大概心里有些困惑，但还是热情地表示：“会加强周围地域的夜间巡逻的。”佐知放下心来，向警察道过谢之后，踏上了回家的路。她从伞下向四周三百六十度无死角地扫视，还是没有发现任何跟踪的人影。佐知真的将自己当成了刺客，因而稍稍有点失望。

晚餐席上，佐知将白天的事情跟鹤代、雪乃、多惠美一五一十地叙说了一遍，山田的病情，山田看见的情形，警察加强夜间巡逻，等等。

三个人的反应却是："山田马上会好起来的，随他去应该也不要紧吧。山田所说的目击情形，很有可能是发高烧而导致的幻觉，用不着太相信吧。不过，警察答应加强巡逻，这应该是最好的办法了吧。"一连几个"吧"字，看来并没有当回事，不过她们自有她们的理由：警察对本条发出警告后，本条没有再去保险公司门口蹲守过。按照多惠美的说法，是因为收到了多惠美的最后通牒，加上后来寻思明白，雪乃并不是在替他出主意，所以本条终于改变了想法。而雪乃的话则更加辛辣："他是知道，自己要是再纠缠多惠美的话就会被抓起来，所以识相地去找其他新的方向，好继续吃他的软饭吧？"

总之，山田的目击证词被当作了幻觉，三个人都几乎没有什么反应。当然还有另一个理由：总不见得永远都忙着应付一个尾随跟踪的家伙吧！

"不能再这么魂不守舍地过日子了，梅雨天马上就要结束啦，"多惠美激情洋溢地说道，"夏天就要来啦！"

"想吃刨冰了呢。"鹤代神魂颠倒似的望着半空接口说道，"抹茶上淋足浇头，再放上杏子……"

“刨冰当然要吃，但最惬意的还要数去海边玩啦！”

“要是浑身被晒得黑黢黢的，我还不如选择死呢。”

听到雪乃泼冷水的话，多惠美摆出一副独裁者的威势，挥舞着拳头，滔滔不绝地细数着海滩的魅力：“反正人挤得要命，顶多只能在岸边听听海浪的声音，所以只要待在遮阳伞下就可以啦。最近那些海滩边上的餐馆可厉害啦，不光卖炒面和拉面，还有什么烤羊肉串啦、越南料理啦，甚至还有法式料理啦，统统都能吃到！而且店内的装潢也十分时尚呢。喂喂，一块儿去海滩玩吧！”

一句话，脑子里早已装满了对于即将到来的夏天的憧憬，哪里可能对现实存在的可疑迹象生出一点点警惕呀。

对于受不了酷暑折磨的佐知而言，好像俄罗斯人那样特别喜爱夏天的多惠美让她感觉受不了。但无法否认的是，不知不觉间她已经有那么点心动了。

最终，除了继续小心谨慎、注意关紧门窗之外，牧田家的这几个女人似乎也想不出更多的对策，倒是商定了等到夏天一起去海边玩。“好想在海滨的度假酒店优雅地躺上几天呢。”“还要戴顶阔边的白色草帽！”“我没有啊……”“哎，我有，我借给你吧？”“妈妈，您那顶是在菜园干活儿时戴的帽子吧？”几个人叽叽喳喳说着，每个人胸中都升腾起了对大海的期待。

第二天，佐知来到许久都没来过了的新宿。她要到伊势丹百货买件新泳衣。打开自己屋子里的衣橱倒腾了一遍，发现竟然没有泳衣。佐知这才想起来，上一次去海边玩差不多是十五年前的事了，当时穿的泳衣大概已经扔掉了，即使没扔，如今已经是年近四十的人了，无论如何也不可能再穿二十出头时穿的泳衣呀。

于是佐知便想买一件适合自己年龄的泳衣。说起来，她连电车都已经好长时间没乘坐了，到伊势丹的时候人已经感觉累得不行了。由于是平日的白天时间，虽然坐不到座位，但车厢内还不算拥挤，从新宿站通往伊势丹的地下通道里人也不是很多。尽管如此，对平时基本上都待在家里的佐知来说，外界的刺激似乎过于强烈了。她不禁想，每天早上挤在摇来晃去的满员电车内赶去公司，然后一整天不停地和客户打交道的雪乃和多惠美好厉害呀，自己竟这样没用，真叫人难为情。

泳衣卖场给了佐知再一次的打击。特卖会场设在楼上，五颜六色、艳丽夺目的泳衣构成了一片密林，数也数不清的泳衣挂在那里。佐知快步走进会场，匆匆绕了一圈，又快步跑了出来，来到楼顶，瘫坐在长椅上。

不行。那里面没有适合我穿的泳衣！印着蝴蝶图案的比基尼式泳衣？就我这样的身材？假如选择素净一点的，看上去又活脱脱像只海狮。

最要命的是，佐知压根儿就不敢试穿。走进试衣室，换上泳衣，售货员在外面问："小姐，您觉得怎么样？"从里面应答着走出来，只见一团团松松垮垮的赘肉从比基尼中钻出来，又或者体形笨重得像只海狮一样——想到如此丑态，简直就是一场噩梦。对佐知来说是噩梦，对目睹丑态的售货员来说，晚上睡觉肯定也会惊魇的。

这种可怕的事情绝不能让它发生。佐知坐在椅子上做着深呼吸，让自己心情平复下来，随即从伊势丹落荒而逃了。自己到新宿干吗来了？今天还特意穿了件T恤衫和牛仔裤，没有像平常一样只穿套运动衫啊，佐知想想就觉得委屈，但也没辙呀。乘上电车，到阿佐谷站前的超市买了点食材，然后垂头丧气地踏上返回牧田家需二十来分钟的路程。

鼓起勇气去往新宿时下着的小雨，此刻正好停歇了，不过头顶上仍罩着一团厚厚的灰云。佐知像个闷闷怄气的小学生似的，拖着收起的雨伞往前走着，不时停下脚步，将超市的购物袋和雨伞换手交替着拿。

从边门走进自家院子，她径直往山田住的门房走去。敲了敲玄关门，照例无人应答，佐知便不请自进地开门而入，拉开了卧室的门。

山田仰面而卧，睁着眼睛，一动不动的。佐知一惊，不会咽气了吧？

下一个瞬间，山田缓缓地转过头来望着佐知，问道："你出去了？"

声音比起昨天听起来稍许多了点气力，佐知放下心来。

"嗯，出去了一趟。"她答道，"这个是给你买的。"

佐知跪坐在榻榻米上，从超市购物袋中拿出一份红豆糯米盒饭。

"哎呀，真不好意思！"

山田想坐起来，便像昨天一样向上蠕动着身子，佐知按住他说："好啦好啦，你不用坐起来。"她将盒饭放在枕头旁边的榻榻米上，看起来好像上供似的。

"感觉好点了吗？"

"已经不发烧了，但浑身关节还是发痛。到底一把年纪啦！"

山田似乎精气神不怎么好，不过气色很不错，佐知估计他明天差不多就可以恢复了。

"那还是得注意，菜园的事就不用你操心啦，你好好休息吧！"

看望过山田，佐知回到了正屋。

鹤代正坐在牧田家的客厅看着电视。

"哎哟，你去哪儿啦？"

怎么谁都盯着我的行踪啊？佐知心里有些不痛快，但她不想告诉鹤代自己去新宿买泳衣却没买成，于是只含含糊糊地应了声："啊，出去转了转。"

傍晚时分雨又下起来了，而且雨势伴着风越来越大，几乎可以称为暴风雨了。

可是，牧田家众人商议的结果是不关上防雨的百叶窗套，让雨水直接溅在面对院子的餐厅和客厅的地脚窗上。

"照这样子，明天早上起来玻璃窗就变得干干净净的啦！"吃晚饭的时候，鹤代这样说道。

"就像洗车机一样呢。"刚下班回家的多惠美也对鹤代的话表示赞同。借助风雨将玻璃窗子的积尘一冲而净，对于这种想法，这两个人可谓心有灵犀、相当默契。佐知也最讨厌擦窗子，所以对鹤代提议的懒人战术没有表示反对。

“今天上班前和下班回来我都注意了一下，”雪乃说，“没看见本条。看来山田先生看到的所谓可疑人物，果然是看走了眼呢。”

“也许只是偶然路过的吧，”佐知附和道，“像我们家院子这样乱七八糟的样子，谁都会忍不住从大门口向里张望几眼呢。”

跟往常一样，四个人有的去洗澡，有的看电视，就这样度过了晚饭后的一段时光，然后各回各的屋子。

佐知回到自己屋子，拿起了刺绣活儿，但是屋外风声很大，她无法集中注意力，于是便走进雪乃的屋子。雪乃正坐在床上做着肢体拉伸动作。

“不打搅吧？”

“没事，进来吧！”

佐知盘腿坐在雪乃面前，望着她仿佛纸片一样折曲自如的肢体不由得心生感慨。

“我今天去伊势丹了。”

“哦。”

“不过没买就回来了。”

“是想买什么来着？”雪乃停住了拉伸，直起身子来。

佐知犹豫了半晌，终于鼓起勇气轻声说道：“泳、泳、泳衣……”

“俑人？”

“不是的！”

“哈哈，知道知道，跟你闹着玩呢。”雪乃笑了，“为什么没买呢？”

“你想啊，什么样的泳衣能适合我穿呢？再说，四舍五入的话我就是四十的人了，又不用天天跟小朋友在一起，穿什么泳衣嘛，穿起来也不好看。”

“不要自我贬低呀，挺好的嘛。”

“可是，身上这肉、肉、肉！”

“赘肉去掉就好了呀。”雪乃面无表情地说。

佐知心想，你雪乃说起来当然容易啦，每天坚持不懈地做拉伸呀、瑜伽呀，身材又苗条又凹凸有致，我要有你这样的身材我也会说风凉话。

“从今天起，我来帮你，佐知，你也要锻炼、塑身！”雪乃说着，跳到佐知身边，“坚持做两个星期拉伸运动，准保有效果！”

“不行不行，我身体太僵硬了。”

佐知一边说一边扭动臀部往后退却。雪乃不顾，她绕到佐知的背后来。“来，把腿伸直！”她冷酷地命令道，随后在佐知背脊上使劲按了几下，“哇，真的很僵硬呢。”

“啊啊！痛死啦！痛死我啦！”

被雪乃强按着又是扭身体又是伸胳膊的，佐知只感觉浑身筋骨都好像折断了似的，令她疼痛难忍。雪乃的肢体拉伸运动对佐知而言，不啻一种严刑拷打。

“喂喂，你们两个吵死啦！”

直到隔壁传来多惠美睡意蒙眬的不满声，拷打才终于结束。

佐知拖着“咯吱咯吱”作响的髋关节，狼狈地逃出雪乃的房间。简直是骇人听闻的遭遇。雪乃朝着逃走的佐知的背影冷酷地喊道：“明天继续啊！”然而佐知可不想再遭这份罪了，与其弄得像浑身骨折一样，还不如就套着运动衫去海滩呢。

大腿肌肉火辣辣地发着热，膝窝的韧带一抽一抽地作痛，这副鬼样子根本没法刺绣。佐知回到自己房间，熄了灯，仿佛一堆骸骨似的艰难地爬上床，将被褥拽到胸口盖住，眼睛直瞪瞪地望着黑乎乎的天花板。伴随着屋外的雨声，睡魔开始爬上眼皮。

出乎意料的是，佐知一直到半夜仍没有入睡，心想可能是要上厕所的缘故吧，想要确认一下尿意，可是膀胱好像不存在似的毫无感觉。屋外，风雨越来越急骤，还打起了雷，嚣噪得要命。

怪不得睡不着呢。佐知静静地听着扑打在窗子上的雨的声音和风摇动院子里大树的声响。屋子里偶尔被照得白森森的，隔了一会儿，又传来天摇地动般的炸雷声，然而牧田家一片死寂。这样大风大雨的，其他人居然一点都不害怕，居然都能睡得这么沉。

佐知忽然不安起来。

这样的天气，不知道警察还会在附近巡逻吗？客厅的窗子我锁上了吧？

犹豫了大约一分钟，佐知还是爬起来下了地。她打开房门，蹑手蹑脚地走下楼梯。空气里含着一股潮湿气。这雷声是在宣告梅雨天的结束？她忽然有种预感，等天一亮，夏天就到来了。

一楼的日式房间传出鹤代重重的鼾声，一点儿也不亚于外面的雷鸣声。佐知穿过玄关门厅推开了客厅的门，几乎同时，一道闪电将室内照得亮晃晃的。

佐知看到，跟客厅相连的餐厅里有个人影。不是家里的同居人。是个从上到下都黑黢黢的男子！男子背对着佐知，蹲在那里，好像在壁脚的橱柜里搜寻什么东西。

难道是那个尾随跟踪的本条？他还是个小偷？

所幸，佐知条件反射般发出的短促的尖叫声，刚好被响起的炸雷声盖住了。为了不让自己惊叫，佐知赶紧用手捂住嘴巴，同时向后退了几步。心怦怦直跳，跳得胸口生疼。赶快叫母亲起来吧，不不，首先是给警署打电话报警！

一瞬，佐知陷入了极度惶恐之中，家里的电话在哪儿？她一时想不起来了。对！在玄关门厅！可是，跑到玄关去打电话，就会被闯入者发现，还是回房间用手机报警的好。但是，丢下熟睡中的母亲跟闯入者一起待在一楼不要紧吗？

佐知越想脑子越混乱。可是，不赶快采取行动不行啊！她这样想着，身子却不肯听使唤，结果胳膊笨拙地撞到了打开着的客厅门。响声惊动了闯入者，对方停住手上的动作，回过头来望着佐知。

这下佐知连尖叫声也发不出来了。男子站起身，朝佐知逼近过来，一把抓住佐知的手腕，将她拖到餐厅。

“不许喊！”男子含混不清地说道。又是一道闪电，接着是雷鸣。男子头戴一顶棒球帽，帽檐压得很低，但佐知还是看到了他的脸。很年轻，二十多岁的样子，但是不是本条，佐知不清楚，因为她从未见过本条。男子穿着件薄薄的夹克，被雨水打湿，发出像橡胶似的湿滑的光。

佐知蜷缩着身体，视线被泪水打湿了。她想不出可以指望来救自己的人，只知道餐厅地脚窗的玻璃碎了，雨“哗哗”地往里潲，以及自己脖颈上被一把匕首或是菜刀样的东西顶着。

以前还曾期盼过发生点刺激的事情，此刻她打心底里懊悔不已，这样的事情不要发生！太太平平的比什么都好。可是，事已至此，悔之晚矣！

男子将颤抖不止的佐知拖到客厅中央，差不多就是装有河童木乃伊的玻璃柜子正前方。男子用一条胳膊勒住佐知的腰肢，不让她动弹。

“只要你不喊，不会对你怎么样的。”男子低声命令道，“钱在什么地方？还有银行卡！”

不，不能说！佐知心里想。男子的胳膊越发使上了劲。看来不喊也会被杀死，因为自己已经看到了对方的脸——佐知不由得流下了眼泪和鼻涕。也许不光被杀，还可能遭到侵犯吧？侵犯后再逼我说出银行卡的密码，我死了，老母亲就会身无分文，最终流落街头。

不，那样绝对不行的！

猛然，佐知眼前浮出山田的身影。那个说过“只要小姐有危险，我会立即跑到你身边”的山田，以牧田家监护人自居的山田。

佐知发不出声，只能在心里大叫：“快来救我，山田先生！快来救我！”

此时的山田，正在门房的六叠陋屋里美美地享受着充分的睡眠，睡梦中他仍在惦念着，关节的疼痛总算消失，明天应该就可以去菜园里帮忙了。

佐知对闯入者一个劲儿捣蒜般地磕头求饶，试图耗时间以等待山田前来援救。自然，山田不可能来。佐知沮丧了，沮丧得几近绝望，以至全身气血上涌，差一点造成大脑缺氧。

“快说！”

对方用握着刀的手朝佐知肩膀捶了一记，佐知坚定地摇了摇头。我辛辛苦苦地靠刺绣赚的一点小钱，母亲东挤一点西凑一点存起来的钱，怎么能就这么拱手送给这个闯入者？反正我横竖都是一死，这点钱可得给母亲留下呀！

刀在脖颈上抵得越来越紧了，但佐知仍没有开口。她暗暗下定决心：在即将被杀的一刹那，要拼足全身气力大声叫出来，向鹤代、雪乃和多惠美发出警报，这样的话，她们或许可以逃过一命，或许也会让闯入者吓一跳，慌乱之中夺门而逃。

虽然横下了一条心，但恐惧依旧还在。佐知紧闭双眼，在心里暗暗叫道：救命！有人吗，快来救救我！气氛越来越紧张，空气中似乎都透出了闯入者的烦躁和恼怒。

佐知，危险！快跑，快跑呀！佐知！

我已经忍无可忍，恨不得马上冲向闯入者，只可恨我是一个没有肉体的羁魂，即使冲上前去，双手也会穿过闯入者的身体，根本抓不住他。我大喊一声想吓唬吓唬他，但是空气竟毫无震动。唉，这是怎么回事？难道我只能在这里火烧火燎地干着急吗？就像每一天那样，一味地静观默察？

唐突出现的这个“我”是谁？想必列位看官一定会生出这样的疑问。不好意思，虽然事态紧迫，还容我做一番自我介绍。

在下名叫牧田幸夫。结婚前和离婚后的姓是神田，我是鹤代的丈夫、佐知的父亲，也就是乌鸦善福丸口中所称的“神田君”。

要问同鹤代离婚之后，我去哪儿了？答案是我死了。哦不，其实应该是在离婚七八年后死的。但是，在肉体死去以前的七八年中，我已经形同尸骸了。

离开牧田家后，我将以前收集的古董三钱不值两钱地变卖，回到了栃木县的老家，但家里已由哥哥继承了父亲的纸烟店，我变得无处容身了。想我生前，不管身在何处总是不肯踏实下来，总以为别处更比此处好，无时无刻不憧憬着“彼方韶景无时节”，以至被鹤代一纸休书将我赶出了家。

我于是又从栃木县返回东京，在石神井公园车站附近租了一间寓所住下，开始了孤苦伶仃的日子。为什么选择石神井公园呢？因为从那里骑自行车沿着“环八大道[①]”一直往南，就可以抵达牧田家了。我曾骑过去好几次，就是想看看鹤代还有女儿。

说到当时的生计，我有时是通过朋友的门路在一家小企业做些事务性杂务，有时是上门推销货物，干过各种各样的活儿，尽管不适合干体力活儿，但我也干过按日计酬的短工。不过，没有一份工作能坚持久，一方面是因为我仍改不掉不踏实的习性，这个坏毛病一直伴随着我；另一方面则是因为心绪不宁，心里老是惦记着鹤代和女儿，不知她们过得怎么样。

我承认，对离了婚的妻子和等同于被自己抛弃的女儿念念不忘，自己都觉得我这个人没出息，但我就是无法轻易割断对她们的思念。我每到休息天就会骑上自行车往牧田家去——准确来讲不仅仅是休息天，有几次是在干活儿的日子旷了工跑去的，唉……

我站在大门外偷偷朝院子里张望。基本上都只能看见山田在院子里干活儿，而看不到鹤代和女儿的身影，窗户也垂着帘子，看不到里面。只有极其偶然的时候，能看到鹤代和女儿一起在院子里玩，那

① 环八大道：全称是“东京都道 311 号环状八号线”，是一条始于东京大田区的羽田机场，经世田谷区、杉并区、练马区、板桥区，终至东京都北区赤羽的环状道路，是日本东京都的一条重要交通干道。

种时候我是多么开心啊！当我第一次听到鹤代对着年幼的女儿唤她“SACHI[①]”的时候，毫不夸张，我高兴得身体都发颤了。

我躲在门柱后面，远远地望着母女二人。自然，我不能待得太久，要是附近的人报警或是被山田发现了轰走，那就太丢人了，所以我顶多也就待五分钟。这短促的五分钟，对于那时候的我来说，就是我的全部，它让我真切地感到自己活着，因而这五分钟简直太珍贵了。

每次见到佐知，她都明显又长大了，越长越可爱，她会冲着鹤代笑，伸出两只小手。我为什么不肯踏踏实实劳作，不肯对鹤代好一点，只知道懒懒散散地过日子呢？我本可以就待在鹤代身旁，作为父亲，和鹤代一道给予佐知充分的爱的呀！

我不止一次地悔恨。因为悔恨，我骑自行车去杉并的次数也越来越多。但是，有些东西是一旦失去就永远无法再拿回来的。

最初见到的佐知是被鹤代抱在怀里的，渐渐地，她会蹒跚走路了，会骑着三轮自行车在院子里转圈跑，会给在花坛忙活的鹤代和山田递送铲子，女孩子学说话快，佐知也会用尖厉的声音像模像样地说话……想起这些，我的眼泪就忍不住滚落下来。鹤代和山田总是用充满幸福的笑脸，注视着佐知的一举一动，躲在门柱后面的我也露出幸福的微笑。

---

① 日语“佐知”的发音，同时也是“幸夫”的“幸”字的发音。

我还清楚地记得佐知上小学那天的情景。她背着崭新的红色双背带书包，穿着条藏青色的连衣裙，稍稍有点紧张。鹤代和佐知站在牧田家的玄关门前，山田为她们拍了张纪念照。祝贺你哦，佐知！我也站在门柱后面为佐知送上了祝福。那天，善福寺川两岸开满了樱花。

我感觉鹤代似乎察觉到了我在大门外向院子里窥望，不过，我们之间并没有任何交谈，甚至连视线也不曾交会。我不恨她。我想鹤代也一样吧。我相信她是这样的。我们并不是因为互相仇视、互相厌恶才分开，只是单纯分开了而已，这个事实我想双方都十分清楚。所谓无法挽回的事，要经历过以后才会明白。

我曾认真思考过，假如不离婚，假如我一直待在牧田家，我会幸福吗？每次的答案都是：不。说起来非常荒唐，我在离开牧田家之后，才终于知道了幸福究竟是什么，幸福究竟在哪里。

我一点而也不恨鹤代，相反，我很感激她。聪明的她应该是知道的，在牧田家的时候，我并没有感觉到幸福，她为了给予我幸福，为了给我一个机会让我认真思考幸福究竟是什么，才向我提出了离婚，而不是因为讨厌我才离婚的。我至今还是这样认为的。哦，是我内心希望如此。呵呵呵，毕竟我们是因为彼此爱慕才结合的，即使存在离婚这一事实，也总不想承认彼此厌嫌。

女儿身处危险，你还在这里喋喋不休地瞎唠叨什么？！你既然是佐知的父亲，还不赶快去救佐知？——想必有人是这样想的，但请勿担心。

其实无须赘言，此刻的我也非常担心被闯入者用刀抵在脖颈上的佐知，我心急如焚，一心想上前解救佐知。但同时请注意一个事实：在死者的世界和生者的世界里，时间流逝的速度是有所不同的，已赴“他界”的我，刚才这一大段回忆，换算到生者的世界里，仅仅只是一瞬间而已，因此完全不必多虑。反正先前我一直充当幕后人物，索性借此机会让我尽兴地回忆回忆吧，拜托！

我回忆到哪儿了？对了，讲到了佐知第一天上小学。

后来，我经常假装路人在佐知上学的路上出没，我尽量装作若无其事的样子，不想被人当作可疑的人。佐知一路走一路和小伙伴说着话，背影看上去还没有书包大的佐知，居然能不喘不吁口齿伶俐地说话，真的可爱极了。

佐知上一年级的时候，我还去看了他们的运动会。那时候，校门口的盘查不像现在这样严格，所以我很顺利就混了进去。我小心谨慎地不让鹤代看到我。佐知参加的是滚球和红白球投篮，可惜的是我手头没带照相机，我心里后悔得不得了，不过，我把那些场景全都深深地印在了视网膜上。

中午，在学校操场上铺塑料垫子，上面摆开鹤代亲手做的便当，头戴红白帽子的佐知将小小的饭团塞进口中。不知为什么，山田也陪伴在一旁。开运动会的时候，山田成了佐知的专属摄影师。

作为父亲，我心里当然嫉妒。可是，我已经不是牧田家的一员了，我失去了我的家人，我是自食其果。没办法，我只能接受现实。

我不知道鹤代和山田到底是什么关系，但他能代我履行父亲的职责，我觉得也不是件坏事，我除了偶尔躲在暗处偷偷看上几眼之外，根本就无法守护佐知。

在佐知小学二年级运动会时，我便已经是现在这种状态了，就是说，我已经死了。

时间过去了太久，我可能记得不太准确，那好像是一九八三年的事情吧。我得了重感冒，身体虚弱，但为了支付房子的租金，我仍不得不去干十分繁重的短工。当时经济日趋繁荣，许多新的高层建筑拔地而起，建设工地非常需要人手。我本来就是个柔肤弱体的人，加上还生着病，而现场工作条件又非常差，弄得自己心力交瘁。

结果，说起来吓人一跳，我竟然就死了。那是秋天，我想着天气渐渐凉快下来，便去澡堂洗澡，就在回来的路上出了事。也就是转瞬间的事，就死了，我自己都吃了一惊，经过的路人想必都吓得不轻吧。

很快有人叫来了救护车，我被送进医院，检查下来好像是心脏麻痹[①]什么的，终于没能抢救过来。还好他们在我裤袋里发现了我随身携带的钱包，从而弄清了我的身份，住在栃木县的哥哥立即赶来了。我的死一定令年迈的父母很伤心，不过详细情况我也不是很清楚。

从澡堂出来，骤然跌倒在路旁的下一个瞬间，我腾的一下高高飞了起来。我俯瞰着吃惊地聚拢作一堆的人群，俯瞰着警示灯闪烁着疾

---

① 心脏麻痹：心脏因受过度冲击、刺激而停止跳动，严重时可导致死亡。

驰而来的救护车，俯瞰着医院的建筑物，等等。很快，它们都渐次变小、远去。我仰头向上空看去，只有淡淡的灰色云团、云团背后闪烁的满天星星，以及黑漆漆的夜空，茫茫荡荡，漫无边际。

啊，这就是死亡。想到这里，另一个念头也几乎同时冲上脑际：不，我不想死！我情不自禁慌了，尽管已经不成语言，但我还是拼命呐喊着，然而我已经只剩灵魂，再也发不出物理性的声音来了。

不，不，我不能就这样死。我依旧在注视，注视着佐知、鹤代，以及牧田家每一天的生活。即使我的肉体已经陨灭，但我仍一直注视着。

我拼命在昊空中飘浮。人如果潜入大海，由于浮力所起的作用，不会马上沉下去，我飘浮在天空就是这种感觉，变成一缕幽魂的我，被一股想象不到的巨大力量拽向宇宙。我拼命抗拒这股神力，在空中努力让自己的头朝向大地，同时两手两脚使劲地不停划动。倘使有人看见我这副怪模样，一定会觉得：飘在天上的这个中年男人，好像在用倒立的姿势，笨手笨脚地在空气中仰泳一样。不知我算是幸运还是不幸，我一直待在空中，而那段时间里竟然没有一个特异功能者向天空仰望，所以也没有引起巨大骚动：啊，那是什么？！

我的努力还是有价值的。我一点点接近了地面，我看见了蛇行般蜿蜒迂曲的善福寺川，看见了巨大的榉树树冠，啊，还有我日思夜想的牧田家！老旧的西洋式的屋顶，从餐厅窗户透出的灯光……不知道佐知是不是已经睡下？鹤代大概还在记着账簿吧？求神祇保佑她们两个吧。求神祇将我，不，是将我的灵魂送回她们身边去吧。

令人无限遗憾的是，万物总有其极限。若干年后，千代富士[①]在退役发布会上吃力地说出，“体力已到极限，体力和毅力都不行了”，引发了广大观众的感慨，没错，就是那种感觉。我非一代名将，这样说话似乎有点不知天高地厚，但此身（身已经不存在了）化作幽魂的我，也终于到达体力的极限，毅力也不复从前。毕竟，像我这样抗拒宇宙引力，拼命接近地面可不是件轻而易举的事情。

手脚——严格来讲，只是概念上的手脚，实际上死后的我是没有手脚的，所以当佐知面临危险的时候，我只能在一旁干着急——忽然变得极其笨重，甚至我想挪动一厘米都无法如愿。就像溺水者全身气力挣扎殆尽之后那样，我开始被一股强力吸引着拽向太空，牧田家的屋顶、巨大的榉树树冠、蛇行般的善福寺川，渐渐地又离我远去了。

佐知！鹤代！我使出最后一点气力，拼命发出呐喊。

就在这时候，榉树枝杈上射出一颗黑色弹丸似的东西，笔直地向我飞来。这是什么？我定睛一看，弹丸疾速飞来，以迅雷不及掩耳之势猛地将我攫获，原来是只拥有锐利的爪子和灵巧的尖喙、眼睛里闪着智慧的银光、以漆黑的夜为双翼的——对，就是乌鸦善福丸。

“你叽里呱啦的吵得我们睡不好觉啦！”善福丸扑扇着翅膀说道。

---

① 千代富士（1955—2016）：日本前相扑力士，第五十八代横纲。

那时候，我还不知道善福丸是所有乌鸦的智慧集合体，因此煞是吃惊：乌鸦居然会说话！

“看样子，你好像不是属于这个世界的呀，你还是安安静静地到你应该待的地方去吧！”

我被善福丸锐利的爪子抓着，身体像西瓜虫似的团成一团，我感觉到这是只拥有无比巨大力量的乌鸦。我壮着胆子对它央求道：“求求你，请你把我放回到地面上去吧！”

“为什么？”

“你看那里有幢西洋式建筑，对吧？我以前的妻子还有女儿就住在那里，我生前太任性了，死后总该好好地关心照顾她们两个呀。”

“但我们不觉得那户人家里的人也这么希望。”

“当然，这样做只是为了我的自我满足，这点我清楚，但还是请你帮我一下，我就想多看看她们。”

“我们没有义务帮你实现你的愿望吧。”善福丸说罢，腾身飞向夜空，同时还略一回头看着我说道，“……不过，让人的亡魂接近活着的人，也许会很刺激呢。”

我拼命点头。但因为我只是一个亡魂，实际上无法点头，只是做出像点头似的细微颤动来。善福丸在秋夜的星空下，盘旋了三个来回，最后终于答应了：“好吧！”

它说：“期限是，到那户人家从地面上消失为止，怎么样？”

牧田家当时已经老朽得十分厉害，我担心再过几年可能就会被拆毁。不管它了，我能够待在这个世上才是优先考虑的事。

"可以！"我赶紧答应。

"那幢房子没了，你就老老实实回到你应该待的地方去。"

"多谢啦，我保证会的。"

善福丸展开巨大的黑色翅膀，优雅地飞向地面，然后将我轻轻丢在牧田家的院子里。

从那天夜里起，我便一直暗中守护着牧田家。也许是出于经济方面的原因，我的担心完全是多余的，牧田家的人直到今天也没有对那幢老旧房子好好修缮一下。

我每天关注着鹤代和佐知相互扶持的平静日子，佐知渐渐长成了大人，佐知的朋友搬入牧田家，四个女人闹闹哄哄却快活地共同生活，我全都看着呢。

以上啰里啰唆讲了不少有关佐知还有牧田家其他人的日常生活情形。我是鹤代的前夫、佐知的亲生父亲，也就是被称作"神田君"的牧田幸夫。

我没有去到死人应去的地方，而是借助善福丸的神力，一直游荡在牧田家附近。俗世的事情我差不多全知道，围绕着牧田家的所有人的内心世界，只要我想窥知也可以自由自在地窥知，我几乎就像人们所说的"神"一般的存在。

当然，我始终遵守着同善福丸之间的约定，此前种种大事小情，我只是默默地注视观察而已，在这一点上我也很像"神"。

天气晴朗的下午，我会和栖居在巨大榉树上的善福丸聊聊天，虽然都是些无聊的家常闲话，但对它来说，足以消磨时间。用时下流行的话来形容，善福丸煞是“傲娇”。它对我说，那天夜里是我竭力央求它来着，它一时脑筋短路，为感情所累，所以才将我的亡魂带到地面上来的。

对了，鹤代，也许有人会想，关于你，关于我们夫妇二人关系的事情为什么要告诉善福丸？没错，这事跟你也有很大关系呢，这部分就留着你自己说吧。

不过，将与离了婚的妻子之间的种种事情说出来，多少还是有点难为情。在这个问题上，我认为善福丸完全是以公正的视角来看待的，当我讲述完毕想听听它的感想时，它说了句：“这个嘛，我不大好说呀。”

没承想，作为四处飘浮的幽魂，这样一晃就是三十年。牧田家敌不过岁月的铢积，总有塌毁的那一天。不过，鹤代和佐知也不是傻瓜，她们一定会在那之前将老屋翻建一新的。到那时候，我又会怎么样呢？我不知道。就是对我说“回到你应该待的地方去”的善福丸，我想它也不怎么清楚吧。

抗拒宇宙的引力，打破了生死法则，一直留在这世界的我，未来会不会像所有死者一样，再次被巨大的引力拽向太空？还是会有不一样的命运在等着我……

不管怎样，我都不后悔。

活着的时候，我老是憧憬“彼方韶景无时节”，想寻觅一个能让我安心地待着、可以成为我的归属的地方。现在，我明白了——我已经回到了我应该待的地方。

女儿危在旦夕，可我还沉浸在对往事的回忆中，就在这一瞬间，闯入者已经用刀抵住了佐知的咽喉！

不行！不能伤害她！

我吃了一堑还是没能长一智，我朝闯入者扑了上去，可是扑了好几次，都奈何不了他。（此身已经完全不具物理之形）我这个不争气的蠢货！——也就是我的魂，这个不争气的蠢货！既然这样，我就装一次吵闹鬼[①]吓唬吓唬他吧，可是，连窗帘都纹丝不动，更不要说其他东西了。原来生者世界所说的灵异现象，全是胡说八道的？！还是因为我三十年来一直谨守着“只看不动”的约定，作为一个死者，力量显著退化了？

佐知紧咬双唇，看得出她已经做好了决死的准备。同时我看得出来，她打算在最后那一刻大声喊叫。唉，佐知啊，真是个好孩子，在这危急关头心里还惦记着母亲，惦记着朋友！父亲会保护你的，一定会保护你的！

① 吵闹鬼（poltergeist）：又称“波尔代热斯现象”（德文原意为“吵闹鬼”），即俗称的闹鬼现象，指莫名其妙发出的声响、物体自己移动或其他不可思议的怪异现象，有人认为自然界存在着某种迄今尚未被发现的神奇作用力。

我放弃了在屋子里弄出点动静的念头，我钻出窗户，朝大门旁的门房飘去，像飞矢一般迅疾地飘去。

“山田！不要睡了，佐知有危险！”

山田的六叠卧室里，传出沉沉的鼾声。感冒即将痊愈的山田，正平静地熟睡着。我飘到山田的脸旁，但我只是幽魂，在他脸旁连一丝微风都无法拂起。没办法，我只好贴近他嘴巴，试图夺舍[①]进入他的身体，但山田突然剧烈而吓人地咬起牙来，没成功。我又想从他鼻孔钻入身体，也被他强烈的鼻息喷了回来。又不成功。

唉，这老头，真到了紧要关头完全派不上用场啊。

我又像飞矢一样飞回牧田家的客厅。闯入者的刀刃眼看就要割入佐知的咽喉！不能再有片刻的犹豫了！我急得在客厅里来回打转。

有什么办法啊？有什么办法可以解救佐知……

这时候，摆放在客厅一隅的玻璃柜闪入我的视界。河童木乃伊抱膝蹲坐在柜子里，脖颈上围着一条红色的头巾，两颗玻璃眼珠子呆呆地发着光。

是它！我快哉快哉地叫起来。谢谢多惠美，将河童摆在这里做装饰！这是我买了作为女儿出生纪念的河童啊，太好了！

玻璃柜子挡不住我，我轻松地飞进了河童的身体里，河童不像山田，没有任何生理反应，所以我进入它的身体，它也没有反抗。河童

---

① 夺舍：迷信说法，指灵魂进入活着的人的身体内，并控制其身体和思维。

身上散发着一股霉味，但我没有鼻子，所以完全不在乎。

我艰难地伸展开河童干瘪、僵硬的四肢，这需要极大的气力，就像我抗拒宇宙的引力返回地面一样，甚至比那还要艰难，好在进入河童体内、附体于它的我还是成功了。我“嘎吱嘎吱”地举起河童的两只手，握成拳头，从柜子里面将玻璃柜击碎了。虽然是具干瘪的木乃伊，但毕竟是我所附体的物理形骸，威力不可小觑呀。

受到突如其来的声音惊吓，佐知睁开了眼睛，掐住佐知的闯入者也将视线扫向屋内，寻找发出声音的地方。两个人刚巧都处于河童木乃伊的正面位置。

佐知眼睛瞪得大大的，注视着河童，实际上她看着的是与河童木乃伊合为一体的我。

啊，我一阵激动，不由得身体发颤。生前，化成幽魂之后，我都只能躲在暗处偷偷地注视她，这是我和女儿第一次面对面的视线相交！

激动之余，我拨开玻璃碎片，从柜子中走出来。河童因为长期屈膝而坐，膝关节不活络，必须花很大气力才能站立起来，但我也成功了。看到佐知身处危险，我一下子迸发出巨大的力量和毅力，摇摇晃晃地挺起胸，然后一步步地向前走去。

此时，闯入者的视线也落到了我身上。河童身材短小，直立起来也只及成人的大腿一般高。闯入者看到了这个河童木乃伊摇摇晃晃地一步步朝自己靠近，用刀子抵在佐知脖颈上的那只手无力地垂落下来，看得出，棒球帽下露出的那张脸上的肌肉在哆嗦。

“好了，放开那个姑娘！”我喊道。可是，河童的声带也已经干枯，因此从口腔发出来的只是“咝咝”的声音，就像自行车轮胎漏气一样。

“佐知，别怕，我来救你了！我是你爸爸呀！”

我生前看的最后一部电影是《星球大战 2：帝国反击战》。本来还想接着看下一部《星球大战 3：绝地归来》的，但因为电影院人多，我手头又钱不多，就将计划延后了，没想到不久我就死了，真遗憾。这个姑且不提了。当时在黑漆漆的电影院中，我萌发了一个想法，总有一天我也会像黑武士那样，对着佐知说：“我是你爸爸！”

这个梦想一直经过了三十载才终于实现，我也只能用漏气般的声音说出来，但黑武士几乎也都是只会“咝啦咝啦”地发声，所以我这样也算可以了。

我充满了期待，看佐知会有什么反应。不料，佐知一看到闪电在河童眼睛上反射出的光，立即发出一声卢克·天行者式的惊叫：“啊——！”与卢克不同的是，她对眼前的河童就是父亲这个事实一点儿也不认可，她的惊叫声中只有恐惧。

随着佐知一声惊叫，闯入者也发出了骇人的叫喊：“你——！”

他一屁股跌倒在地，随即在地上爬着穿过屋子，从他闯进来的餐厅地脚窗逃了出去。

佐知身体僵硬地站在那里，一动不动。“佐知！”我叫了她一声，“飕——”一股微弱的空气声在屋子里回荡。我使出全身气力，“吱吱嘎嘎”地抬起胳膊，向女儿伸出手。

“啊——别过来！”

黑暗中也能知道，佐知脸色惨白。她摇着头，向后退缩，拼命与我保持距离。

啊，佐知，我可爱的女儿啊，爸爸现在虽附身在河童（而且还是木乃伊）身上，可并没有想吓你，我只是来保护你的，因为看到你身处危险，我坐立不安哪。

你一直认为我是因为不疼爱你，所以才离开牧田家出走的，为此你感到悲伤和不安，对吧？这也使得你面对自己喜欢的男性时，不敢积极主动地出击。不，我并不希望你心里对我有过高的评价，我也知道，你不敢主动向你喜欢的男性表白，是因为你生来性格就这样。

但是，我好不容易得到了一具物理形骸，我就坦率地对你说几句吧，尽管我这具河童木乃伊的形骸，说起话来像是在漏气，可能无法表达清楚，但是，我还是要说。

佐知，爸爸爱你。我从心底里把你看作我最珍贵的人，我一直在祈祷你过得幸福，一直在暗中守护着你。今后也永远会这样。

所以，你不要觉得悲伤和不安，爸爸离开牧田家并不是因为不爱你，而是因为我对不起你妈妈。所以，你要和妈妈互相理解，和朋友开开心心的，像从前一样快快乐乐地生活。假如可以的话，爸爸希望你记得，有个人至死仍一直爱着你呢。

佐知凝视着不停“漏气”的我，她浑身都在微微颤抖。

看来我的心意还是没能传递给她。我有点泄气，我对自己说，“这也难怪啊”。河童木乃伊居然会蓦地击碎玻璃柜，站立着从里面走出来！不仅如此，还不停“嗞嗞”地说起话来！吃惊、恐惧，这是极其自然的反应。

我轻轻放下伸出的手，用我的意念驱动河童的身体做出动作是件相当困难的事。今晚，我自化为幽魂以来第一次劫持了一具物理形骸当作我的身体，其吃力程度是超乎想象的，幸好闯入者逃走了，我才可以从紧张的情绪中解放出来，先前充沛的气力，此刻已经彻底开泄掉了。

令人大为震惊的是，佐知向我伸出了手！她似乎想抓住我正要放下去的像两根枯枝一样干瘪的手。

“难道……”佐知望着我，望着我那用玻璃珠做成的两只眼睛，喃喃地说。她的指尖和我的手指快要触到一起了。

该到此为止了。我再也忍不住了，从河童这个物理形骸中跳了出来，恢复到浮游于空气中的幽魂原形。我的魂飞出之后，河童又重新变回到干瘪的木乃伊状态，抱着膝盖，无声无息地倒落在客厅的地上。

佐知呆呆地俯身望着河童木乃伊。这时候，从一楼日式房间，还有二楼，鹤代、雪乃、多惠美都穿着睡衣向客厅跑了过来。

“怎么了，刚才好大的动静啊！”

“佐知，你在呢？不要紧吧？”

“啊，窗子破了，是被雷击碎的吗？”

三人停住脚步，吃惊地用手捂着嘴，看着呆立在那儿的佐知，又转头看着河童木乃伊。

“嗯，有小偷进来了。”

佐知平静地说道。刚才在短时间内骤然发生的一连串事情，反而使她变得冷静了。

“快打电话报警！”

不知什么时候，雷声渐渐远去。远处的夜空闪着白光，破碎的地脚窗吹进来温暾的风。

稍后，才传来一声沉闷的雷声，与此同时，梅雨天终于结束了。

闯入牧田家的人，不是本条，而是正儿八经的小偷。

小偷被随后赶到的警察逮捕。尽管夜里风雨交加，警察仍恪守承诺，派人在牧田家周围巡逻，因此报警后没多时，巡逻警察便迅速赶到牧田家门前，并且发现了茫然若失走在路上的小偷。说起来，这小偷被抓倒是拜本条所赐呢。

据说，小偷老老实实地做了供述。因为失业而陷入困境的小偷从中野区顺着善福寺川一路溯流而上流窜到杉并区，最近两个月已在这一带作案数次，白天踩点，夜晚入户偷盗，专挑看上去是独居老人居住的独户人家下手。

小偷已经在牧田家附近勘察了好几次，每次只看到一对老夫妇——指鹤代和山田，还有一个女儿在院子里劳作，家里不像是有青壮年男子生活的迹象，加上占地甚广，即使深夜发出一点动静来附近的邻居也听不见。“这不是轻而易举的嘛。”于是瞄准了牧田家下手。

照理，像这样把作案经过外加作案动机一五一十地交代出来，总要费一番时间。这个小偷被警察带回警署的时候，被雨淋得浑身湿漉漉的，不住打战，口中还像在梦呓似的连连咕哝着：“河童……河童……”等到稍稍平静下来后，便竹筒倒豆子般前前后后全都交代了，还主动交代了其他案子。目前杉并区警方与中野区警方协调，正在坐实相关证据。

另外，为了防止万一，警察还打电话找到了本条。本条接到电话非常吃惊，拼命解释，当天夜里自己睡在朋友家，绝对没有尾随跟踪多惠美。

“这次对本条肯定也是个很大的警示，估计应该不敢再胡来了。”前来牧田家通报案情的警察说，“当然啦，接下来一段时间，警方还会继续加强巡逻，绝不会放松警惕的。”

为了协助办案，佐知到当地警署去了好多次，和办案的警察也熟识了。对方是个性格沉稳的中年男子。这天，佐知邀他来家里，他和鹤代一起坐在客厅沙发上喝茶聊天。

“哦，就是这个河童啊。”

警察饶有兴致地端详着放置在客厅一隅的河童。多惠美在网上又新买了一个玻璃柜，河童像从未发生过什么事情一样，抱着膝盖蹲坐在柜子里。

小偷曾供述说，河童击碎玻璃从柜子里走出来，但是没有人将他的话当真。

“确实制作得很精良，但是也不可能走路呀。”中年警察笑了，“他不像是吃错了什么魔药，估计就是受到了良心的谴责，所以一时产生了幻觉吧。”

“嗯，可不是嘛。”佐知觉得有些尴尬，便若无其事地避开了警察的视线。在警署警察向她了解案情的时候，她回答：“当时太紧张了，我也记不大清楚，好像是和小偷扭打在一块儿的时候，撞碎了玻璃柜子，河童从里面滚了出来。”

警察告诉她们，被起诉的小偷对自己的罪行供认不讳，同时表示反省，接下来经法官审判判刑肯定是毫无异议的。鹤代和佐知谢过警察，然后目送警察返回警署。

“不过，这小偷也够卑鄙的呢，”回到客厅，鹤代坐在沙发上愤愤地说道，“专门挑孤身老人家庭。”

除了牧田家，其余被害的人家全都在睡梦中，等到发现家里被盗已是第二天早上。出于这个原因，没有造成人身伤害，不过放在橱柜里的现金以及值钱的和服等统统被搜罗一空。由于物品被出手换成了现金，而到手的钱很快就被小偷挥霍光了，所以追缴的难度极大。听说不光是养老的钱被偷，不少人家留作纪念的一些珍贵物品也被偷了，让人特别懊丧。牧田家仅仅是损坏了放置河童的柜子的玻璃，可以说是万幸了。

佐知将烧热的开水灌入茶壶，重新续满茶杯，然后一边将茶壶放到对面的鹤代面前，一边附和道：“是啊。”

“你怎么回事，好像没什么反应？”鹤代不高兴了，“你差点被他杀死啊，按理说不应该显得更加愤怒吗？”

理不理的佐知不知道，但佐知心里当然也很愤怒。一想起被小偷用刀子抵住咽喉的情形，恐惧和愤怒就会让她浑身颤抖。她只想说，因为失业就去偷盗，这算什么道理？！小偷应该向所有本本分分生活着的人赔礼道歉，不管是有工作的人还是无业的人。

但是，小偷闯入这件事，让佐知意识到了另一件事，因此感觉那一晚身处险境、超乎寻常的经历好像与己无关似的，被小偷用刀子抵住咽喉也没什么大不了的。事实上不是没什么大不了，而是非常严重的事态，但同时发生的另一件佐知无法用理智加以理解的事情，使得她对这件事感觉麻木了。

对，就是河童。

佐知望着被放置在玻璃柜里的河童。此刻的河童木乃伊一动不动，单纯就是一件装饰品，然而那天夜里，它的的确确动了，它从柜子里面击碎玻璃，朝佐知和小偷走了过来！两颗玻璃珠子似的眼睛放着光，无声无息但好像对佐知诉说着什么！

自然，这件事情佐知没有告诉任何人。小偷逃跑，鹤代、雪乃和多惠美赶到客厅来的时候，河童已经滚落在地上，一动不动了。对于亲眼所见的事实，佐知实在不敢相信，她对鹤代她们说的，和向警察述说的一模一样。

山田那天夜里被巡逻警车的警笛声惊醒，急急忙忙冲到正屋，鹤代见到他却显得十分冷淡。

“这院子里只有一个男人，可真要派用场的时候一点儿也派不上用场！”山田身体不适，来晚了也是没办法，可鹤代丝毫不体谅。

山田没有辩解，只一个劲儿地欠身俯首。

“实在是不好意思。佐知小姐没事就好！万一佐知小姐有什么事的话，那我只有剖腹谢罪啦！”他像个武士似的一本正经地说道。

后来，警察在现场取证，又是提取指纹、脚印等，又是给滚落在地的河童拍照，客厅里煞是混乱。雪乃给佐知披上了一件毛衣，多惠美给佐知倒了一杯热牛奶，佐知喝下，总算稍许平静下来。

现场取证结束后，鹤代用吸尘器将玻璃碎片清除掉，山田将河童暂且放回到柜子里。几个女人已经身心疲惫，所以此时轮到山田来收拾场面了。没能及时赶来解救佐知，他自觉理亏，因而对面目可怖的河童万分小心，一句不敬的话也不敢说。

佐知一边看着，一边与自己内心的混乱在拼命搏斗。我脑子没有出问题吧？是因为过分恐惧而产生的幻觉？我看到河童走动，还有，我感觉它像是要和我敞开心扉交谈的样子，又到底是怎么回事啊？！

混乱使得佐知备感孤独。如此荒唐滑稽的事情，她无法对任何人说出口，她可以对母亲和朋友说“差一点被犯人杀死，太吓人了”，但是，“我感觉站起身向我走过来的河童木乃伊有种亲切感”这种话，只能封存在自己内心深处，因为这太反常、太不可思议了，所以她无法同别人共享这个事实。

而从今天来的警察口中，佐知听到小偷关于河童的一段供述，小偷和佐知一道，目睹了河童站起走路的事实。

不是幻觉！佐知使劲告诉自己。与此同时，对于这件不可思议的事情，世上能够与自己共享的却只有小偷，别无他人，这又多少有些讽刺。“那个河童动了呢。”“是动了，是动了，还走了几步。”她不可能同小偷这样对话。因此，佐知仍深深地感到孤独。

“妈妈！”佐知的视线仍盯着河童，问母亲，“您爱爸爸吗？”

这是她第一次这样问母亲。但是，这是佐知一直以来都想问的一个问题。

鹤代没有作声。由于长时间的沉默无声，佐知还以为她心脏病发作咽气了呢。佐知望着坐在对面沙发上的鹤代，鹤代也在看着佐知。

“要是你被小偷杀了，”鹤代说道，“我不知道我会怎么样。”她的语气十分镇静，气息平稳，以至于佐知为自己的瞎担心感到不好意思，便故意开玩笑道，“是不是像山田先生一样剖腹啊？”

“我可不想死，”鹤代笑了，“不过，当时你真的是处在这个世界和另一个世界的分界线上不是？我自从生下你，才明白这世上有一种存在是任何东西都无法替代的，而没有他又怎么会有你呢？所以，我对他其实从来就没有厌嫌过。”

佐知站起来，坐到鹤代身旁，将自己的手叠在母亲那青筋暴起的手上，稍稍有点凉，却是熟悉的那种感觉。

“对不起，让您担心了。”佐知说。

鹤代什么话也没有说，伸手绕到佐知的腰后，然后搂住她，顺手抓住了佐知肉乎乎的肚子，母女二人长时间地紧紧依偎在一起。

安装了新玻璃的地脚窗外，夏日的庭院里传来知了的鸣叫声。

小偷事件过去了大约两个星期，到八月头上，牧田家迎来了最繁忙的时期，陆陆续续成熟的蔬菜得抢时间摘收了。

为确保人手，星期六一早，佐知便闯入同居人的房间。雪乃断然拒绝了下地干活儿的要求，与其在日头下挨晒，她宁愿选择一辈子都负责打扫厨房、浴室等，干与水沾边的家务活儿。

雪乃是指望不上了。佐知便硬是将睡眼惺忪的多惠美拖到了院子里。多惠美往脸上抹了防晒霜，穿着长袖衣服和牛仔裤，戴上草帽和手套，装备严整，负责摘茄子。鹤代负责黄瓜和番茄，佐知则和山田一道给西瓜搭架挂网。

今年尝试着种了两三株西瓜幼苗，没承想竟前后左右地疯长开来，几乎要将整个菜园都占领了。山田在图书馆读了一本名叫《西瓜的栽培技术》的书，学到了要适当整枝，使得营养集中以结出壮实的西瓜的知识。于是，佐知和山田在瓜秧开花的时候掐掉了许多花，每株藤蔓上只留了一朵花。

但这样还不算完事大吉。西瓜坐瓜后日长夜大，但稍不注意就被鸟啄食了，有的露出了红色的瓜瓤，有的则从藤蔓上掉落到地上，而鸟儿觊觎的往往是长势最好、品相最讨人喜爱的瓜。佐知心想，这大概是乌鸦干的吧，它们狡猾得很，平素装得若无其事的，一等西瓜开始成熟便跑来掠夺成果了。

佐知和山田配合，各拉着罩网的一端，像铺床单一样将网展开罩上。虽然感觉已经有些晚了，但总比不做任何对策要好。两个人不用言语应和，动作却相当默契，青色的网罩泛着波浪罩在了西瓜地上。

对了，海滩。佐知忽然想起来。差点忘得干干净净了，我们可是约好了要去海滨度假酒店的啊。

酒店尚未预约，也没听说雪乃和多惠美她们几时开始夏季休假。泳衣也还没买呢。当初举棋不定的佐知，现在不知怎的，一想到去海滩玩竟然激动得心怦怦跳起来。大概是小偷事件以及不可思议的河童现象，让佐知的身心都深陷疲惫，所以她才期盼着去到一个广阔无垠的空间，与大自然尽情嬉耍一番吧。

下午上刺绣课的时候，佐知心里仍在暗暗计划着。这天晚上，佐知把雪乃和多惠美叫到自己的房间来，开宗明义地问道："什么时候去海滨？"

不料，最先提议的多惠美却一口回绝了："不好意思，我不去了。"

"啊？"

"为什么？"

“因为已经有了别的约定啊。”多惠美满不在乎地回答。恰好此时，多惠美拿在手上的手机响起了短信提示音。

“阿拓？嗯嗯，一点儿也不打搅，我刚刚洗完澡，正在喝甘菊茶呢。”多惠美一边在电话中同对方通话，一边走出佐知的房间，走到门口时，她稍稍停下脚步，回头朝佐知和雪乃莞尔一笑，挥了挥手。

房间里的两个人哑然对视着。谁呀，那个叫“阿拓”的？还有，在喝甘菊茶？

“大概是新男朋友吧？”雪乃轻声道。

“好像是呢。”事情来得如此突然，佐知有点跟不上，她只有点头的份儿。原来多惠美又有了新的交往对象，心情正爽呢，与本条之间犹如纳豆黏丝般的牵絷，这下因为小偷事件也彻底斩断了。

这本来是件好事，但不可否认，佐知似乎有种被人抛弃的感觉。明明是多惠美首先提议去海滨玩的，哪有这么自说自话的人呀。佐知心里有种说不出的失落。

“你说多惠美会从这家里搬出去吗？”

“搬也不是立时三刻的事，不过早晚总会搬走的吧。”坐在地板上的雪乃，将两只脚的脚心像合掌似的抵在一起，膝盖叉开，两手按住膝盖往下压，双腿竟然毫无抵抗地触到了地面。她的身体就像牛皮糖一样，非常柔韧。

佐知一边钦佩地看着她一边脑海里在想：终归会这样啊，眼下这种温暾水般的生活，早晚都是要被打破的。想到这里，便越发失落。

雪乃一边舒散着筋骨，一边向佐知提议道："我们去温水游泳馆吧？"

"嗯？"

"区里不是有公家运营的室内游泳馆吗？那里边还不会被日光晒黑，完全可以到那里去玩呀。多惠美和她男朋友卿卿我我的，我们也到附近去疯他一把！"

"好呀！"佐知感受到了雪乃的体贴，心情大为好转。未来会怎么样谁也不知道，倘若一直活在自己有朝一日将变成孤家寡人的不安和恐惧之中的话，岂不是傻吗？眼下，且和朋友一同快快活活地生活下去才是王道。夏天到啦，怎么能不尽情去享受夏天的昂奋和幸福呢，哪怕只是小小的一点？

这样一来，还是非买泳衣不可啦。这可是项艰巨的任务。想到弥漫着狂躁气氛的原始森林般的泳衣特卖场，佐知抱着胳膊又犹豫起来。

"对了，给你这个！"雪乃将手伸进睡衣口袋。袋口边缘，同样缀着可爱的蕾丝花边。

"这个是我们公司赞助的，给了我们好多，所以就拿了两张票子回来。"

递过来的是上野之森美术馆的打折参观券，上面印着：世界壁饰展——壁画·壁毯·刺绣·镶嵌工艺品。

"哇！谢谢啦！多惠美……嗯，瞧她现在那副德行，叫她她也肯定不会去的，雪乃，我们一块儿去吧？"

“我不去。”

“为什么？”

“你邀请我还不如去邀请他呢！”

“谁呀？”

“就是那个呀，搞室内装修的。”

“你是说梶君？”佐知自己也没料到，心里竟一下子剧烈地波动起来，她站在雪乃面前，不知所措地搔了搔腿。

“可是人家已经结婚了啊。”

“你不是说你们很聊得来吗？既然这样，一起去看场展览又怎么了？也许今后可以成为好朋友呢。”

“雪乃，你不是说男女之间终究是难以理解的吗？”

“在恋爱方面是这样，或者可以说，人与人之间都不存在真正意义上的理解。但是，作为朋友，谁都不会指望对对方的一切全都加以理解，也不会指望对方能理解自己的一切，对吧？即使发现对方身上有些部分是自己无法理解的，顶多也就‘哦，原来是这样呀’，自己想想就罢了，反而会因为与自己有所不同而感到有意思。所以说，即使对方是个男的，只要作为朋友相处的话，缺少点理解也完全没有问题呀。”

“是吗？”佐知想，会不会是雪乃打算近期离开这个家，所以怂恿自己再找个新的朋友？所谓“疑心生暗鬼”，这下佐知又失落和不安起来。想到万一得到肯定答复时的打击，佐知又没有勇气诘问雪乃。

为了掩饰心里的疑惑，佐知叹了口气说道："也就是说，不存在交往之后结婚，弄得自己失去自由这种可能，是吧？"

"可这种所谓的'失去自由'，不是当事人心甘情愿的吗？"雪乃站起来，居高临下地看着佐知，"当然我是不会情愿的。"

雪乃和佐知一样，眼下还没有踏上恋爱结婚之路，也毫无欲望积极去争取。基于这样的打算，日常生活花销才是她最关注的。所以当佐知恳请她"雪乃，你要在这家里多待些时候呀"的时候，她虽冷冷地回道"拜托，你不要咒我找不到人嫁好吗"，但其实内心还是有点小欣喜的。

"干脆我就一直在这里住下去吧。尽管这世道的潮流就是只有亲人或者恋人才住在一块儿，但至少还有个人能一直借住在朋友家里，这好像也不错啊。"

说不清什么关系，说不清什么缘由，却在牧田家一直住着——雪乃似乎郑重其事地宣告她要做"女版山田"。佐知心里高兴，但装作若无其事地说道："只是，我们家好破败啊。"

"没关系的，两个人一起工作一起赚钱，慢慢地就可以重新翻修一下啦。"

"好呀好呀，把玻璃换成双层中空玻璃，再装上防盗警报器，制冷和取暖效果也得再改善一下。"佐知和雪乃怀着远大的梦想，讲述着对未来新家的热切期待。

这时候，我——也就是牧田幸夫的幽魂——觉得有必要表达一下我“坚决反对翻建”的意见，于是飘进了摆放在一楼客厅的河童木乃伊的体内。遗憾的是，多惠美新买的玻璃柜十分结实，我抬起河童干瘪的胳膊却始终击不碎玻璃走出柜子。在魂灵世界，“应激反应”这个概念大概也可以通用吧，河童因为用力过猛跌倒在玻璃柜内，我则悄悄地溜出河童的身体，重新浮游于空气中。

佐知和雪乃当然不会知道楼下发生的这一幕。第二天早上，她们发现“啊，川太郎跌倒了”。夜里并没有地震，所以这事还是令她们有些害怕，于是叫来山田，将河童恢复了原来的姿势。我知道，佐知在和雪乃畅想未来新家的时候，心里却一直在担心：总有一天雪乃会离开这个家的吧。

然而，有梦想有什么不好的呢？和情投意合的朋友共同生活，一直到老死，如此童话般的美好故事完全值得去书写啊。

也许说不准什么时候会发生争吵，也许莫名其妙地关系就会变得疏远。假如因为害怕“也许”，而不敢去梦想，不敢去尝试，童话就永远只能是童话，就像鸡蛋不加以孵化就会变成化石一样，永远失去了转化为现实的可能性。这太愚蠢了——佐知想。与其做一个害怕梦想的智者，我情愿当一个怀揣梦想的傻瓜，相信梦想，去实现梦想，相信童话总会有变为现实的那一天。

此时，雪乃站在佐知面前，她刚准备离开屋子但又挑起一个新的话题，感觉发困，打算说完就告辞。

“反正，”雪乃终于说道，“那个梶君你就约约看嘛，难得有这样的机会呀。”

“嗯，我想想吧。”

目送雪乃返回自己的房间，佐知内心对她说道：“我才不约，没法约呀。抱歉啦。”

一方面，假如梶君答应去，自己肯定又会燃起某种期待；另一方面，明明已经结婚，却还漫不经心地答应别的女人的邀约，这样的男人不叫人倒胃口吗？

雪乃说“朋友之间缺少点理解也没有问题”，但佐知对梶君是有所企图的。佐知竭力说服自己：所以不能邀请他。

虽说海水换成淡水，但同样要下水，因此还是需要泳衣。

佐知给自己鼓着劲，终于成功地买了一件泳衣。由于没有勇气再次闯入五颜六色的森林，所以她是在阿佐谷车站内的超市服饰柜台买的。

以前一直觉得那儿的商品都是卖给“老阿姨”的，所以根本不往那儿凑热闹，突然发现自己也已从“小姐姐”变身为“老阿姨”了。事实上，当她置身于卖场四下打量后发现，这儿陈设的泳衣无论是图案还是款式，既不花哨也不算古板，她终于明白了，“原来是这样啊，伊势丹那样五光十色的泳衣卖场，如今的我已经不适合啦！”

佐知诚惶诚恐地回自己房间试穿刚买来的泳衣。虽然在超市的试衣室也试穿过，但当营业员问她“您觉得怎么样？”的时候，她慌手慌脚的，只确认了大小是否合身，其他的根本顾不上了。

她静下心来，望着镜子中的自己，并没有想象中的那么惨不忍睹，也就跟“魔鬼减肥终于成功的海狮”或者“一下子增肥了三倍，腿短、脸大的超级模特”差不多。换句话说，自己的体形与年龄相称，很普通而已。佐知虽然有些不满足，但总算能够接受这样的现实。泳衣是黑色连体式的，两侧大而醒目地印着红色的芙蓉图案。

擅长手工活计的佐知，在芙蓉花瓣的地方加了点刺绣，又在花蕊处缝上珠子，泳衣登时华丽起来。刺绣使得印花部分的阴影得到了突出，增强了层次感，并且还有使腰身显瘦的效果。佐知这才心满意足，她信心十足地想：随便什么时候来吧！不对，是随便什么时候去吧，去室内游泳馆啦！

日子选定了八月十三日。

雪乃和多惠美今年的盂兰盆节[①]都不回老家，理由是返乡客流太大，应酬那么多，乡里乡亲的让人实在吃不消，以及免不了又要被家里人催逼“还没结婚啊”。

此外，居住在牧田家的人们看似生活一如往常，但因为小偷事件而受到打击，身心煞是疲惫，尤其是佐知和鹤代，更是操心劳神，这也令人实在不忍撇下她们而自顾自地返乡。虽然雪乃和多惠美都没有

① 盂兰盆节：又称盂兰盆会、佛欢喜日等，原为中国佛教徒依照《佛说盂兰盆经》于每年农历七月十五日为死者举行的祈祷法会，传至日本后则演变为供奉祖先亡灵的法事活动，一般在每年阳历的八月十三日至十五日举行。

说“因为放心不下你们所以不回去了”，但母女二人还是透过若无其事的表象感受到了房客的用心。

不过佐知认为，就多惠美而言，其实还有一个更大的理由或动机：就是约好了和新结识的男朋友及其他人一道去江之岛泡海水浴，跟返乡比起来，男朋友自然才是首选。

“不是说过了盂兰盆节，就会有水母的嘛。”多惠美煞有介事地说，“本来应该再早一点去的，可是各人的休假时间都碰不拢，只有在盂兰盆节期间才能碰拢，所以就定在十三日喽，这也是万不得已呀。”

佐知很怀疑：十三日和十六日，水母的多寡就有那么大差别吗？但是看到多惠美兴奋地做着海水浴的准备，只能暗暗感佩，原来水母是识日历的啊。

倒不是故意和多惠美唱对台戏，佐知和雪乃恰巧同一天去区里运营的室内游泳馆玩。两人顺便叫了鹤代。“不想去！”被鹤代一口回绝了。

“都快七十的人了，还去游泳池里玩？我还是去伊势丹吧！”

按照鹤代的说法，盂兰盆节期间，整个东京人数骤减，伊势丹里的客流量一定也不大，她可以安安心心地在商场里购物。对此说法，佐知也持怀疑态度。盂兰盆节期间，肯定有人利用假期前来东京观光，特别是近年来一年到头都有外国观光客，他们会按照鹤代的如意算盘行动吗？

尽管如此，和母亲一道去室内游泳馆玩，对佐知来说，毕竟是想想便不寒而栗的场面，既然遭到回绝，反倒放下心来。

终于盼到了八月十三日。听见多惠美下楼梯的脚步声，佐知醒了。

一阵急促的脚步声之后，是玄关门的开关声响。佐知半睡不醒地下了床，拉开窗帘，正好看到多惠美从院子里经过，朝大门走去。手里提着像是装着泳衣和浴巾的华丽的挎包，脚上已经性急地穿了双沙滩拖鞋，身上是一件看上去很凉爽的棉布连衣裙，在早晨的阳光里显得格外清新。多惠美迈着轻盈的脚步，扎成一束的辫子好像马尾似的甩来晃去，她看上去浑似一个中学生。

真可爱。佐知从窗口望着多惠美的背影。大门外，路边停着辆金属蓝色的微型面包车，一名年轻男子这时候刚好从车上下来。青年身穿一件 T 恤衫，下面是牛仔裤，他朝多惠美轻轻挥了挥手，脸上露出温柔的笑容。多惠美打开大门，和青年一道上了车。

是他吧，阿拓？话说人不可貌相，今后会不会“基因突变”成为纠缠不休的跟踪男不好说，现在看上去感觉还不错，至少不像是吸毒者或身上文满文身、举着刀挥来挥去的坏小孩。佐知想着，回到床上睡起了回笼觉。

再次醒来时已经接近中午了，太阳从敞着窗帘的窗户直射进来照在她身上。房间里没有开空调，闷热难当，蒸桑拿浴也不过如此吧。

可就是热不瘦啊。佐知叹了口气，穿上 T 恤衫和南国情调的长裙，裙子腰部当然是松紧带式的，这样到了游泳馆换泳衣方便，而且还有一种度假的感觉。

一时没找到合适的包，于是便将泳衣和浴巾拿在手上，下楼往餐厅走去。厨房里，雪乃正将煮好的素面条往竹屉上盛。

“早！”

“早！佐知，你也来点素面？吃完面再去游泳馆。”

“嗯。把那只袋子拿给我。”

佐知接过被扔在垃圾桶里的超市购物袋，将泳衣和浴巾装了进去。

“你不会用这个代替挎包吧？”

“没错啊。”

雪乃满脸写着不屑，将装有浸着冰水的素面的大海碗和两只盛着汤汁的小碗端到餐桌上。佐知将雪乃从院子里摘来的紫苏叶掐碎，和芝麻一同撒在碗里。

“开吃啦！”

两人一声不响地吃着素面。鹤代已经出门，桌上放着一张便笺，上面写着“伊势丹”三个字。佐知斜瞥了一眼便笺上遒劲的字，像是用圆珠笔写的，不同于墨痕的圆珠笔油跃动着乌亮的渥彩，仿佛黑泽明电影的片头题字。这字似乎透露出，伊势丹在鹤代心目中是多么令她激动的场所啊。

妈妈精神头真好啊——吃完了素面的佐知，一边在水斗里洗着碗一边这样想着。

对佐知来说，伊势丹是测量一个人身体与精神状态的晴雨表，在它的煌煌星光照射下，基本上佐知什么也不买便会败退下来。假如不是心情特别雀跃的时候，每每从地下的食品柜台里那些卖相和价格都颇似宝石的糕点前走过时，她总会多余地想：这个世界又是有战争又是有人饿死的，我怎么可以奢侈地享用这种甜品呢？！甚至想喊出来。在伊势丹毫无顾虑地消费，那是需要相当的勇气和做好身心两方面准备的。

鹤代在伊势丹顶多也就买些副食品和毛巾被之类的，但佐知还是觉得了不得，大概是佩服鹤代能够纯真无邪并且贪婪地享受伊势丹的煌煌星光吧。

随着年近四十，佐知开始想：自己要努力不死在母亲前头。这个时候，她已经看穿了，自己既不能成为大富婆，估计也不大可能会结婚了，自己唯一能做的就是不让母亲悲痛——似乎是个极其小市民派的愿望，尤其是发生了小偷闯入、自己被刀抵住咽喉的事件之后，这种想法更加强烈了。

然而照眼下这种态势，鹤代似乎能够活到一百五十来岁，因为直到现在，鹤代仍比佐知还要胆气十足，竟然有勇气上伊势丹去购物。倘若这样的话，佐知至少得活到一百二十岁，这样一算，佐知马上认输了："不可能的，看样子要让您为女儿做佛事了，请饶恕我的不孝吧！"

上二楼去做出门准备的雪乃，收拾齐整后又回到餐厅。等下就要去游泳馆，可她仍认认真真化了个妆。穿着带褶边的纯白无袖衬衣，藏青色的喇叭裙，裙摆上缀着同色系的蕾丝花边，手上挎了一个硕大的圆筒包。

“哎，下次帮我在这个包上绣个图案好吗？工钱我会支付的，绣可爱点的图案。”

“免费都行啊。小鸟怎么样？嘴上叼一根结了红色果实的树枝。”

“太棒了！不过，免费可不行。佐知，你可是刺绣大咖呀！”

“行，那就给你个友情价。”

两个人说着话走出玄关。夏日的正午，四周被太阳灼得一片白洋洋的，肌肤仿佛都能感受到光的压力。雪乃撑起白色的遮阳伞，银色拖鞋中露出的脚后跟，光滑而略带浅粉色。佐知仿效多惠美也穿了双沙滩拖鞋，脚指甲只是修剪得短而整齐，什么也没有涂。她没有遮阳伞，所以撑了一把黑色雨伞，和雪乃比起来，各方面都稍逊一筹，不过也没办法。两人精神抖擞地从屋檐下迈步上路。

“出门去哪儿？”在菜园干活儿的山田向她们打招呼道。他似乎在西瓜地里掀起网罩，采摘西瓜呢。

“我们去游泳馆。哇，这么大的西瓜！”佐知看到山田怀里抱着的西瓜，发出欢喜的叫声。

“我去把它冰起来，你们回来马上就可以品尝了。”山田抱着西瓜，朝院子里的洗手盆走去，银色的盆子里已经储上了水，山田将西瓜放进盆子，然后调整水龙头将出水调到很细又不致断流。

“我先干活儿，隔一会儿会过来给西瓜翻翻身，让它全都淋上水冰起来。”

“你也不要忘记给自己冰一下，这么热的天，容易中暑的。”

“知道啦。去吧去吧，路上小心！”

山田站在那儿，直立不动地目送佐知和雪乃走出后门。

一白一黑两把伞并排排开，两个人缓缓地朝南阿佐谷车站方向走去。游泳馆从那里乘上电车坐两站就到了。

在冷气开得很足的车厢内，雪乃开口说：“你对山田先生的态度好像变得和缓了嘛。”

“是吗？”

“是的。山田先生看上去好开心呢。”

佐知心想，是吗？正想着，电车已经到站。

名义上是区里运营的游泳馆，其实是对外开放的一所小学里面的室内游泳馆。佐知是第一次来这儿，起先并没有抱太大期望，想不到里面设施非常齐全。天花板高高的，泳池旁边的休憩场地也很宽敞，而且干干净净的。最重要的是，适逢盂兰盆节，馆内的人不多，大概由于返乡和外出祭扫，整个杉并区的人流量一下子减少了许多。而这一切，只消每小时二百五十日元便可享受到，实在是太划算啦。

两人在更衣室换好泳衣，装模作样地比画了几下热身体操，然后下水，让温暾的池水包裹了全身。

按照使用规则，每个人必须戴游泳帽，因此佐知在前台买了一顶黑色泳帽。连体式的泳衣，加上紧紧包住了整张脸的泳帽，佐知感觉自己越发像只海狮了。

雪乃戴了顶红色的泳帽，穿着同样是红色的比基尼式泳衣，尽管身材苗条，但浑身上下凹凸有致，颇有肉感，似乎与一所小学的室内游泳池很不搭调。一位像是常客的大叔凝视了雪乃半晌，随后猛地一扑下水，以蝶泳的泳姿畅游起来，不由得直叫人担心：不要把腰弄伤了哦。

雪乃全不介意，她将一块打水板贴紧腹部，仰面朝天，像只海獭一样漂浮在水面上，似乎铁定了心绝不让脸孔沾上一滴水。佐知明知道没有人会注意到她，但仍想方设法自觉避开别人的视线，她想到一个方法：潜水。她采用了倒立的姿势，朝着池底，一头扎下去。

声音渐渐远去，鼻孔排出的空气形成一串水泡，划过脸孔向水面旋升，池底的白线因为水波摇漾而变得歪斜。还差一点。这时候，佐知感到呼吸急促，不得不在水中站立起来，之后又尝试挑战了多次，都无法潜到池底，总感觉像有什么东西托住了她的腰，身体自然而然地往上浮。

真奇怪，小时候可不是这样的呀。在水中独自搏斗了好一阵子的佐知，呼吸越来越困难，终于放弃了。她朝四周望了望，池边，雪乃正优雅地躺在白色的帆布躺椅上。或许是出于高岭之花难以触及的缘故，又或许是出于那张毫无特征的美人脸无法留给人强烈印象的缘故，没有人上前同她搭讪，她俨然是一位女王。

佐知也从水池中上来，在雪乃旁边的躺椅上躺下。

“我潜不了水了！”

“嗯，怎么了？”

“我想是脂肪太多，浮力增加了的缘故吧。”

“重度肥胖了吧？谁叫你偷懒不肯好好锻炼的！”

“这不，又是小偷的事情，又是这个那个的，忙忙叨叨的所以……”

“不要找理由啦。”

“抱歉。今晚起，就要再麻烦您老人家喽。”

水面上泛着金色，人声、水声混成了一片，模糊不清地传过来，宛似异国的喧嚣气氛。雪乃紧致的腹部随着她的呼吸一起一伏。方形窗子外面，是一片蔚蓝的天空。

有件事情一直想说，此时佐知终于张口说了出来：“雪乃，你先前说我对山田先生的态度变得和缓了，对吧？”

“嗯。”

“我想是的。以前不知为什么，老觉得应该对他凶一点。”

“为什么？”

“因为觉得对不起我爸爸。我真是脑子坏掉了。”

佐知坐在躺椅上，抱着膝。雪乃直起身体，稍稍有点担心地瞄着佐知。

“我能够理解。在我眼里，感觉山田先生、佐知还有鹤代妈妈就像一家人一样，既然是一家人，当然就可以使使性子啦。”

“嗯，也许是这样。没有血缘关系，从社会意义上来讲，他也只是个旁人，不过我们确实就像一家人似的。直到今天，我好像终于愿意承认这层关系了，或者说是不想再为这事而感到疑惑了，就是这种感觉。”

佐知略略迟疑了片刻，将身体往雪乃那边凑过去：“让我开始转变想法的契机……”

佐知说出了小偷闯入那一晚发生的事情：河童木乃伊动了起来，走出柜子，向自己走来，好像要对自己诉说什么，似乎朝自己伸出手来……

“当时，我差点就对着川太郎喊出‘爸爸’。父亲应该是来救我的……大概人家会以为我疯了吧……”

“嗯，用理性和常识来想一想的话，这是不可能的。”

“是不是？”

“不过，佐知你这样想也不是不可以呀，至于你父亲是不是真成了河童木乃伊，暂且不去管他。”

佐知知道，雪乃在抛开理性和常识，试图接受自己这通离奇古怪的梦呓般的话，她感到自己被一股暖暖的东西裹住，比刚才下水的时候感觉还要温暖。

“感觉到父亲气息的那一瞬间，不知怎的，我一下子想到了妈妈和父亲邂逅，想到了我来到这世上，感觉一切都太美好了。”

雪乃伸手轻轻触了触佐知的肩膀，随后收回来。佐知转过头去，望着泳池，视线盯住泛着金色的水面继续说道：“我父亲可能早就死了，那个家也已经老旧不堪，说不定明天就会塌毁，妈妈和我将来也许会死得很可怜。不过，都没关系啦！”

也许每个人都有过恶行、有过错误的选择，今后也还会如此，但这一切必须统统包容下来，每天的日子还得照样过下去，就像蛇行一般蜿蜒流淌的善福寺川一样。这样好。这样才好呢——此时的佐知，从心底里这样觉得。

“这样一想，对山田先生的态度自然而然就好起来了呀。”佐知深有感触地说。

“怎么像个老太婆似的。”雪乃嗤笑道，“还有啊，佐知，你家的房子造得很结实，我觉得不会塌。假如你担心的话，那就翻修改建好啦。”

佐知的膝部有个黑影晃过。她扭头朝背后的窗子看去，只见一只巨大的乌鸦悠然地扑扇着翅膀，爪子上抓着一个闪闪发亮的东西。佐知想，可能是乌鸦衔了一块玻璃瓶的碎片回去修筑巢穴吧。

其实那个“闪闪发亮的东西”是我——牧田幸夫，因为我感知到她们又在商讨牧田家改建这个危险的话题，所以便拜托善福丸带我飞上半空，从空中向她们表示我的“坚决反对”。

大概是这一举动奏效了，佐知转回身子，对雪乃说了句，“难得这么别致的西洋式建筑啊”，她改变了主意，重新装修一下应该就可以了。这让人想起经梶君换贴墙纸之后焕然一新、美不胜收的雪乃的屋子。

“对了，雪乃！不是说你有水灾之相吗？跑到游泳馆来不要紧吧？”

“你不是还想叫我去海滩玩吗？”雪乃左眉向上一挑，似乎还想说：现在说不是马后炮了吗？

“那个刺绣，好漂亮！”雪乃的视线停在了佐知的侧腰部。

佐知尽量保持着收腹的姿势，她不敢大出气地应答着：“谢谢！”

雪乃不想待得太久，于是两人又待了一个小时，随后便离开了游泳馆。

日头稍稍有点西斜，但是从车站出来一路上毫无遮挡，炎炎的太阳顶头直晒，于是两人撑起伞并排而行。

从后门进入院子，佐知看了一眼玄关不由自主地停了下来。玄关门前，身穿作业服的梶正站在那里。雪乃也发现了，她用手肘轻轻捅了捅佐知，佐知跌跌撞撞地向梶走去。

“是你呀，梶君。”

梶转过头来，脸上露出笑容。

“啊，来得正好。家里没有人，我正不知道怎么才好呢。”

“呃，有事吗？”

雪乃站在一旁将遮阳伞收起来，顺手又朝佐知的侧腰捅了一下。佐知立时明白了雪乃的用意：怎么反应这么冷淡啊？

“我正好在附近的人家干活儿……”梶说，“听说牧田家进了小偷，你们全都没事吧？”

“谢谢你的关心。家里什么东西都没被偷，人也平安无事。”得知梶是因为担心自己一家人安否而来，佐知的心怦怦一阵狂跳，几乎都要蹦出来了。但是她告诫自己：绝不能表露出欣喜，毕竟他是个有奇石的人，哦不，有妻室的人。

“什么呀！”雪乃突然插一杠子说道，“佐知被小偷用刀抵在脖子上，差点就死掉啦！”

“啊？！”梶从头到脚将佐知仔细打量着，脸色都下意识地发白了。

“别大惊小怪的好不好，结果还不是全都好好的吗？”佐知低声责怪雪乃，可雪乃仍没有停下来的意思，她一反往常深思熟虑的态度，像个老太婆似的对着梶滔滔不绝地说起来：“有了这种事情，发现还是有个男人住在一块儿才安全啊。哦对了，你是……室内装修的那位？”

“是我。”

“哎呀，房间装修得真漂亮，真是太谢谢啦！说到漂亮，你太太一定很漂亮吧？”

“不不，我还没结婚。”

“啊？！”发出惊叫的是佐知，“可是，看你们吃得那么香的便当……”

“噢，”梶不好意思地笑了，“所有人的便当都是我妈妈做的。”

是山田提起的便当，是梶的外甥提供的错误情报，真该诅咒！佐知在心里暗暗骂道。这时，她方才意识到自己还撑着伞，于是慢慢将伞收拢起来。梶仍是独身这事终于搞清楚了，即便如此，佐知也不可能一下子主动采取行动。

雪乃就不一样了。眼看好朋友身处重要关头，便又轻轻地在佐知腰上捅了一下。

“做什么呀？”

“什么做什么呀？现在是发呆的时候吗？还不快点把票子拿出来呀！”

听到两个人的低声交谈，梶歪着头问了一句：“什么票子？”

“啊，是这样的，你是从事室内装修的，所以就想你可能会感兴趣的。佐知，快去拿呀！”

被雪乃这么强行催促着，佐知只好打开玄关门，走上楼梯。膝盖在打战，使不上劲，好不容易回到自己房间，拉开工作台的抽屉，拿出那两张“世界壁饰展”的参观券。

没有从楼梯上跌下来真是个奇迹。由于极度心神不宁，佐知手里竟然还拿着伞跑上跑下的。她将黑色雨伞插在收纳桶里，把参观券拿给等在玄关门外的梶。

“是这个展览，假如方便的话一块儿去……”

比中学生还要笨拙的邀约方式。

不过，梶还是爽快地答应了：“好啊。票子你拿着好啦。我这段时间活儿比较多，差不多这个月底可以吗？”

“可以呀。”

“那么，等我有了点空闲，就跟你电话联系！”

“好的。那，电话号码……”

“顾客的信息业务单上都记着呢，没问题的。”

同佐知和雪乃点头致意后，梶从大门走了出去，临出去时还特意叮嘱，千万要小心，家里门窗关好。

“你说他是有反应还是没反应？看不出来呀。”雪乃似乎有点不满，“你为什么不问他要手机号码和邮箱地址？”

“行啦，这就够了，”佐知勉强克制住眩晕，说道，“我已经感觉好像进展太快了。”

不过，假如梶打来电话被鹤代接到的话，确实有点麻烦。佐知心想，下次一定要像卡尔塔[①]一样，抢着接电话。

不知道是因为好久没游泳太累了，还是梶的突然出现引起了兴奋，佐知和雪乃坐在客厅沙发上，不知不觉就睡着了。院子里的洗手盆那边传来自来水滴落的声音，带来一丝凉爽之意。

打了个盹儿醒来，外面天色已经暗下来了，鹤代也已经回到家。

“今天晚上吃烤肉！佐知，你把肉放在调味汁里先腌起来。”像往常一样，鹤代仍喜欢差遣别人做事。佐知感觉脑袋有些发沉，她甩了甩头，站到料理台前。雪乃从院子里取回西瓜，切成三角块儿，盛在一只大盘子里。

---

① 卡尔塔：似为卡尔塔·伊修，日本系列科幻动画片《机动战士高达》中的登场人物，是地球外轨道统制联合舰队的司令官。

“肉先腌着，我这边有样好东西给你们看。”鹤代说着，举起一袋烟花在两人面前晃了晃。像是在车站前的商店街买的。肉的包装袋上也贴着车站前超市的封口纸。既然这样，为什么还要特意跑到伊势丹去呢？简直叫人生疑。

被鹤代催逼着，佐知到院子里点起了蚊香，同时将买烟花附赠的一小支蜡烛也点燃，将盛满水的洗手盆往旁边挪了挪。

准备停当，鹤代从客厅的地脚窗钻出来，站在院子里。在院子里穿的拖鞋只有一双，于是佐知和雪乃在玄关换上外出的鞋子，一起来到蜡烛旁。各人手上拿着一支烟花，用蜡烛的火点燃，霎时间喷射出红的、黄的火光。这时候，多惠美正好回来了，好像是在大门附近同阿拓接吻道别。

随后便听她嚷道：“啊，烟花！我也要放烟花！”嚷罢，急急地跑了过来。

佐知她们将多惠美迎进门后，车子引擎声才渐渐远去。天色已暗看不真切，但还是感觉多惠美晒黑了。佐知心想，只要她度过了开心的一天，比什么都好呀。

四个人一边吃着搁在窗台上的西瓜，一边尽情地享受着燃放烟花的乐趣。雪乃蹲在地上不动，好让烟花的火星不四处掉落；多惠美则两手举着烟花使劲舞动，还在黑乎乎的空中比画着心的形状；鹤代啃着西瓜，连声赞道：“真甜！真甜！”之后随口将瓜子吐在地上。

佐知望着飘浮在四周的白色烟雾。空气中弥漫着蚊香和烟花的味道，还有菜园中腾起的潮湿空气的味道。满是夏天的味道。

鹤代站到佐知身边，递给她一块西瓜。佐知接过西瓜，品尝着这水分十足的甘甜滋味。

“看不到星星呢。”佐知眺望着烟雾背后的夜空，喃喃道。

“好长时间没有点迎魂火[①]了。”鹤代望着雪乃手中的烟花火星溅落在地面，说道。永远是这样牛头不对马嘴。佐知没有介意，继续眺望着夜空。视界的一隅，瞥见鹤代又点燃了一支烟花。

“去把山田先生也叫来。”鹤代摆动着烟花，仿佛使用着特定的人才看得懂的特殊文字，在空中书写绝密请柬似的。

“为什么要我去？妈妈，您自己去叫不就行了吗？”

“没看见我正忙着吗？有西瓜和烤肉居然不想着叫老人来吃，唉，我怎么养了这么个不孝的女儿啊！”

“知道了知道了，我这就去叫！”

佐知穿过烟雾，朝大门旁的门房走去。

她没有意识到头顶上闪烁着的银色星星，其实不是星星而是我。更没有一个生者注意到，善福寺川水面上倒映着无数颗星星，河岸的巨大榉树上，善福丸停止了扇动翅膀，黑夜就是它的翅膀。

然而我一直在注视。佐知轻轻敲响门房的门。歪倒在茶室独自看着电视的山田，怀着几许期待站了起来。鹤代在餐桌上放上电烤盘。

---

① 点迎魂火：盂兰盆节期间的佛事之一，点起火迎接亡灵归来。

雪乃和多惠美放完了所有烟花，又兴致勃勃地拿西瓜子来玩游戏。蜡烛即将燃尽，发出暗弱的幽光。

还有，佐知西瓜和烤肉吃多了，看样子今天夜里要腹泻——我已经预见到了。不过，这都是些微不足道的小事，琐碎，但很有意思，是我计划好了的勾当哦。

所以，我还得继续注视，注视着生活在这个家里的四个女人。

就像星星巡天一样，我乘着风，飘浮在空中。你们一定不会注意到我，你们哭泣、生气、争执，欢笑着迎来下一个早晨，这样很好。我会一直守护着你们，用我的整个身心——也就是全部灵魂，祈祷你们幸福。

你们被守护着。你们生活在我的守护之下，生活在已经不在人世的许许多多物事的守护之下，你们一定不知道吧？没关系，只要你们生活着就好。

（完）

图书在版编目（CIP）数据

孤独东京 /（日）三浦紫苑著；陆求实译．— 北京：北京联合出版公司，2021.4

ISBN 978-7-5596-4987-4

Ⅰ．①孤… Ⅱ．①三… ②陆… Ⅲ．①长篇小说－日本－现代 Ⅳ．①I313.45

中国版本图书馆 CIP 数据核字（2021）第 023057 号

北京市版权局著作权合同登记 图字：01-2021-1137 号

孤独东京

作　　者：（日）三浦紫苑
译　　者：陆求实
出 品 人：赵红仕
责任编辑：夏应鹏

北京联合出版公司出版
（北京市西城区德外大街 83 号楼 9 层　100088）
河北鹏润印刷有限公司印刷　新华书店经销
字数 230 千字　880 毫米 × 1230 毫米　1/32　印张 9.25
2021 年 4 月第 1 版　2021 年 4 月第 1 次印刷
ISBN 978-7-5596-4987-4
定价：45.00 元
